LA SOLITUDE DES FEMMES QUI COURENT

Julie Printzac est traductrice et éditrice. *La Solitude des femmes qui courent* est son premier roman.

JULIE PRINTZAC

La Solitude des femmes qui courent

ROMAN

JC LATTÈS

ISBN : 978-2-253-07315-4 1re publication LGF

À mon père, quand même.

Elle entre par la petite grille, monte le long de l'allée, tourne à gauche. À la main, une rose rouge, qu'elle dépose sur sa tombe. Elle se l'est promis. Par amour, par respect, par habitude, elle ne sait plus. Le temps a passé, la blessure est toujours là, parfois douce et nostalgique, parfois vive et amère. Pourquoi vient-elle encore ici ? Existe-t-il, ce lien entre eux ? Leur rencontre sur terre fut si brève, peut-elle parler d'amour ? N'est-il pas, cet homme qu'elle a tant aimé, un inconnu ? Après tout, elle ne se souvient même plus du son de sa voix.

L'attirance pour ce petit cimetière délabré et lugubre est toujours la plus forte, comme si elle espérait encore comprendre, ou peut-être sentir sa présence. Elle s'assoit au bord de la tombe, pose sa main sur la vieille pierre moussue, si chaude au toucher. Elle regarde les faïences ébréchées puis lève les yeux sur la plaque funéraire : Victor Trévise, 1947-1982. Un jour, il faudrait qu'elle vienne nettoyer cette tombe sale et usée, qui ne ressemble plus en rien à la coquette pierre sur laquelle elle s'est tant de fois recueillie. Elle sort son petit miroir de poche, s'observe : visage étroit, pommettes hautes et grands yeux sombres, cheveux en bataille. Elle sourit :

— Tu vois, je suis encore là. Je ne peux pas m'empêcher de venir. Pourtant, parfois, je te déteste, je suis folle de colère contre toi. Et puis je me dis que ta vie t'appartenait. Alors à quoi bon te juger ? Égoïste ou libre ? Comme promis, j'ai apporté une rose rouge. La rose rouge des amoureux éternels. Non, je te promets, je le dis sans ironie. La vie passe, et avec ça je n'ai toujours pas compris ton histoire, tes choix, et le rôle de chacun dans cette tragédie. Je t'aime.

Elle se baisse et dépose un baiser sur la pierre. Les larmes au coin des yeux, elle se lève, se dirige à petits pas vers la grille et quitte le vieux cimetière de Nanteuil. Un taxi l'attend, qui la ramène à la gare de Saint-Maixent.

1

La sensation d'un petit coup de pied reçu dans le genou. J'ouvre les yeux. Ma fille s'est encore levée au milieu de la nuit pour venir se glisser dans mon lit. Depuis deux ans que son père est parti, elle sait que la place est toujours libre, et elle pense que c'est la sienne. Elle dort, le visage tourné vers moi. J'adore l'observer, perdue dans le sommeil. Je détaille ses grands yeux étirés, ses longs cils bruns, sa bouche pulpeuse et ses petites mains glissées sagement sous sa jolie tête. Adèle a sept ans et un caractère bien à elle. Ma mère trouve qu'elle est tyrannique avec moi, et je crains qu'elle n'ait raison. Mais Benjamin et moi faisons partie de ces deux couples sur trois qui, selon cette terrible statistique nationale, se sont séparés, alors je culpabilise. Et puis je n'ai pas l'autorité de son père, je ne m'en sors pas très bien, de ce côté-là.

D'un naturel anxieux, je me suis toujours demandé comment j'allais vivre sereinement ma vie à deux sachant que j'avais une chance sur trois que ça marche. Mon amie Ève et son mari Fred étaient mon couple modèle, celui qui me donnait l'espoir, celui qui me prouvait que c'était possible. Quand ils se sont séparés de la plus laide des manières, j'ai cru que je ne m'en remettrais jamais. À partir de ce jour, je me suis dit que, si eux n'avaient pas résisté, Benjamin et moi n'avions aucune chance. De toute façon, nous n'avons jamais eu beaucoup d'espoir d'être le couple d'exception.

Après la naissance d'Adèle, on aurait dit qu'on ne se comprenait plus. Je ne reconnaissais pas Benjamin, comme si celui qui partageait désormais ma vie n'était pas celui que j'avais rencontré trois ans plus tôt. Et je n'aimais pas le nouveau modèle. L'homme sûr de lui et rassurant était devenu à la fois craintif et arrogant. Benjamin n'avait pas sauté le pas en devenant père. Il n'avait pas accepté de devenir entièrement responsable d'un être totalement dépendant, sa fille. Il voulait continuer à être un homme libre, spirituel et séduisant. En même temps, il voulait donner l'image, aux yeux des autres mais aussi de lui-même, du père sympathique et efficace, confronté à moi, une mère hystérique. De mon côté, j'avais l'impression d'être devenue très mûre d'un coup, je me sentais responsable jusqu'à l'obsession.

Nous étions sur deux longueurs d'onde aussi différentes qu'incompatibles, avec pour seuls points communs une nervosité et une anxiété chroniques. Un premier enfant, c'est très anxiogène et stressant, et nous nous sommes opposés au lieu de nous soutenir. Notre couple s'est peu à peu lézardé. Adèle a grandi, pourtant nous n'avons jamais su nous retrouver.

On est vendredi, il est 6 h 30 du matin. Ce soir, je prends Adèle à la sortie de l'école et nous fonçons gare Montparnasse. Direction : Nanteuil, un village des Deux-Sèvres, mon village, celui où vit mon amie d'enfance Delphine et ses deux enfants. C'est à Nanteuil qu'est enterré mon père, auprès de ses parents et de toute une tripotée d'aïeux. Et c'est là qu'a grandi mon grand-père. J'ai passé dans notre maison de famille, auprès de mes grands-parents et avec ma sœur, toutes mes vacances de petite fille. Dans la maison voisine vivaient Delphine, ses parents et ses nombreux frères et sœurs. Delphine était ma grande amie, et on ne s'est jamais perdues de vue. Dès la fin de ses études, elle et son mari Paul sont partis vivre dans divers pays du monde ; ils ont travaillé dans l'humanitaire, écrit, photographié. Et puis ils ont eu Tim, ensuite Clémentine. Alors Delphine a eu envie d'arrêter cette vie d'aventurière. Elle voulait rentrer chez elle, dans son village, pour élever ses enfants. Mais Paul refusait de se poser. Son métier de reporter, comment aurait-il pu l'arrêter ? C'était sa vocation, sa petite pierre à l'édifice de l'humanité, comme il aimait à le dire, à moitié en riant et pourtant si sérieux. Delphine a beaucoup souffert quand elle a compris qu'il ferait toujours passer son métier avant sa famille. Mais que pouvait-elle y faire ? Elle est rentrée, Paul a continué sa vie, leur amour s'est doucement délité. Aujourd'hui, je crois que Delphine aime toujours Paul, mais elle a renoncé à lui. Et elle lui en veut terriblement, même si elle s'en défend. Alors, comme moi, mon amie a rejoint les rangs des mères célibataires. Tim a dix ans et Clémentine, l'âge d'Adèle.

Contrairement à Delphine, je pense que je n'en veux plus à Benjamin. J'ai cessé de l'admirer, puis de l'aimer, et j'ai eu envie de reprendre le cours de ma vie sans lui. J'ai eu raison : notre relation était devenue une torture psychologique. Aujourd'hui, je sais que j'ai tous les choix, ceux de reconstruire mon existence, et même d'être heureuse si je le veux.

Lui n'a pas tardé à refaire sa vie. Un an après notre rupture, il emménageait avec une belle jeune femme de trente ans, Éléonore, ma totale opposée : fière et très sûre d'elle, assez sophistiquée, bref, parfaite pour le Benjamin d'aujourd'hui, en pleine ascension sociale. Pour être honnête, je suis jalouse de leur bonheur mais n'envie pas leur vie. Je ne dirais pas que la mienne déborde de fantaisie, mais je profite de mon indépendance et ne tente pas de me conformer à un des groupes auxquels il est bon d'appartenir dans notre société parisienne.

Quand ma mère s'est retrouvée veuve à trente-cinq ans, toutes les portes se sont refermées sur elle. Cette femme bourgeoise, dont le mari dirigeait l'entreprise familiale, était devenue une femme seule, donc disponible et dangereuse. Elle a été rayée des listes de tous les dîners organisés entre couples de ce monde auquel elle appartenait depuis sa naissance. Ma mère a d'abord souffert de cette brusque stigmatisation, puis en a pris son parti. Elle m'a seriné toute mon enfance qu'elle était une femme libre. Je crois qu'elle m'a fortement influencée, car me voilà à trente-sept ans, menant la même existence qu'elle au même âge : j'élève seule ma fille, je ne sors pratiquement jamais, et je tiens grâce à mes vraies amies. La plupart d'entre elles, comme moi, n'ont plus d'homme vivant à leur côté. Alors, pour pallier leur absence, on s'est adaptées : on se serre les coudes, on s'entraide, on se donne des conseils sur tout et on garde les enfants des unes et des autres. Notre espoir à toutes est de trouver un nouveau compagnon, plus mûr et responsable que le précédent, mais là, les opinions divergent : certaines y croient fermement, d'autres, désabusées, restent persuadées que l'homme d'aujourd'hui est un être égoïste et un éternel adolescent. Si je m'en réfère encore une fois à ma mère, elle a fini par rencontrer Jean. Il a su la rendre heureuse et lui redonner sa place dans la société. Mes amies affirment que je suis une personne très positive car je ne cesse de leur assurer que les hommes bien courent les rues. Il est plus facile d'être optimiste pour les autres que pour soi…

Delphine est ma plus vieille amie, et nos liens ne se sont jamais affaiblis malgré ces années où j'avais tant de mal à la situer sur la carte du monde. En ce moment, elle vit dans la maison familiale, celle où elle est née. Ses parents, grands skieurs, sont morts dans une avalanche quand elle vivait à l'étranger. Lorsqu'elle est rentrée, seule avec ses deux enfants, ses frères et sœurs lui ont proposé de s'installer là en attendant de stabiliser sa vie. Les années ont passé, et Delphine souhaite déménager, même si sa famille ne lui demande rien. Chacun vient quand il veut pour passer des vacances, et tout le monde est rassuré de savoir les lieux habités. Mais Delphine juge qu'elle a assez abusé et que, maintenant, elle se sent assez forte pour vivre dans sa propre maison. Voilà pourquoi nous allons visiter des propriétés à vendre à Nanteuil et dans les villages environnants ce week-end.

7 h 30. Je suis presque prête. Je réveille Adèle qui grogne et s'accroche désespérément à son oreiller. Je la découvre et lui tends ses vêtements, elle s'enfouit de nouveau sous la couette. Je sors de la chambre pour éviter le premier incident diplomatique de la journée. Comment font les mères qui ont plusieurs enfants ?

8 heures. Je signale à Adèle qu'il lui reste cinq minutes pour manger sa tartine, intouchée depuis 7 h 50, là, sous son nez.

— J'ai pas faim.

— Il est hors de question que tu partes à l'école le ventre vide.

Belle phrase, un ton d'autorité qui cache mal mon incapacité à me faire entendre.

8 h 15. Trop tard, il faut y aller.

— Adèle, tu te lèves, tu vas te laver les dents, tu mets tes baskets et on y va.

— Mais j'ai pas mangé, maman, j'ai faim moi !

Sur le chemin de l'école, je me détends, Adèle me fait rire avec ses histoires invraisemblables et ses commérages sur les autres enfants. On est contentes d'aller chez Delphine, de changer d'air et de passer de bons moments.

— À ce soir, mon petit cœur.

— À c'soir, mam.

Cet affreux surnom dont elle m'affuble depuis quelques semaines…

Mes journées de travail sont dominées par… le stress, l'hystérie, les chefs qui cherchent toujours à trouver des problèmes pour que nous, les subalternes, trouvions des solutions – juste au cas où nous n'aurions pas une file d'attente d'urgences, moyennement urgentes, urgentes ou extrêmement urgentes. Mon grand patron estime que toute demande émanant de lui est à exécuter immédiatement et nous envoie un mail toutes les dix minutes pour connaître notre point d'avancement.

Je travaille dans une grosse boîte de vente à distance, là où le marketing est roi et les bénéfices en chute libre. Je suis dans le service rédactionnel, chargée d'écrire les descriptifs des divers produits que nous vendons, et de trouver des slogans qui donneront envie aux clients de les acheter. Nous proposons de tout : du salon de jardin au lave-vaisselle en passant par les accessoires pour animaux et les vêtements. Ma chef directe, Véronique, fait partie de ces maîtresses femmes du marketing, grandes prêtresses cinquantenaires bourrées de tics nerveux dont le sport favori est de vous contredire, même si vous avez émis la même idée qu'elle.

Régulièrement, je me demande comment j'ai bien pu en arriver là, moi qui ai fait des études de lettres. Jeune étudiante, j'étais persuadée que je ferais une excellente prof de français. Mais plus l'échéance approchait, plus je sentais que je m'étais trompée de voie. Jamais je n'aurais su tenir une classe d'ados. Je me suis donc rabattue sur l'entreprise. Ai-je eu raison ? Avec l'expérience, je trouve que c'est un monde souvent toxique, où il ne faut jamais montrer sa vraie personnalité : cacher ses qualités pour ne pas exciter les jalousies, masquer ses failles pour éviter les attaques. L'entreprise est une vaste pièce de théâtre où mieux vaut jouer la comédie, dire oui à tout, se faire oublier au risque d'oublier qui on est. C'est un masque que je pose tous les matins pour affronter ma supérieure directe. Mais peut-être que je n'applique pas la bonne stratégie ?

Au marketing, on voit quantité de jeunes femmes d'environ vingt-cinq ans, belles, dynamiques et ambitieuses. On sent poindre la carrière à succès. En réalité, elles sont bien plus futées que nous, les femmes des générations précédentes : rapidement, une grosse bague de fiançailles fleurit à leur doigt, suivie de l'alliance puis du congé maternité qui se prolonge, voire se mue en congé parental selon la situation du mari. Mon amie Chloé qui travaille dans un autre service et moi, on a analysé la situation : ces filles ont tout compris. Alors que nous avons donné notre vie pour notre travail, sans jamais compter nos heures ni protesté contre nos salaires minables, supportant stoïquement le manque de reconnaissance de nos patrons, ces filles qui aujourd'hui débarquent dans la vie active, avec dix ans de moins que nous et aucune expérience, savent se vendre, négocient de bien meilleurs salaires et prennent le temps de vivre. Aucune ne se fait exploiter par une boss tyrannique, non, cela est notre lot. Les nouvelles générations n'ont qu'une devise : profiter de la vie et de tout ce qu'elle offre.

Le vendredi, c'est le jour de la réunion d'équipe présidée par ma chef. Véronique nous explique en détail l'idée brillante qu'elle a conçue et qu'elle a soumise à notre patron, qui l'a félicitée chaleureusement. Je suis dégoûtée : c'est le projet que je lui avais proposé en début de semaine, celui qu'elle avait rejeté de son air si caractéristique, qui oscille entre l'indifférence et le mépris. Je devrais pourtant être habituée, ça m'arrive tout le temps.

Au déjeuner, je retrouve à notre cafétéria mon amie Chloé, une ravissante célibataire de trente-deux ans, mère de deux enfants. Brune aux yeux noirs, elle a une beauté rayonnante et une franchise de parole qui lui a créé pas mal d'ennuis et d'ennemis, en particulier parmi la gent féminine. Pour le moment, Chloé fait une fixation sur un grand dadais de son équipe, un homme dégingandé au visage sinistre qu'elle trouve, par je ne sais quel aveuglement amoureux, extrêmement sexy. Mon amie est obsédée par son propre vieillissement, et m'en fait part quotidiennement.

— Tu sais qu'à trente-deux ans les cellules ne se reproduisent plus ? Pas étonnant que Denis ne veuille pas de moi. Je suis foutue, je resterai seule jusqu'à la fin de mes jours.

— Chloé, tu es belle comme un cœur, et moi j'ai trente-sept ans. Alors laisse-moi croire qu'on est toujours une femme et pas une vieille sorcière à quarante ans. Et puis franchement, réagis ! C'est Denis qui a l'air d'un vieux machin, pas toi.

Ce week-end, Chloé part avec ses enfants chez son père avec qui, m'explique-t-elle, elle ne s'entend absolument pas. Je me demande pourquoi elle y va. J'ai perdu le mien à l'âge de cinq ans, aussi les problèmes père-fille sont-ils un mystère pour moi. Au fond, enfer ou pas, elle ne se rend pas compte de la chance qu'elle a.

Aujourd'hui, je dois partir tôt pour ne pas rater le train. J'ai enfilé mon manteau, quand soudain

Véronique surgit, comme tous les jours quand je pars, pour me confier une nouvelle d'importance. Ce n'est pas le bon jour. Je pousse la porte de l'*open space* que je partage avec trois autres collègues et franchis le seuil.

— Je t'entends, Véro, mais là j'ai un train à prendre. On en parle lundi ! Bon week-end !

Véronique reste bouche bée. On dirait une petite fille perdue que ses parents ont abandonnée.

Adèle se jette dans mes bras à la sortie de l'école, comme lorsqu'elle était à la maternelle. A-t-elle oublié sa dignité de pré-ado ? Ces derniers temps, quand je viens la chercher, elle me regarde d'un air blasé, me donne son cartable et retourne auprès de ses copines. Ah les week-ends à Nanteuil, ça change la donne.

2

Delphine, Tim et Clémentine sont tous les trois sur le quai de la gare de Saint-Maixent. Leurs sourires radieux nous réchauffent instantanément. Nous montons dans la grosse voiture de mon amie et je respire un grand coup, mon corps se détend, mes yeux dévorent chaque centimètre du paysage. Je suis chez moi. Je revis.

La maison de famille de Delphine est très belle. Magnifique façade de pierres apparentes de la région, glycine grimpante, volets blancs. À l'intérieur, on fait vite un feu, on passe à table dans la grande cuisine autour de l'immense table en bois. Les enfants bataillent sur les bancs, ils rient et se tapent dans les mains. Ils dormiront ensemble, comme d'habitude, dans la grande chambre de Clémentine. Tous les trois vivent leur vie, s'amusent et complotent, pendant que Delphine et moi pouvons discuter en paix. Ce soir, nous traçons les grandes lignes du week-end. Demain, marché à Saint-Maixent, suivi de la visite incontournable à mon père, au cimetière de Nanteuil. Puis balade en forêt et ramassage de châtaignes ; dimanche, goûter d'anniversaire chez Laure, qui fête ses trente-six ans. Laure vivait aussi à Nanteuil durant son enfance et était très proche de Delphine. Je la voyais chaque fois que je venais chez mes grands-parents puis chez mon amie. Laure, qui nous dépassait déjà d'une tête, nous rejoignait dès qu'elle le pouvait, mais ses parents étaient d'une telle sévérité que ses sorties étaient comptées. J'adorais les moments, toujours brefs, où elle était autorisée à venir avec nous tant elle débordait d'imagination et savait nous faire rire. Je ne comprenais pas ses parents. Laure était une enfant adorable, extrêmement calme et obéissante. Alors pourquoi ne pas la laisser s'amuser avec nous comme tous les enfants de son âge ?

Depuis que je reviens régulièrement à Nanteuil, je la revois souvent. Elle est devenue une amie très chère à mon cœur. Laure est une femme généreuse et entière, à qui je voue une grande admiration. C'est pour fêter son anniversaire qu'Adèle et moi sommes là ce week-end.

Quand les enfants sont couchés, mon amie sort son ordinateur. Je suis extrêmement surprise lorsqu'elle m'explique qu'elle s'est inscrite sur un site de rencontres. Moi qui croyais que son amour pour Paul l'empêchait de vivre autre chose, je suis ravie de voir qu'elle a fait un grand pas en avant. Et même si j'éprouve tout d'abord un doute quant à sa motivation, je comprends vite qu'elle est sérieuse lorsqu'elle m'explique qu'elle a élaboré un descriptif strict et précis de son futur amoureux.

Mon enthousiasme faiblit quand elle me montre les profils masculins qu'elle consulte sur son site. Car finalement, choisir un homme sur catalogue, dans l'abstrait, ça me tenterait presque. Mais là, devant ces photos qui défilent, ces visages ingrats, souvent tendus, je doute. Delphine est si ravissante, avec ses traits harmonieux, ses beaux cheveux noirs et ses grands yeux verts…

— Mais comment tu vas faire pour en dégoter un là-dedans ?

— Ne t'inquiète pas, j'ai une piste sérieuse. Il faut que je te montre sa photo. Il aime les chevaux, comme moi, il a son entreprise de bâtiment et il est divorcé. Pas mal ! Oh, tiens, il a enlevé sa photo… Tu vois, il a fait ça pour moi ! Il se retire du marché.

— Comment tu parles !

— Mais c'est rien, comparé aux sites où les femmes sont censées pêcher ou jeter les mecs.

— Alors pourquoi tu continues à chercher, si tu es déjà branchée sur ce type ?

— À ce stade, je n'ai aucune certitude. On s'est promis un rendez-vous mais on n'arrive pas à le caler. Et s'il ne me plaît pas ? Je reste en alerte, comme ça je n'aurai pas perdu de temps.

— Tu n'es pas plutôt accro à ton site ?

Delphine rit. Je capitule et vais me coucher tandis que, à moitié allongée sur les marches de l'escalier (le WiFi capte dans des coins assez improbables dans cette maison), elle continue d'effeuiller le catalogue du site, de vérifier qui visite sa page et si son beau Hom43 lui a laissé un message.

Tandis que le coffre déborde de nos courses du samedi matin, la voiture de Delphine s'arrête devant le petit cimetière de Nanteuil. Nous descendons tous les cinq. Il est amusant de penser que ce rituel, qui était le mien, est devenu celui de ma fille, mais aussi de Delphine et de ses enfants. Ils savent tous où trouver la tombe de celui qu'Adèle a surnommé Papi Victor, elle qui ne l'a jamais connu. Mon père est mort à trente-cinq ans. Aujourd'hui, j'ai dépassé cet âge. Pourtant, lorsque je l'ai atteint, j'ai ressenti toute cette année-là une proximité permanente avec la mort, comme si moi aussi j'allais disparaître d'un jour à l'autre. J'étais arrivée à mon âge limite.

Adèle et Clémentine poussent en habituées la petite porte grillagée et grimpent l'allée. Nous les suivons. Ce cimetière est en pleine décrépitude. Les stèles sont renversées, les tombes usées et couvertes de mousse. Le terrain, très en pente, s'effondre. Je me souviens du cimetière coquet de mon enfance, lorsque j'allais déposer des fleurs avec ma grand-mère et ma sœur. Des fleurs... Bizarre, il y a une rose rouge sur la tombe. Mon cerveau fait un curieux travail de mémoire et d'association.

— Dis donc, Delphine, cet été, quand on est venus, il n'y avait pas déjà une rose rouge, là ?

— Aucune idée...

— Tu crois que c'est la même ?

— Bien sûr que non. Impossible.

Toutes deux, on se dévisage. Si ce n'est pas moi, alors qui est-ce ? Quelqu'un, en plus, qui en a déjà déposé une. Car maintenant j'en suis certaine, il y en avait une en août dernier et je ne m'en étais pas souciée, persuadée que j'avais dû la déposer moi-même la fois précédente. Une façon inconsciente d'éluder cet étrange problème.

Notre imagination et nos spéculations fourmillent.

— Une admiratrice ? suggère Delphine.

— Une maîtresse ? Et qui doit être du coin.

— Peu crédible. Ton père est mort depuis trop longtemps.

— Non mais avoue que c'est bizarre.

— Et si tu laissais un mot ? Tu le glisses dans une pochette en plastique et tu le coinces sous une décoration ?

Brusquement j'ai peur. Je ne suis pas sûre d'avoir envie d'en savoir plus sur l'inconnue à la rose. Mon enfance a déjà été mise à mal par la disparition brutale de mon père, l'effondrement de ma famille. Et si la réalité était pire encore ? Non, ça suffit. Je repenserai à tout cela plus tard.

Heureusement les enfants s'agitent, montrant des signes d'impatience. Adèle recommence avec ses questions bizarres sur la mort et suggère à Clémentine d'aller chasser les vampires. Il est temps de partir.

Avec nos grands paniers et nos bottes en caoutchouc, nous sommes parés pour la forêt et le ramassage des châtaignes. Adèle et Clémentine ouvrent la voie, Tim reste auprès de nous. Il a envie de parler. De son père. Paul lui manque, et il ne cesse de s'angoisser pour cet homme toujours parti dans les coins les plus dangereux du monde. Il fait des cauchemars, Delphine se sent impuissante.

— Tim, si tu le souhaites, je t'emmène voir quelqu'un, c'est comme tu veux. Tu pourras tout lui dire, ce sera entre vous, il ne répétera rien à personne.

— Et ça va ramener papa à la maison ?

Il jette un regard noir à sa mère et s'éloigne de nous.

— Tu vois, Paul continue sa vie comme s'il n'avait pas d'enfants, et c'est moi qui dois subir leurs crises, leurs peurs, toutes leurs angoisses et le manque qu'il génère. Je suis là pour eux, mais on dirait que c'est moi qui suis coupable.

— Tu penses que Paul aura un jour envie de rentrer ?

— Lui ? Il mourra avec son appareil à la main.

— Tu as épousé un idéaliste. C'est aussi pour ça que tu l'as tellement aimé. Paul vit son métier comme une mission, ou un sacerdoce, non ?

— Ça ne m'empêche pas de lui en vouloir. On aurait pu être heureux, tous les quatre. Mais je t'assure, maintenant je suis prête à rencontrer quelqu'un, j'ai envie de tomber amoureuse.

— Et si Paul revenait ?

— Je n'y crois pas une seconde. Et puis c'est trop tard. Il m'a profondément blessée.

J'ai du mal à croire que mon amie ne craquerait pas, si Paul proposait de venir vivre avec elle et les enfants. Cet homme est irrésistible. Et je ne le dis pas uniquement parce qu'il est extrêmement séduisant. Non, Paul est un être d'exception. Il défend une noble cause au péril de sa vie, avec intelligence et générosité, et il reste d'une modestie admirable. Toujours un mot gentil pour chacun, un sourire communicatif et sincère. Je suis persuadée que l'on n'en rencontre pas deux comme lui au cours de son existence.

— Bon, on peut changer de sujet ? dit Delphine, interrompant le cours de mes pensées. Et toi, les amours, tu en es où ?

— Oh moi, je suis une vieille fille acariâtre, maintenant, ma cause est perdue ! Je me consacre à ma fille. Et vu que je ne sors jamais, je ne rencontre personne…

— Allez, quand on rentre, je t'inscris sur mon site !

— Ah non ! Pas pour moi, ça me fiche la trouille.

— Pourquoi ?

— J'aurais trop peur de tomber sur un dingue. Et puis ce système de rendez-vous organisé avec un inconnu sélectionné sur un fichier, je ne sais pas…

— Au fait, j'ai offert à Laure, avec sa sœur et une autre copine, Claire, que tu verras demain, un abonnement de six mois à mon site. Tu penses que j'abuse ? Que je lui force un peu la main ?

— La connaissant, je trouve que vous jetez votre argent par les fenêtres, mais j'ai peut-être tort. Il y a plus de gens qu'on ne le pense qui sont séduits par ce truc.

Clémentine et Adèle nous interrompent.

— Dites, crie Clémentine (quand elles sont toutes les deux, nos filles sont incapables de parler à un volume sonore normal), on en a marre de se piquer les mains toutes seules, vous faites quoi à bavarder ?

Adèle rit et m'envoie une bogue sur le bras.

— Adèle, arrête !

— Mais c'est pour rigoler…

La forêt est belle, quelques rayons de soleil filtrent encore à travers les branches. Les Parisiennes comme Adèle et moi nous régalons à la vue des champignons, des troncs verdis de mousse et de l'odeur de terre et de feuilles mortes. Je rêve souvent de tout quitter et de venir vivre ici, à la campagne. Trouver un travail simple, moins stressant, probablement moins stimulant et sûrement moins bien payé, mais humain. Est-ce si intéressant, finalement, de s'échiner dans une boîte où les gens se font la guerre en permanence, se mentent, se manquent de respect et ne pensent qu'à leur peau ?

Une jungle, voilà, je travaille dans une jungle. Et je songe à l'école de ma fille, où trois gosses de huit ans ont volé l'argent de la coopérative dans le bureau du directeur. Huit ans et déjà leur premier casse. Je me doute bien que les grands frères sont derrière eux, mais ça ne change pas mon impression de jeunesse perdue, et j'ai la trouille... Je ne supporte plus de faire grandir ma fille dans cet environnement de violence. J'ai peur, pour son innocence, pour son avenir, j'ai peur de ce qu'elle pourrait subir. Alors j'ai envie de la sortir de là.

Adèle me prend la main.

— Ça va, mam ?

Elle me sourit de son immense sourire ravi, son petit nez plissé et ses jolies dents découvertes, et se sauve avant d'avoir entendu ma réponse.

Ce soir, Paul téléphone avant le dîner. J'entends Delphine s'énerver, puis c'est Tim qui prend l'appareil, il parle sobrement, presque froidement. Essaie-t-il de se montrer distant envers son père ou de lui faire croire qu'il est fort et assume très bien leur interminable séparation ? Cet enfant si beau, si triste, si grave, me fait penser à ma sœur aînée qui, à l'âge de dix ans, a dû seconder ma mère dans notre famille réduite à trois avec la mort de mon père. Ma petite mère, ou mon petit père, ma grande sœur, elle est devenue tout cela à la fois. Au point de s'oublier, elle.

Clémentine arrache l'appareil des mains de son frère. Elle rit, crie, raconte sa journée, puis soudain son visage se métamorphose et elle éclate en sanglots. Mais comment fait Delphine pour supporter tout ça ?

Mon amie me prend en aparté.

— Devine quoi, il part au Yémen. J'aurais dû m'en douter, il paraît que là-bas c'est l'enfer, comme en Syrie, alors pourquoi se priver ? La bonne nouvelle, c'est qu'avant ça il va passer voir les enfants, les prendre quelques jours s'il peut.

— Tu vas lui parler de Tim ?

— Ça ne sert à rien. Qu'est-ce que tu veux qu'il fasse ? Il ne va pas renoncer à sa nouvelle mission. Il me dira que je veux le faire culpabiliser et qu'il a toujours été honnête avec moi. Je vais m'épargner de la souffrance et gérer mon fils toute seule, comme d'habitude. Bon, allez viens, je vais te servir mon nouveau cocktail préféré, tu vas adorer.

Delphine et moi avons retrouvé le sourire en nous bourrant de gâteaux apéritifs et en avalant deux Cognac-Schweppes. Delphine aurait pu être barmaid tant elle est douée pour les cocktails. On rit tellement aux souvenirs de nos vacances à Nanteuil, comme nos visites obligatoires à la vieille cousine (de qui, on ne sait plus !) Valentine qui nous forçait avec son sourire édenté à goûter ses bonbons au miel périmés depuis au moins un demi-siècle. Ou le cousin (de mon grand-père, lui) Marcel dont ma grand-mère nous interdisait l'accès à la maison car elle était infestée de puces. Cet homme qui avait dû faire la guerre de 39, ou peut-être la précédente, allez savoir – il avait l'air centenaire – vivait en ermite dans sa grande maison. Je n'y suis jamais entrée. On rit, on oublie l'heure, les enfants que nous n'avons toujours pas fait dîner et qui ont disparu dans les étages, dans leur monde. Une soirée chez Delphine, une soirée qui me redonne des forces, recharge mes batteries.

3

Dimanche matin, je me réveille avec une impression étrange. J'ai rêvé de mon père. Il était tel qu'avant sa mort, encore jeune et séduisant, et il passait devant moi, sans me reconnaître, une femme blonde à son bras et trois petits enfants derrière lui. Il avait l'air heureux, ils formaient une famille harmonieuse, et ma gorge s'est serrée. Je voulais crier, l'arrêter, mais aucun son n'est sorti de ma bouche et ils ont disparu au coin de la rue.

Plus tard, sous la douche, je me repasse tout le rêve. La vision de la rose du cimetière me revient. Comment faire pour savoir ? Et est-ce que je le veux ? Quand j'étais enfant, je rêvais souvent, rêve éveillé ou réel, que mon père était vivant mais qu'il nous avait abandonnées pour vivre une autre vie, avec une autre famille. Curieusement, cette rose ravive en moi cette peur, ou ce fantasme. Enfant, aussi, j'en concluais que je lui pardonnais mais que je voulais qu'il nous reprenne auprès de lui.

Delphine est assise en tailleur, à même le sol, le dos calé à la porte d'entrée. Elle est déjà sur son ordinateur. Elle m'accueille d'un cri de victoire :

— Il m'a laissé un message, on va se voir ! Enfin ! Je lui propose mes créneaux pour le week-end prochain. Génial !

Les enfants sont collés l'un contre l'autre sur le canapé et me jettent un œil morne et indifférent avant de se replonger dans leur dessin animé. Ils se goinfrent de céréales et de tartines. Adèle qui ne veut jamais manger à la maison s'empiffre avec allégresse.

Le petit déjeuner terminé, Delphine m'emmène faire un tour en voiture dans les villages environnants. Comme je l'envie d'avoir à chercher une maison ici. Les propriétés devant lesquelles nous passons sont belles, souvent cachées par une végétation foisonnante, derrière un beau portail en bois.

— Je t'ai gardé la plus belle pour la fin. Regarde, elle est énorme ! Il faudrait que je fasse un emprunt sur… cinquante ans pour l'acheter.

Une maison immense se dresse devant nous, en haut d'une colline. Grande bâtisse très ancienne, au moins du XVIIe siècle, austère, aux nombreuses fenêtres étroites bien alignées, au cœur d'un jardin majestueux et luxuriant.

— Et si j'en achetais une partie avec toi ?

Les mots sont sortis de ma bouche sans que je ne réfléchisse. Je ne sais pas pourquoi j'ai dit ça. Est-ce à cause de mon envie de tout quitter et de venir vivre ici ? C'est impossible. D'abord, je n'ai aucune fortune personnelle, et puis mon urgence, c'est de changer de quartier pour offrir une vie meilleure à ma fille. Et un quartier plus tranquille, s'il en existe encore, veut dire un loyer plus cher. Alors faire un emprunt pour l'achat d'une maison relève de l'utopie.

Delphine m'observe.

— Tu es sérieuse ?

— Je ne sais pas, ça m'est venu comme ça. Tu sais à quel point j'aimerais vivre ici…

— Ce serait un beau projet, on aurait une immense maison, un grand jardin, le bonheur !

En fin de matinée, nous montons tous de nouveau en voiture, direction la maison de Laure, située dans un village voisin. J'ai acheté une bouteille de champagne et Delphine un stock de bougies d'anniversaire. Je me demande la tête qu'elle va faire lorsqu'elle recevra en cadeau ses six mois d'abonnement…

Laure est une des rares personnes qui a su garder toutes les qualités qu'enfant elle avait déjà. Elle est la femme la plus chaleureuse que je connaisse, et d'une bonté toute naturelle : elle ne le fait pas exprès, elle n'a besoin d'aucun effort, elle est adorable. Je me souviens de la petite fille de huit ans qui, lorsqu'elle venait partager nos jeux, nous apportait de jolis cadeaux qu'elle avait fabriqués ou une part de gâteau cuisiné spécialement pour nous. Aujourd'hui, elle est toujours là pour Delphine et ses enfants, qui l'aiment comme leur bonne fée. Quand mon amie a débarqué à Nanteuil, triste et fragile, Laure ne l'a pas lâchée. Elle l'a aidée à s'installer, a souvent pris les enfants chez elle pour le week-end, et les a entourés d'amour. Physiquement, c'est une femme impressionnante. Très grande, un peu ronde, une chevelure rousse indomptable et d'immenses yeux noisette, elle parle d'une voix forte légèrement rauque que je trouve très sexy, et son rire communicatif est extrêmement sonore. Je m'étonne toujours que cette femme unique soit encore célibataire. Elle n'a pas non plus d'enfants et ne vit que pour ses chevaux. Il y a deux ans, Laure a eu le courage de changer radicalement de vie. Elle était cadre en ressources humaines dans une entreprise de la région. En dehors de son travail, elle vouait comme Delphine, depuis l'enfance, une passion absolue aux chevaux. Aussi, quand l'homme à qui appartenait le centre équestre où elle venait monter presque tous les jours, et qui était devenu un ami, lui a proposé le poste de gérante, elle a sauté sur l'occasion. Seule ombre au tableau, aujourd'hui : sa solitude.

Lorsque nous arrivons chez elle, dans sa petite maison ancienne d'un étage, sa sœur Iris est déjà là. Grande aussi, la même chevelure flamboyante, elle a cependant un visage moins frappant. Iris est enceinte de huit mois d'un homme qui l'a quittée au deuxième mois de grossesse. Après un passage difficile, elle a remonté la pente et retrouvé une certaine joie de vivre, portée par la venue de son enfant. Au moment de l'accouchement, nous explique-t-elle, elle tient à faire bonne impression à son bébé : elle veut qu'il découvre une femme jolie, chaleureuse et gaie, non pas une dépressive au bout du rouleau.

Iris et Laure m'éblouissent par leur force vitale. À leur contact, j'ai toujours l'impression que tout a une solution, que chaque épreuve est surmontable. Pourtant, ces deux battantes n'ont jamais réussi à s'épanouir dans leur vie personnelle. Y aurait-il un lien avec leur enfance si particulière, leur éducation si stricte et bridée ? Quand je pose la question à Delphine, elle me répond en riant que je raconte n'importe quoi. Ces filles sont deux merveilleuses optimistes qui n'ont pas eu la chance qu'elles méritaient, point final.

On toque à la porte. Claire, une ravissante femme blonde trentenaire, entre en claironnant un « bonjour les filles, salut Tim ». Derrière elle, ses trois enfants : son aînée de dix ans, son fils de sept ans et la petite dernière, une miniature de petite bonne femme âgée de quatre ans. Tous trois arrivent en hurlant, en se bousculant. Les deux petits se jettent sur le chien et essaient de grimper sur son dos. Même Adèle a l'air horrifiée par tant de bruit et d'agitation. Elle me regarde, interloquée, et secoue la tête. Elle est tellement drôle, on dirait elle, il y a une heure !

Quelle réunion étrange, quatre femmes sans maris – car Claire vient juste de divorcer – et plein d'enfants, six, en fait, sans compter la petite fille qui grandit dans le ventre d'Iris. On envoie les enfants jouer dans le jardin, à l'exception de Tim et d'Inès, l'aînée de Claire, qui préfèrent rester avec les adultes. Inès, la tête posée sur l'épaule de sa mère, lève parfois les yeux pour la regarder d'un air empli d'amour et d'admiration. Il faut dire que Claire a un sacré charisme, une vraie beauté. Elle nous fait bien rire avec ses histoires de femme divorcée, son mari qu'elle a mis à la porte et qui semble incapable de se débrouiller tout seul.

— Bon, les filles, sortez le champagne, on a quelque chose à fêter aujourd'hui, annonce-t-elle, et elle adresse un sourire complice à Iris.

Cinq minutes plus tard, les enfants nous ont rejoints et nous sommes assis autour de la table, couverte de plats. Fidèles à leurs habitudes, Iris et Laure ont préparé à manger pour vingt personnes. Tandis que Delphine pose les bougies sur le plus gros gâteau, Claire s'attaque au bouchon du champagne. Une fois les verres remplis, toute la petite communauté de mères et d'enfants que nous formons entonne *Joyeux anniversaire*. Les enfants sont appliqués, comme à l'école, les mères goguenardes et malicieuses. Adèle, assise à côté de Tim, a posé sa main sur son bras, comme pour lui signaler son affection. Elle adore Tim, son grand frère d'adoption, si bienveillant. Et, sans le savoir, elle se comporte souvent à son égard avec une tendresse toute protectrice.

Cet anniversaire est aussi bruyant qu'un goûter d'enfants. Tout le monde parle en même temps, Iris balance des blagues assez vaches à sa sœur. Visiblement, c'est leur mode de fonctionnement, et Laure n'a jamais l'air de s'en offusquer.

— Bon, annonce Delphine, le cadeau maintenant. Voilà, de notre part à toutes.

Et elle tend une enveloppe à Laure.

En découvrant le contenu, elle rougit légèrement puis nous sourit.

— Ça te plaît ? demande Claire.

— Ouais.

— Tu vas t'en servir, hein ?

— Possible.

— Oh, allez, inscris-toi au moins.

— Je sais, déclare Claire, on va créer ton profil tout de suite. Allez les gosses, du balai, on a des choses à faire.

Les enfants, les joues rougies par l'excitation, enfilent leurs bottes en caoutchouc et disparaissent dans le jardin.

— Finalement, dit Delphine, il n'y a que Justine qui ne sera pas inscrite. Tu es sûre que ça ne te tente pas ?

— Ben moi je ne le suis pas non plus, dit Iris.

— Oh mais toi tu es juste enceinte, on ne peut pas tout faire à la fois.

Je me tourne vers Claire et lui demande si elle aussi est sur un site. Oui, m'explique-t-elle, mais, étant médecin généraliste, elle ne tient pas à ce que sa photo circule et que ses patients la reconnaissent.

— Je suis chez les VIP, m'avoue-t-elle, c'est le club fermé et sélect de mon site, on ne rentre que si on est accepté par les membres. Comme ça, je me sens protégée.

— Et tu as fait des rencontres intéressantes ?

— Tu rigoles ! Sinon, je ne serais pas ici avec vous ! Oh, pardon, Laure, ce n'est pas ce que je voulais dire…

Laure éclate de son rire franc et tonitruant.

— Allez, je vous raconte mon plus gros fiasco ? poursuit Claire. Un abruti qui avait pourtant l'air spirituel et drôle, et gentil aussi. On s'est retrouvés pour un dîner. Il ne m'a parlé que de ses problèmes de boulot et de fric. Et à la fin il m'a dit qu'il avait oublié sa carte et qu'il allait falloir que je paie.

C'est tellement pathétique que j'ose à peine rire, mais Claire nous raconte ça avec une telle légèreté que je me laisse aller.

— Merci Claire, maintenant je suis hyper motivée pour m'inscrire et aller rencontrer des hommes, lance Laure.

— Arrête de te plaindre et mets-toi devant cet ordinateur, petite sœur. Alors, ton physique : de rêve bien sûr.

Nous mettons presque une heure pour faire le profil de Laure et définir les critères de l'homme qu'elle recherche. Je pense à mon amie Héloïse, qui est journaliste et vit depuis dix ans avec un cuisinier malien. Si elle était passée par un site de rencontres, jamais l'ordinateur n'aurait pu la brancher sur son ami. Incompatibles ! Aucun point commun social ou culturel, voire financier, donc aucune chance de faire le lien sur Internet.

Nous finissons cette belle journée par une grande balade dans les champs. Alors que le soleil se couche lentement, j'observe notre petit groupe, ces femmes adorables et drôles, et ces enfants dont aucun ne vit avec son père, qui courent, se bousculent et rient comme si la vie était simple et facile. Adèle a horreur de marcher. Je vois bien qu'elle voudrait que je la porte malgré son âge. Elle finit la promenade collée à moi et pesant contre ma hanche de tout son poids. Dans deux minutes, elle va grimacer et me dire qu'elle a atrocement mal à la jambe. Claire a pris sa petite dernière, Manon, sur son dos, ce qui renforce le sentiment d'injustice de ma fille.

Il est l'heure de regagner la gare. Demain, retour à notre vie parisienne. Un petit cocon mère-fille que j'aime, mais qui ne doit pas s'éterniser, pour notre bien à toutes les deux. Je pense à Claire, seule avec ses trois enfants, son métier de médecin, toutes ses responsabilités, et je me demande comment, en plus, elle a le courage de croire qu'en cherchant un homme avec l'aide d'un ordinateur, elle va trouver l'amour.

4

Dans le train qui nous ramène à Paris, tandis qu'Adèle dort, la tête posée sur mes genoux, je ne peux pas m'empêcher de penser à la rose rouge. Pourquoi m'a-t-il fallu voir une fleur fraîche pour la deuxième fois avant de réagir ? Est-ce que j'ai envie de savoir qui est l'inconnue qui l'a déposée ?

Mon père était un fou d'équitation. Un été, il nous a laissées pour aller passer une semaine en Camargue, il voulait monter à cheval, galoper des heures dans la nature. Enfin, c'est ce que ma sœur m'a raconté, moi j'étais trop petite pour m'en souvenir. Isabelle avait dix ans en 1982. Et elle savait déjà plein de choses. Pendant son séjour en Camargue, mon père s'est amusé à monter à cru. Et, bien sûr, lui qui devait se croire invincible ne portait pas de casque. Il s'est fracturé le crâne en tombant lorsque son cheval s'est emballé. Il paraît qu'il est mort sur le coup. Une mort stupide qui aurait pu si facilement être évitée. Tellement absurde que parfois je m'interroge : et s'il l'avait fait volontairement ? S'il avait voulu mourir ? Ou jouer avec la mort ? J'ai souvent entendu dire depuis, par des adultes, que mon père n'aurait jamais dû prendre de tels risques alors qu'il était marié et père de deux petites filles. Je suis d'accord. Alors, l'a-t-il fait exprès, consciemment ou inconsciemment ?

En grandissant, je me suis toujours fait la promesse que mes enfants auraient un père. Quitter Benjamin a été atrocement douloureux, surtout parce que j'ai eu l'impression de tout rater, pour Adèle. La vie de famille avec un père que je souhaitais tant lui offrir n'aura duré que cinq ans. Mes amies haussent les épaules quand je me plains.

— Mais enfin, Justine, son père n'est pas mort !

Oui, mais on ne forme plus une famille. Et pourtant, c'est Adèle qui nous a libérés, Benjamin et moi, de notre relation infernale. Notre fille ne supportait plus nos disputes, nos cris, elle ne parvenait plus à s'endormir, elle était nerveuse et triste. Son père et moi, nous avions honte mais nous nous accrochions. Je ne voulais pas renoncer, Benjamin croyait qu'il ne pouvait pas vivre sans nous. Et puis un matin, alors que je l'emmenais au centre de loisirs, Adèle s'est lancée dans une diatribe pleine de colère, cette rage qui ne la quittait plus.

— Maman, je veux partir en colonie de vacances, je veux partir, je veux me débarrasser...

— Te débarrasser de quoi, Adèle ?

— De tout, je veux me débarrasser de tout, de vous.

J'étais interloquée.

— Mais tu es si petite, tu veux vraiment partir toute seule, sans tes copines, et ne pas nous voir pendant une semaine ?

— Oui, oui, oui. Je veux m'en aller.

Quand j'ai raconté ça à son père, on s'est regardés et on a pleuré. Adèle est partie une semaine, et on a commencé à organiser notre séparation. Même si elle a beaucoup souffert de notre rupture, je vois bien qu'elle va mieux. Elle a même accepté Éléonore, la nouvelle compagne de Benjamin. J'avoue que je n'insiste pas pour qu'elle me parle d'elle, mais elles ont l'air de bien s'entendre. Et si moi, je rencontrais quelqu'un ? Je crois qu'elle ne le supporterait pas, on vit tellement en circuit fermé, toutes les deux. Mais j'ai peut-être tort. Je me souviens que moi, à son âge, je rêvais que ma mère rencontre quelqu'un. C'était égoïste, en fait, je voulais qu'elle me donne un autre père. Adèle, elle, a le sien.

Finalement, quand elle est rentrée de sa colonie, je lui ai demandé :

— Alors, ça t'a plu ?

— Beaucoup, a-t-elle répliqué d'un ton résolu. Mais je ne veux plus jamais y retourner de ma vie.

Après notre séjour à Nanteuil, Adèle et moi reprenons notre train-train. Ce matin, à mon travail, je reçois un mail de Véronique au sujet de mon texte de promo sur des shampooings japonais.

> Justine,
>
> Peux-tu en urgence remanier ton texte « Shampooings divins » pour le rendre moins plombant, moins mièvre et plus vendeur ?
>
> Merci de ton retour,
>
> Véro

J'hésite entre éteindre mon ordinateur et rentrer chez moi, ou faire une entrée fracassante dans le bureau de ma chef et lui hurler dessus. Au lieu de cela, je me rends sur la terrasse au dernier étage de notre immeuble de bureaux et j'appelle Delphine. On est mercredi, et je sais qu'elle est chez elle. Mon amie travaille dans un centre de bien-être à Poitiers. Après le combat humanitaire, elle a fait une formation pour devenir professeur de Pilates, un vrai grand écart, mais qui finalement lui va bien. Et comme elle a une belle plume et que ce centre est assez artisanal, elle s'occupe, en plus de ses cours, de toute la communication.

— J'ai eu mon rendez-vous avec Jérôme ! hurle-t-elle en guise de salutation.

— Jérôme ? C'est qui celui-là ?

— Eh, ne fais pas comme si je passais mon temps à avoir des tas de rencards. Tu sais bien, celui que je devais rencontrer, le seul, l'unique. Ça y est, on a pris un verre le week-end dernier.

— Super ! Et comment ça s'est passé ?

— Il est adorable, charmant. Vraiment, il me plaît beaucoup.

— Vous vous revoyez quand ?

— Très vite. On a prévu de se rappeler cette semaine pour organiser une soirée. Il faut que je voie si Laure peut prendre les enfants.

— Et il est comment, physiquement ?

— Pas mal du tout. Grand, de l'allure, sûr de lui, je dirais même qu'il a un certain charisme. Normal, pour un chef d'entreprise.

— Wouah, je suis presque jalouse !

— Tu sais ce qui te reste à faire.

— Non, pas du tout. Je compte sur toi, il aura sûrement un frère ou un meilleur copain.

— Ah je vois, je me paie tout le boulot et tu en profites !

— À propos de boulot, je voudrais que tu fasses quelque chose pour moi.

— Oui, quoi ?

— Tu sais, ton idée, celle de déposer un mot sur la tombe de mon père ? J'aimerais bien que tu le fasses, finalement.

— Tu as changé d'avis, alors ?

— Oui, j'ai beaucoup réfléchi.

Et je n'avoue pas à Delphine que, depuis mon retour de Nanteuil, je n'ai cessé de penser à cette rose et, surtout, à mon père. Comme lorsque j'étais enfant et voulais croire qu'il était encore en vie, quelque part, j'ai imaginé quantité de scénarios. Mais aujourd'hui, je peux peut-être avoir une réponse. Si je rencontrais celle – en partant du principe qu'il s'agit d'une femme – qui dépose ces roses, je pourrais apprendre des choses sur mon père, je pourrais comprendre, et peut-être parvenir à aimer celui pour lequel j'éprouve depuis toujours des sentiments ambivalents.

Depuis sa mort, ma vie de famille ressemble à un chaos et, malgré les années, rien ne s'est apaisé ni ne semble résolu. J'ai vu ma mère pleurer pendant des années, ma sœur obligée de grandir trop vite. Tout ça pour un homme qui m'est presque inconnu. Pourquoi serais-je censée l'aimer, d'ailleurs ? Juste parce que c'est mon père ? Pourtant j'ignore qui il était. Chez nous, la règle tacite était d'éviter d'évoquer celui qui avait brisé nos vies.

Alors, si aujourd'hui quelqu'un peut m'aider à en savoir plus sur lui, je suis preneuse. Il m'arrive de croire que, si j'arrivais à voir avec mes yeux d'adulte ce que j'ai vécu enfant, je pourrais peut-être accepter ce passé qui me torture encore. Et pour cela, j'ai besoin qu'on me raconte ce qu'on m'a toujours tu.

Au bout de la ligne, mon amie attend que je poursuive.

— Delphine, je veux retrouver cette femme. Je veux qu'elle m'explique son lien avec mon père, et qu'elle me parle de lui.

— Mais pourquoi elle ? Ce qu'elle pourrait te dire risque de te blesser. Si tu as besoin d'en savoir plus, pourquoi tu ne t'adresses pas à ta mère et à ta sœur ?

— Parce qu'elles n'ont jamais aimé qu'on parle de lui, parce qu'elles le détestent, je ne sais pas… Mon père est un sujet tabou, tu comprends ?

— Non, pas du tout. Mais oui, d'accord, je vais t'aider. Même si je pense que c'est une mauvaise idée. Que veux-tu que je fasse, exactement ?

— Ta proposition de glisser un message sous une décoration de la tombe, protégé par une pochette en plastique ?

— Une idée brillante, oui, renchérit Delphine. Et j'écris quoi ?

— J'ai pensé à un mot, du genre : *Nous sommes proches de Victor Trévise mais nous ne nous connaissons pas. J'aimerais vraiment vous rencontrer. S'il vous plaît, appelez-moi au* – là tu mets mon numéro de portable, et tu signes : *Justine Trévise, fille de Victor.*

— Bon, tu me laisses arranger un peu le texte et je le dépose, je te le promets.

— Delphine, tu es une sœur pour moi.

— Je sais. Je te préviens quand c'est fait, et tu m'appelles dès que tu as du nouveau, promis ?

— Promis. Toi aussi, tiens-moi au courant, pour Guillaume.

— Jérôme !

Lors de sa dernière visite, elle a trouvé un mot, rédigé à la main. Une écriture ronde et vulgaire, comme elle les déteste. Signé par Justine. Un mot à la fois insistant et désespéré. Que croit-elle, Justine Trévise, en claironnant son titre de « fille de Victor » ? Qu'on ignore son existence ? Qu'il pourrait être intéressant de la rencontrer ? Mais pour quoi faire ? Et pour qui se prend-elle, cette fille qui pendant des années n'est pas venue une seule fois se recueillir sur la tombe de son père ? Elle débarque après quinze ans d'absence et s'étonne que quelqu'un s'occupe de la fleurir. La fille indigne veut savoir qui s'est occupé de son papa, reprendre un fil qu'elle a coupé volontairement.

Comment pourrait-elle avoir envie de connaître Justine ? Elle déteste cette créature qui, en naissant, l'a séparée pour toujours de Victor, lui a gâché la vie. Certes, Justine n'a rien demandé, elle est juste venue au monde. Tout cela était une affaire d'adultes, de lâcheté aussi. Justine, au fond, est plutôt à plaindre. Elle a à peine connu Victor, elle n'a pratiquement pas eu de père.

C'était pourtant un être fascinant et débordant d'énergie. Quand il entrait dans une pièce, l'atmosphère se transformait. La lumière et la joie pénétraient dans les lieux en même temps que lui. La passion du cheval, c'est lui qui la lui a transmise, la magnifique écurie de propriétaires qu'elle a montée toute seule, sa fierté, c'est grâce à lui, à ce qu'il lui a donné.

Elle n'ira certainement pas se torturer davantage en prenant contact avec Justine. Et pourtant, ce mot la remue plus qu'elle ne le croit. Parfois, elle est si démunie. Même si elle aime se présenter comme une femme forte, une femme douée d'une sacrée volonté, elle sait bien que, quand elle se retrouve seule chez elle, le masque tombe. Elle se sent pareille à une petite fille qu'on aurait oubliée. Une petite fille avec un visage de femme qui aurait vieilli trop vite : de grands yeux sombres soulignés de lourds cernes, une ravissante bouche rose, encadrée de profondes rides.

Justine est tout le portrait de sa mère, elle est allée voir ses photos sur sa page Facebook : des cheveux châtains mi-longs, coupés en un savant dégradé, des yeux lumineux d'une couleur indescriptible, jaune-vert, un visage ravissant doit-elle admettre, fin et délicat, parsemé de taches de rousseur. Elle, elle s'est toujours trouvé un air dur, austère, même si les hommes ont vanté l'élégante courbe de son visage et ses belles pommettes hautes. Son point fort, selon elle, ce sont ses yeux, immenses et profonds. Enfin, pour ce que cela lui aura servi dans la vie. Après la fin brutale de son amour de jeunesse, elle a arrêté d'y croire. Le temps et les amants sont passés, elle est restée incapable d'aimer vraiment de nouveau. Elle n'a pas eu d'enfants malgré son désir, car élever un enfant sans père était pour elle inconcevable. Heureusement, sa passion pour l'équitation lui a apporté un immense bonheur. Sa carrière a été brillante, ses chevaux sa fierté. Mais aujourd'hui ? Comment continuer à avancer ? Pour aller où ? Sans qu'elle s'en rende compte, ce mot l'a bouleversée.

5

Ce soir, il y a un mot dans le cahier de correspondance d'Adèle. La prof de dessin explique à son père et à moi que notre fille se montre insolente envers elle et qu'elle perturbe le bon déroulement de la classe par ses bavardages. Elle distrait ses camarades et répond à l'enseignante. J'ai l'impression de me prendre une grande claque. Elle finit en signalant qu'Adèle s'était déjà illustrée l'année précédente et qu'il serait temps que nous en discutions avec elle. Depuis l'année dernière ? Et ce ton de reproche, comme si son père et moi n'avions pas fait notre boulot et la laissions n'en faire qu'à sa tête depuis le CP. Mais on ne nous a jamais dit qu'elle perturbait la classe, l'année dernière. Ah, l'insolence d'Adèle… Pourtant, souvent, je sais qu'elle cherche simplement à être drôle, elle plaisante avec son air pince-sans-rire devant des adultes qui ignorent qu'une si petite fille est capable de faire des blagues avec tant de sérieux. Mais il est évident qu'en classe, vis-à-vis d'un professeur qui impose son autorité, ce n'est plus de l'humour, c'est de l'impertinence.

C'est dans ces moments-là que je souffre le plus de ma solitude. Je vais bien sûr appeler Benjamin, mais c'est moi qui reçois le cahier et qui vais devoir le signer. C'est moi qui me retrouve face à Adèle qui me regarde avec son air soupçonneux. Elle s'interroge : va-t-elle me gronder, cafter auprès de papa, me priver de dessert ? Pour désamorcer la crise, elle rentre dans de grandes explications :

— Mam, je t'explique. En fait, sans faire exprès, j'ai glissé de ma chaise en voulant attraper mon pinceau qui était tombé par terre. Je me suis retrouvée sur les fesses. C'est pas ma faute. Lina a éclaté de rire et toute la classe nous a regardées, tu vois, alors la maîtresse s'est mise à me hurler dessus…

— Adèle, il paraît que tu perturbes la classe de dessin depuis l'année dernière.

Quand ma fille voit que son mensonge ne prend pas, elle se met à pleurer. De grosses larmes roulent sur ses joues.

— Elle est horrible, cette maîtresse, elle n'arrête pas de crier, on a tous peur d'elle.

— Alors tu n'as qu'à tout faire pour qu'elle t'oublie. Écoute, je te propose un jeu.

Une petite lueur éclaire les yeux d'Adèle, ma fille se redresse, curieuse.

— Quand tu entres en classe, tu récites dans ta tête : « Je suis sage comme une image et je me fais oublier. » D'accord ?

— Oui, maman, c'est promis.

Ah, j'ai dû marquer un point, elle m'a appelée maman…

— Tu t'en souviendras ?

Adèle sourit à présent.

— Tu verras, la prochaine fois, ce seront les autres qui se feront crier dessus. Toi, elle ne te remarquera même pas.

Plus tard dans la soirée, quand Adèle est couchée, j'appelle son père. Je tombe évidemment sur Éléonore, sa voix pleine de joie et d'entrain, qui m'insupporte.

— Justiiiine, comment ça va ?

— Très bien, et toi ?

— Comme d'hab', en pleine forme.

— Et le boulot ?

— Super. Oh mais il y a des choses bien plus importantes que ça dans la vie, et justement…

— Salut Justine, ça va ?

— Benjamin ? J'étais en train de parler avec Éléonore et…

— Et bavarde comme elle est, il valait mieux que je vous interrompe. Alors, qu'est-ce qui se passe ?

— C'est Adèle, j'ai encore eu un mot dans le cahier, pour son comportement. Visiblement, elle perturbe le cours de dessin depuis l'année dernière et est insolente avec la prof.

— Que veux-tu que je te dise, tu lui passes tout, tu la laisses parler n'importe comment…

— Je te signale qu'on ne vit plus ensemble depuis deux ans, donc tu ne sais absolument pas ce que je laisse, ou non, passer. Et à moins que tu ne me contredises, Adèle a aussi un père qui l'élève.

— Écoute, est-ce qu'on peut parler de ça une autre fois ?

— Mais non, c'est important, on doit voir ça tous les deux et…

— Justine, Éléonore attend un bébé.

Ma respiration est coupée, comme si j'avais reçu un coup dans l'estomac. Ou en plein cœur. Éléonore va avoir un enfant avec Benjamin. Madame Parfaite parfaitement heureuse va connaître les joies de la maternité. Comment Adèle va-t-elle réagir ? Mieux que moi, j'espère. Je suis anéantie. Jalouse. Triste. Ç'aurait pu être mon bonheur si on n'avait pas tout raté.

— Justine, tu ne dis rien ?

— Ah, si, formidable, félicitations ! C'est pour quand ?

— On n'est qu'au début. C'est pour juin.

— Très bonne nouvelle. Vous devez être tellement heureux.

— On est fous de joie ! Éléonore n'a même pas de nausées, elle a la pêche, et c'est dingue mais elle n'a même pas pris de poids, juste ses seins qui sont…

— O.K., c'est bon.

— Oui, bref, je suis sûr qu'Adèle va être ravie, elle rêve tellement d'avoir un frère ou une sœur… Alors tu vois, j'ai pensé, ce serait mieux si tu lui disais toi, entre femmes quoi, tu comprends ?

— Eh ! minute, ce n'est pas mon problème, c'est toi qui vas être papa, non ? Alors c'est à toi de le lui annoncer, moi ça ne me concerne pas.

— Écoute, autant te le dire tout de suite, si tu ne le fais pas, je confie à Éléonore le soin de lui parler. Ce sont des trucs de femmes, moi je ne me sens pas du tout capable d'aborder ce genre de sujet avec Adèle. Telle que je la connais, elle va encore me demander comment on l'a fabriqué, ce bébé. Non, c'est au-dessus de mes forces…

J'ai raccroché, et je pleure en me tordant les mains. La porte du couloir s'ouvre, Adèle est là, dans l'embrasure, en chemise de nuit, elle m'observe. Deux secondes plus tard, elle est auprès de moi, me caresse délicatement les cheveux et chuchote :

— Maman, pourquoi tu pleures ? C'est à cause du mot dans mon cahier ?

— Mais non, c'est pas ça. Va te recoucher, ça va aller.

— Tu m'accompagnes ?

— Allez, viens.

Ce soir-là, je m'endors dans le lit de ma fille, recroquevillée contre elle. Vers minuit, je me réveille et me lève péniblement. O.K., je lui parlerai, mais il faut que je me prépare. Je maudis Benjamin, Éléonore et leur bonheur. Comment Adèle va-t-elle réagir ? Elle sera peut-être contente, en fait, de cette arrivée dans sa famille. C'est pour moi seule que cet événement est douloureux.

Le week-end suivant, pendant qu'Adèle est à l'anniversaire d'une copine, je téléphone à Delphine pour lui parler de mon désarroi. Par solidarité, mon amie ne supporte pas Éléonore.

— Comment a réagi Adèle ? me demande-t-elle.

— Elle est incroyable. Elle m'a dit : « Oh oui, bien sûr, je le savais. » « Comment ça ? » « Mam, je sais tout, qu'est-ce que tu crois ? » Et quand je lui ai demandé ce que ça lui faisait, elle m'a répondu : « Ça va. C'est bien. »

— C'est tout ? questionne Delphine.

— Eh bien oui, parce que après ça elle m'a regardée bien dans les yeux et m'a dit : « Et toi, ça ne te rend pas triste ? »

— Qu'est-ce qu'elle est mûre, ta fille.

— Oui, peut-être, mais j'ai l'air de quoi ? D'une mère si fragile que sa propre enfant s'inquiète pour elle ?

— Mais non, elle est comme ça, c'est tout, toi tu es une très bonne mère.

— Pas autant que Super Éléonore qui n'a aucun symptôme de femme enceinte, sauf bien sûr une magnifique paire de seins !

— T'inquiète, ça ne va pas durer. Et j'espère pour elle que Benjamin sera à la hauteur, cette fois. Tu crois qu'il va être encore terrorisé, comme pour Adèle ?

— Il a mûri. Moi j'ai essuyé les plâtres, maintenant il va être exemplaire, comme sa femme.

— Oh ce ton amer ! Enfin, Justine, tu voudrais encore de Benjamin aujourd'hui ? Honnêtement ?

— Bien sûr que non. Tu rencontres un homme de vingt-cinq ans, mûr, sûr de lui, rassurant, intelligent, et tu te retrouves quelques années plus tard avec un type prétentieux, égoïste, qui ne parle que de lui, comment il est tellement génial à son boulot où tout le monde est à ses pieds…

— C'est bon, Justine, stop ! Tu vois, tu peux le laisser à Éléonore, ils vont très bien ensemble.

— Oui mais moi je suis toute seule, et lui nage en plein bonheur avec une femme et un bébé.

— Ta vie n'est pas finie, sois patiente. Et sors un peu plus, aussi, tu ne fais aucun effort. Il n'y a pas de prince charmant qui va venir sonner à ta porte, tu sais.

— Figure-toi, justement, que Pierre et Noémie m'ont invitée à venir dîner chez eux samedi soir. Ils vont me présenter quelqu'un.

— Qui ça ?

— Je ne sais pas, un ami et collègue de Noémie.

Delphine et moi éclatons de rire. Noémie est une maîtresse femme, qui mène Pierre par le bout du nez, et avec qui je ne me suis jamais entendue. Pierre est un vieil ami, et depuis qu'il vit avec elle, je n'ai plus vraiment de plaisir à le voir. Elle travaille dans une société informatique, et je me sens aussi proche d'un informaticien que d'un extraterrestre. Je suis d'un naturel rêveur et distrait, et les gens à l'esprit pratique, qui ont les pieds sur terre, ont toujours du mal avec moi, et réciproquement.

— Eh bien bonne chance, j'ai hâte que tu me racontes.

Je me souviens alors que Delphine aussi a un rendez-vous prévu, avec Jérôme, l'homme charmant rencontré sur Internet. Mais mon amie prend un air abattu quand je lui pose la question. Elle n'a plus jamais eu de nouvelles. Depuis leur rencontre, où Delphine pensait qu'ils avaient passé un moment délicieux, il ne l'a jamais rappelée, ni textée, malgré tous les messages qu'elle lui a laissés.

— Il s'est volatilisé, conclut-elle.

— Ce type doit avoir un sacré problème. C'est sûrement un cinglé.

— Tu es vraiment une amie ! Un type me fuit parce qu'il est cinglé !

— Écoute, si la soirée s'est très bien passée, que vous avez convenu que vous vous reverriez très vite, soit depuis il a été renversé par un camion, soit il est dingue. Qu'est-ce qu'on disait ? On n'est jamais à la merci de types bizarres, sur ces sites de rencontres.

— Justine, s'il te plaît, les « je te l'avais bien dit »...

— O.K., désolée. Peut-être que le copain de Noémie aussi sera un déséquilibré.

— S'il est ami avec elle, c'est sûr ! J'attends ton appel dimanche, sans faute.

— Justine ! Entre. Mais qu'est-ce que tu as fait à tes cheveux ?

— Salut Noémie, je ne sais pas, qu'est-ce que tu veux dire ?

— Tu t'es fait une couleur ?

— Non, pourquoi ?

— Ah, je me disais aussi.

Noémie est une jeune femme très déroutante. Elle raconte n'importe quoi, mais on se sent toujours visé avec elle, une étrange impression que, quoi qu'elle dise, elle nous juge ou nous critique.

Je la suis dans leur salon où, enfoncé dans un gros canapé rose et profond, est assis un homme qui s'en extirpe péniblement pour venir me dire bonjour.

— Justine, je te présente Nicolas, je l'adore !

Je rêve ou Noémie a battu des cils en le regardant ?

— Enchanté, dit-il en me serrant la main d'une paume moite.

Et voilà, encore un coup fourré. Ce type n'est pas du tout mon genre. Grand, maigre, voire osseux, coupe en brosse, l'air aussi sexy qu'une boîte en carton. Noémie l'a fait exprès. Je hais ces femmes comblées qui s'amusent à torturer leurs consœurs célibataires.

Delphine me dirait d'arrêter de faire ma parano, mais je suis sûre qu'elle s'amuse avec moi comme un chat avec une souris. Pourquoi, je n'en sais rien. Il n'y a jamais rien eu entre Pierre et moi. D'ailleurs, lorsque je l'ai rencontré, je croyais qu'il était gay, puis j'ai pensé que c'était un homosexuel refoulé. Je me suis trompée. Ou pas ? Noémie, elle, est tellement possessive qu'elle ne supporte pas notre vieille amitié.

Pierre est très élégant, ce soir. Il me serre chaleureusement dans ses bras. Aïe, ça va énerver sa chère moitié…

— Alors, Nicolas, tu travailles avec Noémie ?

— On est dans le même bureau ! s'exclame celle-ci.

Je regarde Nicolas pour l'inciter à parler, lui aussi, mais il sourit sans répondre. Lorsque nous passons à table et que Noémie nous sert des verrines faites maison, précise-t-elle, Nicolas et moi nous précipitons sur notre verre de vin, le troisième après les deux de l'apéritif. Le pauvre est aussi mal à l'aise que moi.

— Alors, me demande Pierre, comment ça va, ta vie de femme libre ? Justine est une grande connaisseuse des bars parisiens, tu sais, Nicolas.

— Oh, c'est fini depuis longtemps, tout ça, depuis que j'ai eu ma fille je ne sors plus.

— Moi je n'ai jamais aimé ces endroits, intervient Nicolas. Enfin, maintenant qu'on n'a plus le droit de fumer, c'est déjà moins pénible.

— Et tu préfères quels genres de lieux ?

— Il est comme moi, c'est un fan de jeux vidéo. On peut se faire des parties des nuits entières, pas vrai, Nico ? On se met en réseau et c'est parti pour la soirée. C'est juste que chouchou n'aime pas trop ça, hein chéri ?

— Moi je préfère bouquiner pendant que Noémie est scotchée comme une folle sur son ordi.

— Et toi, Justine, tu joues ?

Première question de la soirée que me pose Nicolas.

— Non, je suis comme Pierre, un bon livre, ça me suffit.

— Mais c'est très solitaire. Entre joueurs, on partage des moments forts, on passe des soirées géniales. Ça ne t'a jamais tentée ?

— Je suis très classique : je préfère voir les gens en vrai, pour papoter tranquillement…

— Justine est très vieille France, déclare Noémie à l'intention de son ami.

— Ça n'a rien à voir, j'ai passé l'âge de jouer.

— Noémie, tu m'accompagnes à la cuisine, s'il te plaît, on va servir la suite.

— Oh, chéri, tu peux y aller tout seul, je tiens compagnie à nos invités.

C'est au dessert que j'ai l'impression de vivre un grand moment de solitude. Alors que je me laisse aller à raconter comment une copine qui tirait les cartes m'avait fait un tarot un soir, Noémie s'énerve.

— Mais enfin, c'est nul de croire à ces trucs-là, j'espère que tu n'as pas payé, au moins ?

— C'est une copine…

— Je ne comprends pas qu'on puisse se faire avoir. À la rigueur, pour celles qui ont raté leur vie, je peux imaginer qu'on se laisse tenter. Mais c'est tellement désespéré.

— On s'est bien amusées, après tout ça fait rêver, comme dans vos jeux imaginaires.

— Ah ! Rien à voir, s'insurge Nicolas, ce sont des jeux de stratégie.

— Pierre, je crois qu'on n'a rien compris, dis-je en me tournant vers mon ami pour chercher un peu de soutien.

— Oui mais Justine, les tarots, ne recommence pas, hein ? Tu n'es pas tombée si bas, quand même.

Je rentre chez moi en taxi, je refuse la proposition de Nicolas de me raccompagner. Je pousse la porte de mon appartement et un grand vide m'étreint. Ma fille est chez son père, je suis seule, tellement seule. Des soirées de ce genre me renvoient en pleine figure mes manques, le manque de chaleur et l'indifférence des êtres qui peuplent cette ville. Comme j'aimerais vivre à Nanteuil, là où la gentillesse existe encore. Il faut vraiment que je réfléchisse à ce projet sérieusement. J'imagine une petite maison blanche aux volets bleus, avec une cheminée et un jardin pour Adèle où on planterait des fleurs, des framboisiers. Elle aurait une balançoire, et il y aurait Delphine et ses enfants tout près de nous. Demain j'appelle mon amie, j'ai très envie de lui en parler.

6

Je n'ai pas le temps de raconter mon dîner raté à Delphine, ni de lui parler de mes rêves de venir vivre près de chez elle. Le jeudi soir, c'est elle qui m'appelle. Je ne comprends pas ce qu'elle essaie de me dire, je n'entends que des syllabes entrecoupées, murmurées dans un souffle saccadé. Je finis par comprendre qu'elle pleure.

— Delphine, qu'est-ce qui se passe ?

— C'est Paul…

— Quoi, qu'est-ce qu'il a ?

— Il est mort !

Puis je n'entends plus rien. A-t-elle lâché le téléphone ? Suis-je si abasourdie que mon ouïe se brouille ? La panique me saisit. Je quitte le canapé dans lequel je m'étais installée et fais les cent pas en criant à mon tour :

— Delphine, qu'est-il arrivé à Paul ? Je t'en supplie, réponds-moi.

— Il est mort, tu n'as pas entendu, mort ! À Sanaa… Une rafale de mitraillette.

Je suis incapable de parler. Que pourrais-je dire, de toute façon ?

— Ils étaient deux. Il y avait un journaliste espagnol avec lui. Il a été tué, lui aussi. Je t'avais dit qu'il mourrait avec son appareil photo, mais merde, il ne pouvait pas me faire ça… Qu'est-ce que je vais devenir ? Je l'aimais, Justine…

Delphine pleure et je ne sais pas quoi lui dire. Paul ne peut pas être mort, c'est impossible. Il était beau, heureux. Vivant. J'entends Delphine sangloter, c'est insupportable : je ne peux même pas la prendre dans mes bras. Je suis là, à des centaines de kilomètres de distance, impuissante, avec juste un téléphone qui nous relie.

— Delphine… Et les enfants ? Comment vont-ils ?

— C'est trop dur. Ils pleurent sans arrêt. Tu les verrais, ils sont dévastés. Mais quel salaud ! explose-t-elle. Il nous laisse tomber, moi et Tim, et Clémentine. Clémentine… Il lui avait promis qu'il lui apprendrait à faire du roller. C'est tellement injuste… Et tout ça pour quoi ? Pour jouer les héros dans un pays en guerre.

— Delphine, je sais que tu es en colère, c'est normal. Mais tu le connaissais, tu le disais toi-même, il avait besoin d'être là, d'aider, de témoigner, c'était sa vocation…

— Eh bien maintenant il ne pourra plus être utile à personne.

— Écoute, je confie Adèle à son père et je viens demain soir.

— Ce n'est pas la peine, ne t'inquiète pas, Laure arrive, elle va rester avec moi. Et Paul sera enterré à Paris la semaine prochaine.

— Je viens, et je vous ramène chez moi.

— Merci, Justine. Je ne sais pas comment je ferais sans toi, sans Laure. Même Iris qui peut accoucher d'une minute à l'autre veut venir s'installer chez moi.

— Ça ne m'étonne pas. Tu sais qu'on est toutes là pour toi.

— Je sais, Justine.

Vendredi soir, j'arrive à la gare de Saint-Maixent où j'ai commandé un taxi. Quelle tristesse de me retrouver seule ici. Je repense à ma dernière visite avec Adèle, Delphine et ses enfants qui nous attendaient sur le quai, si heureux, notre joie dans la voiture… Comme souvent en cette saison, il pleut, une pluie froide qui me transperce. Le taxi roule en silence et me dépose devant la maison, où je vois briller une unique lampe dans le salon. Delphine vient m'ouvrir. Elle est toute pâle. Bien qu'elle soit enveloppée dans un grand châle, elle a l'air frigorifiée. Je la serre contre moi tandis qu'elle pleure, secouée de spasmes. Elle se dégage de mon étreinte, me fait signe qu'elle va se calmer. Car ses enfants sont là, au salon, blottis dans les bras de Laure sur le canapé, les yeux hagards, regardant les images défiler sur l'écran de la télévision. Sur la table basse, les restes d'un pique-nique mangé sans faim. Laure me lance un regard si douloureux et perdu que les larmes me montent aux yeux.

Tandis que j'improvise un dîner pour nous trois, mes deux amies vont coucher les enfants, qui pour cette nuit campent dans la chambre de leur mère : Clémentine dans le lit et Tim sur son matelas, qu'il a installé au pied de sa sœur. Delphine refuse de prendre un somnifère et nous passons la soirée toutes les trois sur le canapé à boire des grandes tasses d'infusion brûlante et à parler. Vers minuit, Laure, qui n'a pas quitté notre amie depuis la veille, monte se coucher. Delphine est incapable de dormir, et nous restons une bonne partie de la nuit à évoquer son histoire avec Paul, leur rencontre à la fac, leurs idéaux et leur promesse de les vivre ensemble. Sa colère contre lui s'est apaisée, du moins pour le moment. Malgré le choc, Delphine a pris le temps de réfléchir.

— Je sais que j'ai eu beaucoup de chance de connaître Paul, et que ce qu'on a vécu ensemble est unique. C'est rare de se dire qu'on a des rêves et qu'on veut les réaliser, et c'est encore plus rare de les accomplir. Paul et moi, on a réussi à le faire ; on est partis dans les coins les plus insensés du monde, on a aidé comme on a pu, on s'est nourris de toutes nos expériences. Si j'ai tiré une leçon de tout ça, Justine, c'est qu'on ne doit jamais perdre de vue ses propres rêves. Je parle de nos rêves de gosse, mais aussi de ceux qui naissent après, quand on prend la peine de les chercher et d'y croire. Si la vie t'emporte brusquement, eh bien au moins tu auras fait ce qui compte vraiment pour toi. Comme Paul. Même si je lui en veux et que je lui en voudrai toujours. Il est mort jeune, tellement jeune…

Plus tard, les paroles de Delphine me reviendront en mémoire. Mais à cet instant je m'interroge : qu'ai-je fait de ma vie à trente-sept ans ? Quels rêves étaient les miens, enfant, et quels sont-ils aujourd'hui ? Est-ce que j'en ai, en fait ? Ma vie n'est pas satisfaisante. Je suis seule, j'ai un travail qui me frustre. Adèle est mon unique réussite, la personne qui donne un sens à ma vie. Mais qu'est-ce que je lui offre ? Une existence étriquée dans une ville inhumaine qui perd ses repères. Et ma fille est petite, elle ne peut pas me porter, ma vie doit avoir un sens en dehors d'elle, pour moi, pour elle aussi.

Le mardi matin, nous nous retrouvons au grand cimetière de Bayeux où vivent les parents de Paul. Adèle voulait soutenir ses amis mais je n'ai pas envie qu'elle vive un moment aussi déchirant qu'un enterrement. Je n'ai pas voulu la séparer de Tim et Clémentine venus dormir chez nous avec leur mère, aussi Benjamin est-il venu la chercher ce matin pour la déposer à l'école et la ramènera après l'étude ce soir. Paul ne voulait surtout pas de cérémonie religieuse, ni de fleurs ni de discours. Nous nous rendons donc directement jusqu'à sa tombe et je reste en retrait avec Laure, laissant Delphine et ses enfants au premier rang avec les parents de Paul. Clémentine, le visage enfoui dans le manteau de sa mère, pleure bruyamment, tandis que Tim, livide, les mains nouées devant lui, laisse les larmes silencieuses ruisseler sur ses joues. Contrairement à eux, je n'ai pas assisté à l'enterrement de mon père. Ma mère a jugé que ma sœur et moi étions trop petites pour subir une telle épreuve. Mais aujourd'hui je sais que c'était une erreur. Un enfant a besoin aussi de faire le deuil, car comment croire alors, quand on n'a que cinq ans, que son père, son héros, est vraiment mort ? J'ai espéré toute mon enfance qu'il allait revenir, j'ai voulu croire des années durant qu'il était vivant, qu'il était parti et qu'un jour, peut-être, il reviendrait.

Adulte, j'ai beaucoup pensé à lui. Parfois je l'adorais, il me manquait, même s'il m'était devenu un inconnu. D'autres fois, je lui en voulais terriblement, d'avoir été si égoïste, d'avoir pris un tel risque, juste pour son plaisir, sans penser à nous. J'imagine que, désormais, Tim et Clémentine vivront ce même déchirement. Pourquoi Paul a-t-il accepté de devenir père si c'était pour risquer sa vie tous les jours et ne jamais assumer son rôle, ses responsabilités ?

La mort de mon père n'a été qu'un premier choc. Au fil des années, il y a eu la découverte de ses dernières volontés, les histoires familiales sordides... Tout a commencé avec l'ouverture du testament chez le notaire. C'est ma sœur, encore une fois, qui me l'a raconté plus tard. Isabelle était déjà la confidente de ma mère, qui lui faisait tout partager, sans se rendre compte que c'était bien trop pour une enfant de dix ans... Mon père cédait à son frère Louis sa part sur notre maison de famille, soi-disant parce que celui-ci ne parvenait pas à se débrouiller tout seul dans la vie. En gros, parce que mon oncle n'était qu'un incapable qui vivait aux crochets de son père et du mien. Pour nous, ce testament ressemblait fort à un second abandon.

Désormais, si nous avions le droit de venir passer nos vacances à Nanteuil, ce serait sur invitation de notre oncle. Louis était fantasque, mais il était gentil. Ma mère, Isabelle et moi sommes venues très souvent dans ce que nous considérions comme notre maison, et j'en ai profité pour consolider mon amitié avec Delphine. Et puis un jour Lise, la femme de mon oncle, même si elle vivait à Nice, nous a fait comprendre que Nanteuil n'était plus notre maison. Après tout, c'était chez elle, et pas chez nous. Mon oncle, qui n'aimait pas les conflits, n'a pas souhaité s'en mêler. La vie est parfois tellement absurde. Après ça, j'ai été la seule de la famille à me rendre dans notre village car Delphine m'invitait régulièrement chez elle. Je jetais un œil malheureux sur notre maison, de plus en plus délabrée car, si ma tante ne voulait pas de nous là-bas, elle n'y allait jamais. Seul mon oncle y venait encore, tout seul, mais il ne s'en occupait pas. Puis Delphine a quitté la région pour vivre sa vie avec Paul, et je ne suis plus revenue. Jusqu'à il y a deux ans, quand mon amie s'est installée dans la maison de ses parents.

Reprenant pied dans la réalité, je m'aperçois que les personnes présentes, formant un petit cortège, défilent devant la tombe. Laure me prend le bras et nous nous mettons en marche. Devant la fosse, je jette une rose que me tend la mère de Paul. Je l'embrasse sans un mot et pars rejoindre Laure et le groupe des amis de la famille. Puis nous remontons les allées interminables du cimetière pour nous engouffrer dans les voitures.

Les parents de Paul ont organisé un buffet, et je me demande comment sa mère, défigurée par le chagrin, avec ses soixante-dix ans, peut endurer cette journée. Heureusement, Paul avait un frère et une sœur, tous deux très proches de leurs parents. Je me sens de trop dans cette maison en deuil, mais Delphine, assise entre Laure et moi, ses mains serrant les nôtres, me fait comprendre qu'elle a besoin de nous plus que jamais.

Le soir, Adèle réussit à faire rire Clémentine et sourire Tim. J'admire ma fille pour parvenir à apporter un peu de lumière à cette horrible journée. Le lendemain, nous raccompagnons Delphine, Laure et les enfants à la gare. Nous avons promis de venir les voir en février, pour passer avec eux une semaine de vacances.

Elle est sous le choc. Parvenue devant le portail du cimetière, elle l'a trouvé fermé. Un mot est accroché. Le lieu est dans un tel état de délabrement que, si l'on veut le visiter, il faut appeler la mairie ou y passer pour qu'un employé vienne ouvrir. Elle a tellement craint toute sa vie pareil moment, où son illégitimité lui sauterait au visage. Elle va téléphoner à la mairie, et dire quoi ? Qu'elle est une amie de la famille Trévise ? La nausée l'étreint, mélange d'un chagrin et d'une colère qu'elle ne connaît que trop bien. Passé l'étourdissement, elle prend son téléphone et compose le numéro. L'employé de la mairie lui assure que quelqu'un va venir dans quelques minutes.

Le cimetière, construit en pente, s'effondre, des tombes se brisent. Celle de la famille Trévise, bien qu'un peu penchée, tient le coup. Mais elle est si sale, recouverte de mousse, avec ses fausses fleurs en plastique et ses décorations en faïence ébréchées. Victor mériterait un lieu plus beau, et elle voudrait tant qu'il rejoigne le petit cimetière où gisent ceux de sa famille à elle. Pourtant, elle sait bien qu'elle n'a aucun droit. Cet homme qui a été tout pour elle devra rester enterré avec sa famille : la mère de Victor qui n'a jamais voulu la voir, et son père, tellement indifférent qu'il ne jugeait pas utile de savoir qui elle était, voire, qu'elle existait. Elle les a haïs et les hait toujours. Mais quand elle s'assoit au bord de la tombe, qu'elle passe sa main sur la pierre, quand elle parle à Victor, elle parvient à oublier que, auprès de lui, reposent ses parents.

L'homme envoyé par la mairie arrive enfin. Il la salue jovialement et lui ouvre la grille, sans se préoccuper de savoir qui elle vient voir, ni de lui poser toutes les questions qu'elle a redoutées. Il reviendra fermer dans une heure.

Elle remonte la petite allée qu'elle pourrait arpenter les yeux fermés, et s'assoit au bord de la tombe si familière. Elle soupire et croise les mains sur ses genoux, comme si elle s'apprêtait à prononcer des paroles difficiles à entendre.

— Tu sais, les temps changent, je vais devoir regarder ma montre et compter mon temps avec toi. Jusqu'au jour où je n'aurai plus le droit de venir te voir. Que vais-je devenir si ce cimetière est définitivement condamné ? Où iras-tu ? Nulle part ? Ce sera ta faute, tu n'as pas su choisir le bon camp. Et un jour tu vas me quitter de nouveau. T'es-tu jamais demandé ce que j'allais devenir ?

Elle pleure doucement.

— Ta fille, tu sais, ta petite dernière, elle m'a laissé un mot. Elle veut me voir, figure-toi. Tu imagines un peu la rencontre ? Ça te ferait plaisir ? Ou bien tu te sentirais honteux ? Et moi, tu crois que ça me fait quoi ?

Plus tard, elle sort son petit miroir, efface ses larmes et se recompose une image, ce masque parfait de maîtrise, ce visage impassible mais avenant. Lorsqu'elle rejoint l'homme qui l'attend pour fermer le portail, elle est souriante, lisse, indéchiffrable.

— Comment devrai-je procéder, monsieur, la prochaine fois ? Je viens une fois par mois me recueillir ici, n'y a-t-il pas une solution plus simple ?

— Je suis désolé, le cimetière devient dangereux, et on n'a pas envie que des gens viennent s'y amuser et l'endommager davantage. Écoutez, on veut juste protéger cet endroit. Mais appelez la mairie quelques jours avant votre visite pour plus de précaution, et je viendrai vous ouvrir. Si je ne suis pas disponible, ce sera mon collègue qui viendra.

— La prochaine fois, j'aurai besoin de plus de temps, je compte nettoyer la tombe de ma famille.

Elle s'arrête, étourdie par ses propres paroles. N'a-t-elle pas prononcé le mot « famille » ? L'homme ne peut pas comprendre ce qu'elle vit, mais elle lit de la compassion dans ses yeux. En réalité, il est touché par sa beauté, son regard d'une profonde tristesse et son sourire tendu. Il la regarde s'éloigner, de sa démarche fière, son long manteau battant sur ses chevilles, sa silhouette longiligne disparaissant dans le taxi qui l'attend.

7

— Justine, on peut se voir ?

Véro a passé sa tête dans l'entrebâillement de notre porte.

— Bien sûr. Dans ton bureau ?

— Maintenant, s'il te plaît.

Cette convocation ne sent pas très bon. Qu'est-ce que j'ai fait ? Que se passe-t-il ? Véronique, pour une fois, ne sourit pas de son sourire félin prêt à vous croquer.

— Justine, je sors de chez François. Je suis furieuse mais c'est comme ça…

François est le patron direct de Véro.

— Anaïs part en congé maternité dans deux mois, et elle ne sera pas remplacée. Aucune des personnes qui quitteront cette boîte, ponctuellement ou définitivement, ne le sera.

— Ça va si mal que ça ?

— La plupart des entreprises en sont là, Justine. Il faut se mettre un peu au courant.

Véro prend son air qui m'insupporte : supérieur et faussement courroucé, le menton qui s'enfonce dans le cou épais et les lèvres qui se pincent.

— Je ne vois qu'une solution. Sophie, elle, a bien assez à faire comme ça. Mais toi et Colin, vous pourrez vous partager le boulot d'Anaïs. Entre nous, je vous fais une fleur à tous les deux, c'est bon pour votre évolution. Bien, à vous de voir qui fait quoi, vous me préparez un projet, vous me le présentez lundi. O.K. ?

On récupère des heures de boulot supplémentaires sans aucune augmentation, mais on doit se dire qu'on a de la chance. Quant à Sophie, elle est la protégée de Véro sans que personne ne comprenne pourquoi. Oui, elle a bien assez à faire parce qu'elle se noie avec le peu qu'elle a. Je suis écœurée, ou non, finalement, je me sens l'envie de rire devant tant d'absurdité et de bêtise.

— Colin est au courant ?

— Tu lui expliques, je n'ai pas le temps, j'ai la négo avec notre labo à préparer. Parce que, bien sûr, François n'a pas envie de s'en occuper, c'est juste hyper important mais non, il pense que ce n'est pas aux grands patrons de se mettre autour de la table, c'est à moi de m'y coller, moi !

Véro a l'air vraiment furieuse face à cette situation. Il faut dire que notre boss ne l'aide pas beaucoup. Il reste enfermé dans son bureau à faire je ne sais quoi, ou part en réunion soi-disant stratégique après avoir demandé à Véro de lui lister toutes ses idées et de préparer son discours ; puis il se rend à des déjeuners d'affaires bien arrosés qui doivent coûter la moitié de mon salaire, et qu'il met le reste de l'après-midi à digérer.

Anaïs s'occupe de la page Facebook d'une de nos chaînes de produits et rédige les textes de promo pour les accessoires de déco. Colin est jeune et un pro des médias sociaux, il me semble évident qu'il doit reprendre la page Facebook et moi les textes. J'entre dans l'*open space* voisin du mien où travaille mon collègue. Il me fait rire, avec sa cigarette collée derrière l'oreille, et tous ses gadgets japonais en plastique posés devant son écran d'ordinateur. Il lève les yeux par-dessus ses énormes lunettes à l'épaisse monture noire.

— Justine ! Ça va ? Tu as l'air bizarre.

Je raconte tout à Colin, qui soupire profondément.

— Je ne veux pas te décourager, mais je ne suis pas sûr qu'Anaïs revienne. Alors O.K., bien sûr, je prends Facebook et tu prends le rédactionnel, mais j'ai bien peur que ce ne soit définitif.

Eh merde…

— Et vu que tout le monde cherche à se tirer de cette boîte, tu imagines un peu la galère pour ceux qui restent ! À part les big boss qui, eux, n'ont plus rien à faire.

— Ou qui sont trop occupés à cultiver leurs relations pour se tirer aussi.

— Tiens, tu veux des nounours ? Tu sais que le mélange guimauve et chocolat, c'est très efficace pour le moral ?

Colin et moi nous sourions et je prends une confiserie dans son paquet. On mâchouille tous les deux notre nounours moelleux en s'extasiant, puis je retourne derrière mon bureau écrire un mail à Véro, avec Colin et Anaïs en copie, pour lui expliquer notre arrangement.

Quelques jours après cet incident, je déjeune avec Chloé, qui a toujours de très bons conseils face aux problèmes de hiérarchie et d'organisation. Mais Chloé se moque complètement de mes ennuis, elle ne m'écoute pas. Elle a rencontré quelqu'un et elle est métamorphosée. Mon amie n'est plus celle qui se décrivait comme une pauvre vieille femme de trente-deux ans complètement fichue, elle a un regard lumineux, à la limite de l'extase, et un sourire permanent collé jusqu'aux oreilles. Finalement, je me fatigue de mes amies qui vont mal et, d'année en année, ne cessent de se plaindre des mêmes choses. Mais alors, les copines qui nagent en plein bonheur et qui sont raide dingues amoureuses sont à la limite du supportable. Chloé me parle sans interruption pendant une heure, ou, si elle s'interrompt, c'est uniquement pour pousser un profond soupir d'aise en s'exclamant : « Ah, que je suis heureuse… » Elle m'égrène ses moments de bonheur incessants avec Thibault, leurs regards qui disent tout et leurs paroles inutiles. Et moi, pour faire bonne mesure, je garde un sourire figé sur les lèvres en répétant tel un métronome : « C'est super. » Qu'elles sont ennuyeuses mes copines amoureuses, mais que je les envie !

Tandis que j'attends avec impatience mes vacances chez Delphine à Nanteuil, je dois subir une montée de tension incessante dans mon entreprise. Les gens sont inquiets, beaucoup de personnes démissionnent, pas toujours avec quelque chose derrière. En effet, certains ne supportent plus l'agressivité de leur hiérarchie, et nous nous demandons si, pour éviter un plan social, on ne pousse pas les gens dehors par une pression psychologique. Colin a raison, Anaïs m'avoue qu'elle n'a nulle intention de revenir, son mari gagne suffisamment sa vie, et elle compte bien chercher du travail pendant son congé. Ah, si j'avais un mari riche, moi aussi ! Quand je pense à tous les gens compétents de cette boîte, à tous ces talents, je n'ai qu'une peur : que tous, peu à peu, comme Anaïs, ne quittent le navire par crainte de couler avec lui.

Le dernier week-end avant les vacances, Benjamin garde Adèle, et je me concocte deux jours de femme libre. Je vais enfin pouvoir aller au cinéma regarder des films pour les plus de huit ans ! Faire la grasse matinée et manger n'importe quoi à n'importe quelle heure. Boire une bière les pieds sur ma table basse en regardant une série à la télé. Dans ma vraie vie, je fais toujours croire à Adèle que je ne regarde que des programmes intelligents et que je ne bois presque jamais à la maison. Enfin, surtout, samedi soir, je dîne avec mes copines.

À 20 heures, je retrouve Hélène et Chloé. Hélène est une de mes plus anciennes amies, et elle m'est très chère. Il y a cinq ans, je lui ai présenté Chloé et elles, si différentes, voire opposées, se sont tout de suite plu. Alors, régulièrement, nous organisons des petits dîners à trois. Hélène est ma boussole. Elle est toujours en forme, toujours heureuse, une reine de l'équilibre. Mariée, trois enfants, un couple qui tient depuis vingt ans. Parfois, je suis presque jalouse de ses enfants. Ils ne se rendent pas compte de la chance qu'ils ont d'avoir une mère si équilibrée et heureuse, et surtout tellement aimante.

Toutes les trois, on a pris l'habitude de se retrouver dans un petit resto vers République. On boit pas mal, on mange un plat bien calorique, et on prend même un dessert.

Ce soir, Hélène nous fait rire en nous racontant les frasques de ses trois ados, puis Chloé reprend son monologue sur son bonheur avec Thibault.

Avant le dessert, je me lance :

— Les filles, j'ai un conseil très important à vous demander.

Toutes deux m'observent en fronçant les sourcils.

— Voilà, je me demandais si je ne devrais pas partir m'installer en province, pour moi, mais aussi pour Adèle…

— Ah oui, très bien, s'exclame Chloé d'un ton sec, la province ça t'irait comme un gant. Bon, les filles, vous savez que je pars dans deux semaines aux Seychelles avec mon chéri. Vous voulez que je vous ramène quoi ?

Le sujet est déjà clos. Mon amie est-elle devenue narcissique à ce point ? La connaissant, je crois plutôt que mon idée la blesse, parce qu'on est très proches, et que voir partir une amie est douloureux. Nous travaillons depuis sept ans dans la même société, on y partage tout, on s'est toujours soutenues. À sa place, je me sentirais abandonnée. Heureusement, elle a Thibault maintenant. J'appellerai Hélène un autre jour pour lui parler de mon projet. Elle qui est de si bon conseil pourra me donner son avis. Et puis pour quoi faire, finalement ? Je sais, c'est une évidence, que je veux partir, et que je vais tout faire pour. Je repense aux paroles de Delphine, j'ai maintenant un rêve à réaliser, et je vais m'y consacrer dès cette minute, à cette table, pendant que Chloé continue de parler et qu'Hélène sirote son verre de vin les yeux mi-clos. Écouter, ou faire semblant d'écouter Chloé devant une bonne assiette cuisinée par quelqu'un d'autre, sans avoir à s'occuper de ses trois enfants, est pour elle une soirée de détente absolue.

Ce soir-là, devant mon ordinateur, j'ouvre un nouveau document que j'intitule « Ma liste de vie ». En premier j'écris :

Partir vivre à Nanteuil

En dessous, j'énonce ce que j'ai à faire pour y arriver :

— trouver un travail
— trouver une maison (de préférence : blanche, volets bleus, cheminée, jardin)

Prise au jeu, je continue ma liste :

— Rencontrer quelqu'un. Comment ? Travailler à être heureuse et confiante.

Cette petite liste m'a mise en joie, je commence à comprendre que ce chemin dont je trace les grandes lignes pourra enfin m'apporter un bonheur que j'ai perdu depuis des années. Et m'éloigner de Benjamin m'aidera à guérir de notre échec. Une nouvelle vie, un nouveau lieu, une énergie nouvelle pour m'aider à tout reconstruire.

Ma dernière semaine de travail est difficile. Adèle est souffrante et je veux absolument qu'elle soit en forme pour le jour de notre départ. Au travail, je vis une semaine d'enfer. Véro est dans ses mauvais jours, ceux où elle aime humilier son équipe. Malgré les coupes budgétaires, elle nous a retiré un beau projet, le seul vraiment intéressant depuis des mois, pour le confier à une agence extérieure. Elle ne nous a donné aucune explication. À la place, elle multiplie les demandes de tableaux de chiffres, de données, d'études plus inutiles les unes que les autres, mais horriblement chronophages. A-t-elle besoin de se rassurer ? Ou de nous faire payer quelque chose ? Sophie, elle, est épargnée, comme d'habitude. Du coup, dépassée par mes tableaux de chiffres et mes graphiques, je suis contrainte de rapporter du travail à la maison. Une fois Adèle endormie, je me colle devant mon ordinateur pour rattraper mon retard. Moi qui rêvais de chercher des emplois et des maisons. Encore quelques jours à attendre, mon retour à Nanteuil approche…

8

Enfin, le jour tant attendu des vacances est arrivé. Je suis aussi impatiente et excitée que ma fille. Sauf en cet instant, où elle a l'air très contrariée.

— Adèle, qu'est-ce qu'il y a ? Dépêche-toi, on va rater le train !

— Mais maman, je ne trouve plus mes baskets.

Pour une fois elle ne semble pas vouloir me faire une blague. Elle n'a pas mis mes escarpins en claironnant qu'elle est prête, elle n'a pas bourré mes chaussures de jouets et autres objets improbables, non, elle est au milieu de l'entrée, le visage crispé, prête à pleurer, aucune basket dissimulée pointant dans notre fouillis habituel.

— O.K., je t'aide, pas de panique. Tu as regardé dans ta chambre ?

Je trouve une basket sous le lit, l'autre sous la commode, et nous partons aussi vite que possible, ma fille insistant pour faire rouler notre valise. En ce vendredi de fin d'après-midi, c'est le début des vacances de février pour les Parisiens. Chez Delphine, ils commencent leur deuxième semaine. Mon amie m'a expliqué qu'elle ne se sentait pas capable de rester seule chez elle avec ses enfants. Ils sont partis dans un club de vacances pour que Tim et Clémentine s'amusent et ne remâchent pas leurs tristes pensées. Mais Delphine, elle, tandis que ses enfants partaient pour des matinées tir à l'arc ou accrobranche, a eu tout le loisir de se laisser aller au chagrin, malgré des heures de marche dans la montagne varoise, dans le but de s'épuiser, d'alléger son cœur lourd, en vain. Cette semaine, je ne la quitterai pas, j'ai l'intention de lui faire reprendre le cours de son existence, et tous les projets qu'elle avait mis en route, avant…

Notre train arrive juste après 20 heures. Comme l'hiver dernier, les enfants sont venus, mais ils sont si pâles, ils ont l'air tellement tristes. Leur semaine de vacances semble n'avoir eu aucun effet. Pourtant, Clémentine saute dans les bras d'Adèle et paraît soudain joyeuse. Delphine et moi échangeons un petit sourire. Tim me serre dans ses bras, j'en fais autant. Il me paraît si frêle.

J'avais prévenu Delphine. Aujourd'hui, je les invite à dîner à Saint-Maixent, dans le restaurant de leur choix. Nous finissons dans une pizzeria, et comme chaque fois que je quitte Paris, je profite du sourire sincère et chaleureux des gens qui nous entourent. Malgré le drame que vit mon amie, je commence à me détendre. Même Adèle semble moins montée sur ressorts quand elle arrive à Nanteuil. Je revois mon image de rêve, Adèle et moi dans un petit jardin qui serait le nôtre…

Quand les enfants sont couchés, je demande à Delphine :

— Alors, ce soir, tu te remets sur Internet ?

— Sur mon site de rencontres ? J'en suis incapable. Depuis le coup de Jérôme, tu sais, celui qui a disparu après m'avoir proposé de me revoir, et puis… après Paul, je n'y suis plus retournée. J'ai l'impression que ma vie s'est arrêtée.

— Il va falloir la faire redémarrer, tu ne crois pas ? Tu mérites tellement d'être de nouveau heureuse, de tomber amoureuse…

— Merci, Justine. Et toi ? Ça s'applique à toi aussi, non ?

— Chaque chose en son temps. Moi, mon urgence, je vais te dire : je veux quitter Paris, changer de boulot. Tu te souviens, quand je t'avais dit que j'aimerais bien chercher une maison ici, moi aussi ? Je n'arrête pas d'y penser. Et puis je n'en peux plus de mon boulot.

— Mais je croyais que tu aimais ton travail ?

— Tu parles. Ma chef me prend pour son esclave, ou pour une demeurée, et ma boîte est en train de couler.

— Comment ça ?

— Il y a des tas de rumeurs comme quoi on ne serait plus solvables. Des bruits courent qu'on risque de fermer. Tu vois, quelles perspectives il me reste ?

— Si ce sont des rumeurs, il ne faut pas paniquer. Tu es bien payée, non ? Patiente, attends de voir.

— Delphine, j'en ai marre de cette vie, elle n'a aucun intérêt, je n'aime plus Paris, je ne rencontre personne, je ne fais rien.

— Normal, ta fille est petite.

— Mais elle, je lui offre quoi ?

— O.K., bon, alors, tu ferais quoi, si tu vivais ici ? Tu sais qu'on a un taux de chômage énorme dans la région ? Et ça ne va pas s'arranger. Attends, ne fais pas cette tête, il faut être pragmatique, élaborer un plan !

Intérieurement, je souris de voir mon amie qui, par envie de m'aider, retrouve cette énergie qui n'appartient qu'à elle.

— Allez, je vais faire un tableau, j'adore ça !

On n'est pas copines pour rien. Moi je fais des listes, Delphine des tableaux. Elle prend une feuille blanche et se met à former une sorte de quadrillage.

— Avant de déménager, il faut que tu saches quel boulot chercher. Colonne « travail ».

Elle me regarde d'un air interrogatif.

— Alors ?

— Alors quoi ?

— Eh bien, tu veux faire quoi ?

— J'en sais rien…

— Chercher dans la même branche ? Faire une formation ?

— Une formation, je n'en ai pas le temps. Un travail dans le même genre, c'est assez limité. Une agence de communication, de pub…

— Ou n'importe quelle grosse entreprise, elles ont toutes leur service de communication.

— Ou instit', Adèle rêverait de m'avoir pour maîtresse. La pauvre ! Il y a plein de femmes vers trente-cinq-quarante ans qui passent le concours, tu le savais ?

— Non. Mais je croyais que tu avais renoncé à l'enseignement depuis belle lurette. Tu as changé d'avis ?

— Pas du tout, je n'ai toujours aucun don pédagogique et aucune patience !

— Justine, c'est sérieux, là, si tu n'envisages pas de devenir instit', ne perds pas un quart d'heure sur le sujet ! Idée suivante ?

— Tu as raison, on s'en tient à ce que je sais faire. Rédiger. Je cherche dans les grosses boîtes, dans les boîtes de com et de pub.

— O.K., demain on commence à regarder les annonces dans la région. D'ailleurs, tu veux vivre où ? Là où tu trouveras du boulot ?

— Je te l'ai dit, je veux vivre ici, à Nanteuil.

— Ça va te changer de Paris, c'est certain.

— Mais j'aime cet endroit, j'y ai mes racines, aussi. Et puis tu es là.

— Ce serait super que tu vives ici. Mais trouve un travail d'abord, et vois si tu n'en seras pas trop loin. Moi je vais à Poitiers tous les jours. Plus loin, je ne pourrais pas. Tu veux offrir une vie meilleure à ta fille, alors il ne faut pas que tu rentres chez toi tous les soirs à 20 heures. Sinon, ça ne sert à rien de quitter Paris.

— Je pourrais travailler à la maison ?

— Télétravail, dit Delphine en rajoutant une ligne dans le tableau.

— Et toi, Delphine, tu en es où, côté maison ?

— Nulle part, j'étais trop déprimée pour m'en occuper. D'ailleurs, avant la mort de Paul, j'avais pris rendez-vous avec mon banquier. Je ne pourrai pas acheter, Justine, je n'en ai pas les moyens. Mais ne fais pas cette tête, je ne laisse pas tomber, je vais chercher une location. Je me suis fixé le mois de mai pour déménager, alors il faut que je m'y remette.

— On va le faire ensemble, pendant que je suis là, tu en dis quoi ? Et ça me fera rêver !

— Merci, Justine, d'être là.

— Mais j'ai besoin de toi, moi, de toi avec toute ta force !

Enfin je vois Delphine sourire malicieusement pour la première fois depuis la mort de Paul.

— Justine, je te préviens, si tu viens vivre ici, tu ne restes pas seule. Même si je n'ai pas la tête à ça en ce moment, je compte bien rencontrer quelqu'un un jour. Je ne veux pas dans mon entourage d'une copine vieille fille qui dépérit, d'accord ?

— Inscris-toi de nouveau sur ton site de rencontres, et moi pour le moment je m'occupe de trouver un boulot. Mais ne t'inquiète pas, j'en ai marre moi aussi d'être seule. J'ai envie de rencontrer quelqu'un.

— Eh bien, c'est nouveau, ça ! Qu'est-ce qui t'arrive ?

— C'est l'idée de recommencer ma vie, un nouvel homme fait partie du tableau. Je dois juste être patiente : trouver d'abord un boulot, ensuite un toit.

— Bon, O.K., demain on commence par les maisons.

Cette nuit-là, j'ai du mal à trouver le sommeil. J'entrevois un nouvel avenir, et cela me donne de l'espoir. J'ai aussi très envie de vivre une belle histoire avec quelqu'un, et Delphine a raison, c'est nouveau. Jusqu'à présent, j'en étais incapable. J'ai la curieuse sensation que je me l'interdisais à cause de mon échec avec Benjamin. Comme si, après un tel fiasco, je n'avais plus le droit à l'amour, à une seconde chance. Pourtant, je crois que je suis en train de surmonter ce stupide blocage qui me gâche l'existence. Et m'éloigner de mon ancienne vie devrait m'aider à y parvenir plus vite. Je pense à ma mère, à la mort de mon père. Elle a mis des années à se remettre de son deuil, mais un jour, elle aussi, elle a senti qu'elle était guérie, qu'elle pouvait s'autoriser à être heureuse. Quand j'ai eu dix-sept ans, elle nous a présenté celui qui est aujourd'hui mon beau-père. Ma mère et Jean ne se sont installés ensemble qu'après mon départ de la maison. À mon avis, il l'aime bien plus qu'elle ne l'aime. Mais, contrairement à mon père, il sait la rendre heureuse. Et elle qui n'avait vécu que pour nous élever, Isabelle et moi, depuis la disparition de mon père, a pu enfin vivre pour elle. Car même si elle a frôlé la dépression, elle nous a toujours entourées d'amour. Étouffant pour Isabelle, qui nous l'a fait si souvent comprendre.

Ma sœur a pris beaucoup de distance avec nous depuis son mariage, et ma mère, qui a une très nette préférence pour elle, en souffre. Quant à moi, j'ai toujours cette curieuse impression que l'adolescente puis l'adulte que je suis devenue ont déçu ma mère. Est-ce parce que je n'ai pas hérité comme Isabelle de l'élégance et de la beauté maternelles ? Ou parce que je n'ai pas choisi le bon conjoint ? Ou parce que la brillante élève puis étudiante que j'étais fait un boulot minable ? Encore un sujet douloureux sur lequel je ne veux pas m'attarder.

Le lendemain, au réveil, ma première pensée me fait sursauter : le mot, laissé au cimetière, a-t-il été lu, vu, emporté ? Incroyable, j'ai oublié de le demander à Delphine. Au petit déjeuner, j'en parle à mon amie. Elle m'apprend que le cimetière, parce qu'il s'est trop dégradé ces dernières années, est fermé, qu'il faut désormais passer par la mairie pour y entrer. Elle n'y est donc pas allée et ne peut rien me dire. Je m'y rends juste après pour découvrir en effet sur la grille d'entrée un mot et un numéro de téléphone. On est samedi, les bureaux doivent être fermés le week-end. Lundi, je passerai à la mairie.

Pendant mon absence, les enfants se sont habillés, et Delphine a passé des tas de coups de fil aux agences qu'elle avait sollicitées quelques mois plus tôt. Nous avons des rendez-vous prévus cet après-midi, et d'autres mardi. J'adore visiter des maisons, surtout dans cette région, avec ses demeures anciennes aux pierres grises tellement austères mais si belles. Souvent, les jardins sont magnifiques car le climat est propice à une végétation riche étonnamment verte. Et cette verdure à perte de vue m'apaise.

L'après-midi, nous confions Clémentine et Adèle à Tim et partons faire nos premières visites. Tous trois préfèrent rester dans la maison, jouer dans le jardin plutôt que d'arpenter la région en voiture. Delphine m'assure que ses deux enfants vont mieux, car ils ont dû reprendre le cours de leur vie, l'école, les amis, les activités, et que tout cela les porte. Clémentine ressemble à sa mère, elle a une force vitale impressionnante. Même si, comme me dit Delphine, elle pleure son père tous les soirs, elle vit ses journées comme avant. Pour Tim, je suis plus sceptique. Je lui trouve un air profondément malheureux. Même quand il sourit, ses yeux restent tristes. Il tente de cacher son chagrin, et j'aimerais tant lui dire qu'il faut au contraire le vivre à fond pour mieux le surmonter. Tim ne peut pas rester avec sa souffrance en essayant sans cesse de la refouler. C'est ce que j'explique à Delphine, et je lui affirme parler d'expérience. Mais mon amie semble distraite, peut-être souffre-t-elle trop pour le moment pour accepter que son fils aille mal.

Nous sommes déçues par les deux visites de cette journée. L'une, très moderne et prétentieuse, est de toute façon hors de prix, le jardin minuscule. La seconde est absolument sinistre. Delphine est de nouveau sombre, mais je ne veux pas qu'elle se décourage de sitôt. Nous faisons un plein de remontants sur le chemin du retour : cidre, chips, olives et bonbons, notre cure personnelle pour nous remettre d'aplomb.

Le soir, tandis que Delphine consulte son site de rencontres, je me plonge dans les annonces d'emploi de la région. Il faut vraiment avoir le moral pour ces deux missions… Rien d'intéressant pour moi, des emplois médiocres ou, au contraire, des postes de grands patrons. Quant à Delphine, je me demande comment elle peut encore s'accrocher à ces photos plus décourageantes les unes que les autres.

— Entre les hommes qui prennent un air coquin complètement ridicule et ceux qui ont l'air totalement coincés, ou lui, là, qui prend son air décontracté mais ça ne marche pas du tout, il a l'air hyper mal à l'aise !

— Et sans vouloir te vexer, ce ne sont pas des prix de beauté…

— Alors là tu es méchante, regarde, celui-là, il est pas rock and roll ?

— Ton genre, pas le mien.

— Et c'est quoi, ton genre ? Benjamin sinon rien ?

— Tu es dure, je t'ai dit que j'étais prête à changer.

— Mouais. Mais tu sais, j'ai repensé à ce que tu m'as dit l'autre soir. Finalement tu te trouves encore des excuses pour repousser l'échéance. Tu m'as dit que tu étais prête à la rencontre, mais pas avant d'avoir une nouvelle maison et un nouveau boulot. Tu te donnes vachement de temps, non, tu ne trouves pas ? Et si tu croises un mec génial demain à Paris, tu lui dis quoi ? Désolée, je ne suis pas libre avant six mois, et dans ma cambrousse ! D'ailleurs, tu as eu combien d'amants depuis votre rupture ?

— Joker…

— Aucun… Désespérant. Quel gâchis. Et au fait, le copain de Noémie, tu ne m'en as jamais parlé ?

— Au début, j'ai cru qu'elle avait choisi le type le plus repoussant qu'elle connaissait pour se venger. Et puis tu sais quoi ? Je me suis vite rendu compte qu'elle avait un gros faible pour lui.

— Oh la garce, ça c'est pervers ! Pauvre Pierre !

Cette nuit-là, mon amie a laissé trois messages à des hommes qu'elle trouvait « sympathiques », et moi, je n'ai vu aucune annonce intéressante. Mais il y a autre chose qui me rend nerveuse, c'est ma prochaine visite à mon père. Le mot est-il toujours là ? Une nouvelle rose a-t-elle été laissée sur sa tombe ?

9

Lundi matin, nous avons prévu de nous rendre au cimetière. La porte est en effet toujours fermée. Nous allons à la mairie, où une femme charmante décroche son téléphone pour appeler un employé. Ce dernier nous conduit sur place.

— Cinq personnes d'un coup, nous dit-il, c'est assez exceptionnel, on ne voit plus grand-monde ici. Eh bien, bonne visite. Et surveillez les petits, qu'ils ne se blessent pas, ou qu'ils ne cassent rien. Cet endroit devient vraiment dangereux. Je reviendrai fermer dans une heure.

Adèle et Clémentine font la course pour arriver les premières sur le tombeau familial. Et dire que l'employé vient juste de leur demander de faire attention. Toutes deux poussent soudain de petits cris d'exclamation.

— Maman, crie Adèle, c'est tout propre !

— Ouais, surenchérit Clémentine, ça a été nettoyé. Maman, j'ai peur !

Nous accélérons pour les rejoindre. Je suis stupéfaite. La tombe a été briquée, il n'y a plus de mousse, la pierre est toute nette. J'ai l'horrible impression de me retrouver enfant, devant une stèle fraîchement posée.

— Mais qui a fait ça ? La mairie ?

En regardant autour de moi, je me rends à l'évidence : aucune autre tombe n'a reçu un tel traitement.

— Justine, tu vois le mot quelque part ? Quelqu'un l'a pris.

— Et il y a une nouvelle rose, dis-je d'un ton lugubre. Une personne inconnue s'est permis de nettoyer la tombe de *mon* père, de *ma* famille… C'est complètement dingue. C'est moi qui devais m'occuper de cet endroit, y passer des heures à tout laver, moi.

Je suis au bord des larmes. Adèle s'approche et m'entoure la taille.

— Mais c'est pas grave, mam, c'est quelqu'un de gentil qui voulait juste t'aider.

— Viens, Justine, on va demander des explications à la mairie.

Delphine me prend par le bras et m'entraîne.

À la mairie, la même dame charmante écoute mon récit paniqué : qui est venu nettoyer la tombe de ma famille alors que, *a priori*, je suis la seule à venir ? La femme me regarde d'un air à la fois embarrassé et perplexe.

Delphine intervient :

— Vous n'enregistrez pas les coordonnées des personnes qui vous solliciteraient pour l'ouverture du cimetière ?

— Oh non, on respecte l'intimité des gens qui veulent venir se recueillir. Et entre nous, ils ne sont pas bien nombreux.

— Peut-être que l'employé qui s'occupe d'ouvrir pourrait nous en dire plus ?

La femme a l'air de plus en plus gênée.

— Écoutez, vous pouvez lui demander, mais on doit aussi respecter la vie des gens…

— Mais avouez que c'est bizarre, non ?

— Ce que je peux toujours regarder, c'est si on a des personnes qui se seraient inscrites ici récemment pour recevoir la newsletter de la mairie.

Elle recherche un petit instant dans les divers fichiers de son ordinateur.

— Désolée, aucune nouvelle inscription. Mais laissez-moi votre adresse, et si j'ai des infos, qui sait, je pourrai vous contacter ?

Nous retournons au cimetière pour attendre l'employé.

L'homme finit par arriver.

— Vous êtes encore là ?

— Oui. En fait, lui dis-je, on a une question à vous poser. La tombe de ma famille a été entièrement nettoyée, or je suis normalement la seule à venir ici. Avez-vous ouvert à quelqu'un qui s'en serait chargé ?

— Moi, non, fait-il en se grattant la tête, mais on est deux à s'occuper d'ouvrir.

— Et votre collègue, vous croyez qu'on pourrait lui parler ?

— Jacques ? Ah mais là il est en vacances, pas sûr qu'il soit resté chez lui, c'est un fan de ski…

— On pourrait avoir son téléphone ? lui demande Delphine.

— Ben c'est que… il est en congés, on ne peut pas le déranger.

Delphine s'apprête à répliquer, mais je la retiens en la tirant par le bras.

— Ce n'est pas grave, monsieur, on le contactera à son retour. Merci.

Et tous les cinq lui tournons le dos comme un seul homme et nous dirigeons vers la voiture de Delphine.

Celle-ci me demande, à peine nous sommes-nous assises à l'intérieur :

— Mais enfin, tu ne vas pas laisser tomber comme ça ?

— Non, bien sûr, mais on ne va rien obtenir là maintenant. Le respect de l'intimité, le respect du recueillement, le respect des congés… Respect, quoi.

Delphine et moi éclatons de rire, et je sens l'angoisse qui recule un peu. À l'arrière, les enfants nous regardent comme si nous étions devenues folles.

— Mais pourquoi vous rigolez comme ça ? demande Adèle. Vous avez l'air complètement dingues !

— Adèle, dis donc, respect, toi aussi.

Mon amie en profite pour essuyer une larme qui coule au coin de son œil.

L'après-midi, Delphine et moi devons nous rendre au grand supermarché du coin pour faire le plein. Elle passe la tête dans la chambre de son fils et lui demande s'il peut garder les deux petites. Et là, surprise, il explose.

— J'en ai marre de devoir surveiller les filles, et moi, qui s'occupe de moi ? J'ai que dix ans, je suis tout seul… J'en ai marre, j'en ai marre de tout, marre de toi, de m'occuper tout le temps de ma sœur pour te faire plaisir. Et moi ? J'ai pas le droit de faire ce qui me plaît pour les vacances ?

Le visage de Delphine se décompose, ses yeux se remplissent de larmes.

— Tim, dit-elle en tendant les bras vers lui, mon chéri, je ne savais pas…

Je les laisse tous les deux et referme la porte derrière moi, totalement désemparée.

Vingt minutes plus tard, Delphine me rejoint. Son fils s'est calmé. Elle me demande si je suis d'accord pour laisser les filles jouer dans la maison sans la surveillance de Tim, qui a envie de rester dans sa chambre.

— Bien sûr, on va leur faire une petite leçon de morale avant, et on y va vite. À moins qu'elles ne veuillent venir avec nous ?

— Je ne suis pas sûre que j'aie envie de laisser Tim tout seul. La présence des deux filles, pour une fois, pourrait le rassurer.

— C'est si terrible que ça ?

Delphine me regarde, et je lis son désarroi dans ses yeux. Après avoir énuméré aux filles la liste des interdits, parmi lesquels ne pas déranger Tim, nous partons toutes les deux.

— Delphine, qu'est-ce qui se passe avec Tim ?

— Je ne sais pas. Depuis la mort de son père, il a complètement régressé. On dirait un petit garçon qui a peur de tout. J'essaie d'être à son écoute, mais je ne peux pas le traiter comme s'il avait six ans, non ?

— Il faut qu'il aille voir quelqu'un.

— Il ne veut pas, tu le sais bien.

— Oui, mais ça, c'était avant…

— Écoute, Justine, c'est normal qu'il aille mal en ce moment. Il a perdu son père, et il n'est pas le premier à qui ça arrive. Regarde, toi, tu as bien surmonté tout ça, non, on s'en sort, pas vrai ? Et si je me souviens bien, ta mère ne t'a jamais envoyée chez un psy.

— Est-ce que je m'en suis sortie ? Je ne sais pas. Peut-être que je me serais sentie mieux dans ma peau si mon père avait été un père présent, suffisamment aimant pour ne pas mourir bêtement et égoïstement !

Moi aussi je m'énerve, comme Tim tout à l'heure. Entre l'histoire de l'inconnue du cimetière et la mort de Paul, je sens que je suis en train de rouvrir des blessures qui n'ont jamais guéri, que mon édifice bâti ces dernières années pour me construire une vie un minimum équilibrée est en train de se lézarder.

Delphine ne dit rien, aussi je reprends plus calmement.

— Excuse-moi, visiblement mon enfance n'a pas fini de me faire perdre mes moyens.

Je souris faiblement.

— Tu crois toujours que je vais très bien ?

— Écoute, ton père, je ne le juge pas, mais c'est vrai qu'il a tout fait de travers, il vous a drôlement fait souffrir. Paul, tu es d'accord, ce n'est pas la même histoire. Tim n'a jamais vraiment grandi avec lui. Il a toujours été l'homme de la famille.

— Ce n'est pas terrible non plus. Paul a continué sa vie malgré leur naissance, peut-être que tes enfants ne se sont pas sentis suffisamment aimés par leur père. Et sa mort est un signe d'abandon supplémentaire.

— Non. Tout ça, c'est trop compliqué pour moi. On va se soutenir, je vais essayer d'être plus attentive à Tim et tout va bien se passer.

— D'accord, très bien, je ne t'ennuie plus avec ça. Si tu as besoin d'en parler, je suis là, et je te promets que je ne te ferai pas la morale.

— Bon, et à propos de ton père, tu vas faire quoi, avec ton nettoyeur de tombe anonyme ?

— Je n'en sais rien. Il faudrait que je repasse à la mairie demander si je peux contacter leur employé la semaine prochaine. Après tout, pourquoi me presser ? Les secrets de mon père sont restés enfouis depuis… trente-deux ans si je compte bien.

— Justine, j'ai pensé à quelque chose, en parlant de secrets. Ne le prends pas mal mais, es-tu sûre que ta mère ou ta sœur n'en savent pas plus que toi sur le sujet ? Avant de remuer ciel et terre pour savoir qui est derrière la rose rouge, pourquoi tu ne vas pas parler à ta famille ?

— Ma sœur et moi, tu sais bien, on s'est tellement éloignées ces dernières années. Et puis ma mère, comment oser lui révéler que quelqu'un dépose une rose rouge sur la tombe de son mari ? Je n'ai pas envie de lui briser le cœur une nouvelle fois…

— Alors fais un effort et tente au moins de parler à ta sœur. Appelle-la demain, s'il te plaît. Tu me promets ?

Je soupire profondément, mais je sais que Delphine a raison : je dois parler à Isabelle. Elle sait certainement beaucoup plus de choses que ce qu'elle a bien voulu me raconter. Et si elle connaissait l'existence de l'inconnue du cimetière ?

Elle est arrivée un samedi matin, elle avait prévenu la veille. De grands seaux, des tas de produits à l'intérieur, des grattoirs, brosses et chiffons. C'est un vieil homme qui l'attendait devant le portail. Rien à voir avec celui, plutôt séduisant, venu lui ouvrir la fois précédente. Elle s'étonne même qu'un homme si âgé travaille encore. Il lui propose de l'aider à remplir les seaux au robinet rouillé du cimetière. Les récipients sont très lourds et, malgré son désir d'être tranquille, elle accepte son aide. Mais elle le regrette aussitôt quand elle se rend compte que l'homme ne quitte pas les lieux. Elle aimerait lui demander de la laisser seule, à présent. Mais il ressemble tant à un bon grand-père, et elle est trop bien élevée pour le chasser. Ce dernier lui déclare qu'elle est vraiment gentille de venir passer son samedi à nettoyer une vieille tombe, puis finit par lui demander : « Et vous êtes madame... ? » Elle répond, sans réfléchir : « Je suis Mme Trévise. » Après tout, elle a déjà utilisé ce subterfuge la dernière fois, et elle s'y habitue avec un certain plaisir.

Mais en revoyant le mot, toujours là, bien visible, un bout coincé sous une horrible faïence, elle panique. Elle l'attrape vivement et le glisse dans sa poche. Comme si l'homme allait tout comprendre et découvrir son mensonge. Heureusement, il semble n'avoir rien remarqué. Au contraire, en la voyant s'agenouiller et commencer à gratter la tombe, il lui propose son aide, ce qu'elle refuse. Mais il insiste, lui expliquant que, depuis qu'il est un vieux veuf à la retraite il ne sert à rien, si ce n'est à dépanner ponctuellement son neveu, l'employé de mairie, ou s'occuper de son jardin où personne ne vient jamais. Elle lui tend une brosse et ils se mettent au travail.

Elle apprécie cet homme, Gilbert, lui demande-t-il de l'appeler, et quand il veut savoir si elle est mariée, elle coupe court à toutes ses questions : « Je n'ai ni mari ni enfant, alors je me consacre à mes chevaux. » Elle lui raconte son écurie, comment elle l'a montée toute seule, lui parle de ses bêtes qui sont toutes ses bébés, sa fierté et sa joie de vivre ; ses clients, les propriétaires de chevaux, qui lui font une confiance absolue, son succès, qui l'oblige à refuser du monde. Il la regarde avec de grands yeux admiratifs tandis que son visage à elle s'éclaire et s'anime. Sur le sujet de son écurie, elle est intarissable, et Gilbert est un interlocuteur attentif, qui lui pose des questions et écoute avec un intérêt sincère ses réponses. Le temps passe à toute allure, bientôt l'endroit est propre, décent, enfin. Elle range tous ses produits et ustensiles dans ses deux seaux, pose sa rose rouge et contemple son œuvre. À cet instant, Gilbert lui demande : « Et les décorations, vous en faites quoi ? » À contrecœur, elle les remet en place après les avoir frottées un minimum. Un instant ce lieu n'a appartenu qu'à elle seule. Mais on ne peut effacer le passé.

Tous deux prennent le petit sentier et elle l'observe tandis qu'il referme la grille.

— Merci pour votre aide. Je reviendrai le mois prochain, si tout va bien.

— Je ne pense pas que vous me verrez. Si je suis là aujourd'hui, c'est exceptionnel, un dépannage, vous voyez. Mais si vous avez besoin de moi, mon neveu, c'est l'employé qui s'appelle Jacques. Il saura où me trouver.

Tous deux se séparent après une poignée de main et un regard complice. Elle téléphone pour appeler un taxi tandis qu'il s'éloigne à pas lents dans une rue du village.

10

Le lendemain matin, sous le regard insistant de Delphine, je téléphone à ma sœur. Isabelle ne travaille plus depuis son troisième enfant. Mes neveux et nièces que je ne vois presque jamais ont entre quatorze et neuf ans. Isabelle et son mari Étienne ont eu deux filles puis un garçon. Ils habitent dans une grande maison à Vaucresson, jolie banlieue chic du Sud-Ouest parisien. Isabelle a fait un beau mariage, Étienne est un cadre dirigeant dans une grosse entreprise d'export. Ils se sont connus pendant leurs études. Isabelle, qui a toujours été une élève brillante, est entrée dans une école de commerce réputée après son bac scientifique. C'est là qu'elle a connu Étienne. Tous deux commençaient à faire carrière quand ma sœur a décidé, à trente-deux ans, de tout arrêter pour se consacrer à sa famille. Une mère exemplaire, un mari aussi responsable et sérieux que mon père était absent et indifférent. Isabelle a choisi un homme qui est son opposé absolu, et loin de moi l'idée de me demander pourquoi, c'est ainsi qu'elle a réagi aux traumatismes de notre enfance. Mais parfois je me demande si on peut vraiment être heureux en construisant sa vie contre un modèle, et non pas selon sa personnalité et ses désirs.

Isabelle décroche de sa voix dynamique.

— Bonjour Isabelle, c'est Justine. Tu vas bien ?

— Justine.

Elle semble déjà lasse rien qu'à entendre mes premiers mots. Il faut dire que ma sœur et moi avons cessé de nous comprendre depuis de longues années, depuis qu'elle est entrée dans son école de commerce et a commencé à se forger une nouvelle image, une nouvelle vie, un nouveau personnage aussi. La fillette orpheline obligée de refouler son chagrin, faire une croix sur son enfance, soutenir sa mère et élever sa petite sœur a décidé de devenir une femme dure, fermée, efficace, construisant un foyer parfait, pour un mari parfaitement lisse. Leurs enfants sont à leur image. Beaux, doués à l'école et dans toutes leurs nombreuses activités sportives et artistiques. De mon côté, je ne me sens pas à ma place parmi eux. J'ai l'impression d'être la ratée de la famille avec mon boulot médiocre, mon incapacité à vivre en couple ou à mener une vie normale, voire à grandir.

Ma mère, elle, se sent à l'aise chez sa fille. Enfin, en apparence, je crois. La réserve d'Isabelle, l'indifférence de ses petits-enfants et l'affection feinte de son gendre la font souffrir, quand elle accepte de le reconnaître.

— Justine, poursuit ma sœur, ça fait longtemps. Pourquoi tu m'appelles ?

— Les enfants vont bien ? Étienne aussi ?

— Oui, tout le monde va très bien. Et Adèle ?

— Oui, c'est un amour. En fait, je voulais te dire que j'étais chez Delphine, à Nanteuil, et qu'il se passe des choses bizarres ici.

— Qu'est-ce que tu racontes ?

— Il y a quelqu'un qui prend notre caveau familial pour le sien.

— Un squatter de tombe, c'est la meilleure ! Mais qu'est-ce que c'est que cette histoire ? s'exclame-t-elle.

— Eh bien, quelqu'un s'est mis à déposer une rose rouge sur la tombe, régulièrement, tu vois.

— Une vieille admiratrice de ce cher Victor ? Bon, écoute, je ne suis pas sûre de vouloir en savoir plus. Tu sais bien que j'ai tiré un trait sur ces vieilles histoires…

Le ton d'Isabelle a changé. Elle semble tendue, tout à coup. Je poursuis cependant.

— Mais attends, ça ne s'arrête pas là. Je suis passée lundi, cette personne, avant de déposer sa rose, a briqué la tombe à fond. Elle paraît comme neuve.

— Mais c'est insensé ! Tu sais qui c'est ?

— Bien sûr que non. J'essaie de me renseigner, mais ils respectent tellement la vie privée des gens ici…

— Pourquoi tu m'as appelée, Justine ? Je ne veux plus rien avoir à faire avec Nanteuil et notre père. Tu ne crois pas qu'il nous a assez fait souffrir ? J'espérais que toi aussi tu avais tourné la page, je croyais que tu avais grandi un peu…

— C'est facile de me dire ça, Isabelle. Tourner la page ? Mais à propos de quoi ? De choses que tu as gardées pour toi, et qui expliqueraient pourquoi tu réagis si violemment ?

Devant son silence glaçant, je poursuis :

— Et comment tu peux me demander de grandir, toi qui me caches la vérité comme si j'étais encore une enfant ?

— Tu racontes vraiment n'importe quoi. Que veux-tu que je te dise de plus que ce que je t'ai déjà dit ? Tu ne trouves pas ça suffisant ?

La voix de ma sœur est montée dans les aigus, signe qu'elle est en colère. Mais, pour une fois, je refuse de me taire, même si elle doit exploser. Car sa réaction me prouve que j'ai raison.

— Aujourd'hui, vu les circonstances, non, Isabelle, ce n'est pas suffisant. Alors, est-ce que tu sais autre chose ? Si toi et maman m'avez laissée dans l'ignorance, il est grand temps que vous me parliez. S'il te plaît, aide-moi à fermer ce dossier qui me bouffe la vie !

Soudain ma sœur se met à crier, des sanglots dans la voix.

— Fous-moi la paix, Justine, tu as compris, laisse-moi tranquille ! Tu veux tout savoir, ressortir la merde, alors demande à ta mère. Pourquoi c'est toujours à moi qu'on demande tout ? Qu'est-ce que tu crois ? Que je suis Superwoman, comme tu le croyais quand tu avais cinq ans ? Je ne suis pas ta mère, alors appelle-la, elle, qu'elle prenne ses responsabilités, et laissez-moi vivre !

Et ma sœur me raccroche au nez. Je regarde le combiné, incrédule. Delphine, qui m'observe assise dans le canapé, a l'air aussi stupéfaite que moi.

— J'ai rêvé ou ta sœur hurlait ? Je l'entendais d'ici. Et elle t'a raccroché au nez ? Isabelle la raisonnable, la sage, la bien élevée ? Mais qu'est-ce qui s'est passé ?

— Je n'en ai aucune idée. Elle est devenue folle.

— Tu vois, c'est évident, elle sait !

— Oui, et elle m'a demandé d'aller en parler à ma mère. Mais c'est pas vrai ! Elles comptaient tout simplement ne rien m'expliquer, jamais…

— Je crois que tu n'as pas le choix, tu vas devoir tout faire cracher à ta mère.

— Avec sa carapace ?

— Justine, et c'est toi qui es censée être calée en psychologie ? Si je me souviens bien, ta mère n'avait aucune carapace, quand tu étais petite, c'était la fragilité incarnée. Elle a réussi à se construire une nouvelle vie, à être heureuse, et toi tu crois qu'être heureux ça rend dur ? Tu te trompes sur ta mère, elle est toujours aussi fragile et blessée. Elle s'en est juste bien sortie.

— Elles s'en sortent bien toutes les deux et me laissent croupir dans l'ignorance, histoire que je ne surmonte jamais rien.

— Ne sois pas si injuste, elles veulent te protéger.

— Mais tout le monde sait que les secrets de famille t'empêchent de vivre et d'être heureux, c'est écrit dans n'importe quel roman de base, c'est répété par tous les psys ! Elles habitent sur quelle planète ? Ou alors elles ont décidé que je ne devais jamais y arriver ? Et puis tu sais bien que ma mère se fiche de me protéger, je l'indiffère complètement. Quant à ma sœur, elle me rejette, je n'entre plus depuis longtemps dans le bel univers qu'elle s'est créé.

— Franchement, Justine, tu trouves que l'existence d'Isabelle fait envie ?

— Sur le papier, c'est parfait.

Je souris faiblement. Je n'aurais jamais pu faire ses choix de vie.

— Ta sœur a l'air d'un robot. Pour arrêter de souffrir, elle s'est coupée de toute émotion, mais elle n'a rien réglé. Tu as entendu sa réaction, tout à l'heure ? Tu crois que c'est celle de quelqu'un qui a surmonté les drames de son enfance ?

— Et après tu dis que c'est moi la psychologue des deux ?

— Je constate juste ce que j'ai sous les yeux, ma chère. Si je comprends bien, maintenant, tu n'as plus qu'à avoir une bonne discussion avec ta mère. En attendant, viens avec moi dans la cuisine, on va préparer le déjeuner. Cet après-midi, on a des maisons à visiter.

Quand Delphine et moi, accompagnées de l'agent immobilier, poussons le portail bleu ciel de la maison, nous sommes sous le charme de la cour, pleine de massifs de fleurs et d'herbes folles. La façade de la demeure est blanchie à la chaux, lui donnant un air coquet et lumineux. Au-dessus de la marquise, une glycine imposante se déploie. À l'arrière, nous soupçonnons l'existence d'un jardin qui, si l'on en juge par la cour, doit être superbe.

Un chien aboie frénétiquement lorsque nous sonnons à la porte, puis une jeune fille d'environ quinze ans nous ouvre. Elle a l'air un peu triste, comme souvent les ados, et assez timide, mais qu'est-ce qu'elle est jolie. Brune, de longs cheveux, une peau très pâle et de grands yeux verts.

Elle attrape le chien – un Jack Russell roux et blanc – par son collier, alors que ce dernier tente de nous sauter dessus, mais plutôt pour nous faire la fête que pour nous dévorer.

— Sweetie, mon chien, calme-toi ! Allez !

— Bonjour, déclare l'agent immobilier, nous venons pour la visite.

— J'appelle mon père. *Daddy !*

L'agent se tourne vers nous :

— Le locataire est anglais. Il vit ici avec sa fille depuis six ans, mais il a décidé de rentrer en Angleterre.

L'homme apparaît enfin, dévalant l'escalier. Avant qu'il n'atteigne la dernière marche, Sweetie le rejoint en battant frénétiquement de la queue. Ce chien semble fou de joie de nous voir tous réunis dans l'entrée de la maison. C'est alors que je remarque que le pauvre n'a qu'une patte arrière. Comment fait-il pour être aussi habile ?

— Bonjour, bonjour ! nous accueille le locataire. Entrez, je vous en prie.

De taille moyenne, les cheveux blond cendré, les mêmes yeux que sa fille, dans les quarante-cinq ans, il est très séduisant. Lorsqu'il serre la main de Delphine, je vois ses yeux s'écarquiller. Visiblement, mon amie l'a très agréablement surpris.

— Je suis Harry Niven.

— Delphine Frocheau.

— Enchanté.

Le salon dans lequel nous pénétrons en premier est un peu en désordre mais très chaleureux : les meubles en bois clair, le parquet de la même couleur, les fenêtres assez grandes pour laisser filtrer la lumière hivernale de l'après-midi. On s'y sent tout de suite chez soi. Le feu qui brûle dans la cheminée donne envie d'y réchauffer ses mains. La cuisine est comme je les aime. Une grande table en bois au milieu, un vaste plan de travail, et même une seconde cheminée. Les chambres sont ravissantes, la salle de bains immense, et je me dis qu'elle doit être glaciale l'hiver... La dernière pièce, sous les toits, est le bureau du beau locataire.

— Je suis traducteur.

Il prend un air faussement désolé.

— Je ne traduis pas des œuvres littéraires, malheureusement, je fais des traductions techniques. Il faut bien gagner sa vie !

Sur l'aile de la maison, il y a une dépendance non aménagée qui pourrait rendre les lieux immenses si elle était rénovée. Je vois la cervelle de mon amie qui tourne à plein régime.

— La maison serait libre quand ?

— Nous partons fin juillet, pour que ma fille finisse son année scolaire.

L'agent se tourne vers Delphine :

— Vous vous souvenez, madame Frocheau, je vous avais prévenue qu'il y avait un petit délai ?

— Je ferai avec, cette maison est exactement ce que je cherchais et je m'étais fixé le mois de mai. Je patienterai. On peut aller voir le jardin ?

C'est un endroit de rêve, on voit bien que le locataire s'en est donné à cœur joie pour constituer un jardin à l'anglaise. Une pelouse magnifique, d'immenses massifs de fleurs qui se devinent malgré la saison, et de somptueux rosiers. Je distingue quelques arbres fruitiers : pommiers, cerisiers, un magnifique figuier.

Delphine et ses enfants vont retrouver leur joie de vivre, ici, c'est certain. Que j'aimerais dégoter un endroit semblable à celui-ci, en beaucoup plus petit, pour Adèle et moi !

— Alors, madame, vous en pensez quoi ?

— Je signe tout de suite !

— Je suis ravi de savoir que c'est quelqu'un comme vous qui reprendra cette maison, j'y suis très attaché, dit Harry Niven à Delphine.

— C'est très gentil. Alors pourquoi partez-vous ?

— C'est surtout pour ma fille, je voudrais qu'elle poursuive sa scolarité en Angleterre, ce sera mieux pour elle.

— Pourtant il y a de bonnes écoles ici ?

— Vaste sujet, répond Harry en soupirant, et Delphine comprend qu'il vaut mieux ne pas insister.

— Dites-moi, vous accepteriez que je revienne visiter la maison avec mes enfants ?

— Mais bien sûr, voici ma carte, vous avez toutes mes coordonnées. Revenez quand vous voulez.

Dans la foulée, nous nous rendons à l'agence afin que Delphine bloque la location. Mon amie est folle de joie.

Lorsque nous sommes seules de nouveau, après que Delphine décommande les visites suivantes, je m'exclame :

— Non mais tu as vu comment le locataire a eu le coup de foudre pour toi !

— N'importe quoi, il voulait louer sa maison, c'est tout.

— C'est toi qui dis n'importe quoi. En plus il est pas mal du tout.

— C'est vrai. Mais de toute façon, là, je ne suis pas prête.

— Est-ce qu'il te plaît, quand même ?

— Mouais..., fait Delphine en souriant légèrement.

Le lendemain, nous partons passer la journée dans le centre équestre que dirige Laure. Les enfants nous réclament sans cesse d'y aller, et je prends sur moi et sur mon horreur des chevaux pour leur faire plaisir. Tim et Clémentine sont fous d'équitation. Ils prennent des cours et adorent par-dessus tout aller chez Laure où ils sont traités comme des rois et peuvent tout faire. Adèle trouve ça merveilleux, et bien sûr, avec ce qui est arrivé à mon père, je suis morte de peur à l'idée qu'elle grimpe sur un cheval. Mais je sais que Laure veillera tout particulièrement sur ma fille, qui de plus ne monte jamais.

Nous arrivons dans sa maison vers midi pour déjeuner. Sa sœur Iris a fait le déplacement pour nous présenter son bébé, Sofia, deux mois. Cette enfant est énorme et tète sans arrêt sa mère, dont les seins volumineux fascinent les enfants, et moi aussi, malgré tous les efforts que je fais pour ne pas les regarder. Je ne peux pas m'empêcher de penser à Éléonore et à son corps sûrement parfait aujourd'hui encore. Iris est un peu pâle, mais elle a l'air si épanouie, si ravie en dépit de son histoire. Car le père d'Iris n'a pas voulu voir sa fille, et encore moins la reconnaître. C'est Sofia qui souffrira, plus tard...

Je demande des nouvelles de Claire, la belle femme médecin divorcée, et de ses trois enfants.

— Claire ? Elle est partie vivre à Nîmes. Un de ses amis de fac, médecin lui aussi, cherchait à partager un cabinet. Et elle avait envie de changer de décor. Elle s'est proposée, sur un coup de tête. Elle a eu raison, le cabinet marche très bien et ses enfants s'adaptent parfaitement.

— Et tu connais la meilleure ? me dit Laure, un large sourire éclairant son visage.

— Non, quoi ?

— Elle et son associé ? Ils se connaissaient depuis quinze ans. Il a fallu qu'ils se retrouvent à Nîmes et qu'ils partagent un cabinet pour se rendre compte qu'ils étaient fous amoureux l'un de l'autre. C'est drôle, non ?

— C'est génial !

— Et ils vivent ensemble, poursuit Iris. Sauf que son compagnon a quatre enfants d'un précédent mariage, alors un week-end sur deux et pendant les vacances, ils sont neuf à la maison !

— Moi, rien qu'avec Adèle, je m'en sors moyen, alors sept enfants… Wouahou !

— Maman, tu t'en sors très bien, tu sais. C'est juste que tu t'énerves un peu trop, mais sinon, ça va.

— Adèle, chérie, c'est bon… Et Delphine, pas la peine de rigoler.

— Oh mais j'adore les remarques de ta fille, tu sais bien !

Tandis que nous prenons le café et que les enfants sont partis dans le jardin, j'en profite pour raconter à Laure et Iris l'étrange découverte que Delphine et moi avons faite au cimetière et le mot que Delphine a laissé en mon nom. Les deux sœurs m'observent, sidérées, puis Iris demande :

— Que comptes-tu faire ?

Devant mon hésitation, Delphine intervient :

— Elle va partir à la recherche de celle que nous avons baptisée l'inconnue à la rose !

— Et vous pensez que cette femme était peut-être la maîtresse du père de Justine, mort il y a plus de trente ans ? C'est complètement farfelu, votre affaire, remarque Iris. Cela dit, il y a un petit côté mystère à élucider qui me plaît bien !

— Je ne comprends pas, intervient Laure, Justine, pourquoi tu voudrais retrouver une ex de ton père ?

Delphine et moi échangeons un regard puis éclatons de rire.

— Dit comme ça, eh bien, je ne sais plus très bien, avoué-je.

En raison de mon appréhension irrationnelle envers les chevaux, je passe l'après-midi au centre équestre tendue et anxieuse. J'ai une peur bleue des chevaux, de leurs sabots, de leurs grandes dents, de leur côté imprévisible, de leur corps immense. Adèle, au contraire, est très intrépide, ce qui me panique. Mais Laure la tient à l'œil. Elle emmène les enfants en promenade en forêt, et je les regarde partir, empruntant un petit sentier qui s'enfonce entre les arbres. Laure tient par une corde le poney sur lequel, le dos bien droit, Adèle trône avec une fierté qui me ferait sourire en d'autres circonstances.

Une fois que la petite troupe a disparu de notre vue, Delphine et moi rejoignons Iris et sa fille dans le bar du centre. C'est une belle salle aux murs couverts de photos et de peintures équestres anciennes, une cheminée immense, un billard où des joueurs concentrés disputent une manche, et surtout un bar bien rempli. Je commande du cidre, Delphine un chocolat chaud, tandis qu'Iris et Sofia, un vrai petit goinfre, s'offrent une nouvelle tétée.

La promenade terminée, alors que les enfants, guidés par les palefreniers, dessellent et brossent les chevaux, et que j'essaie de ne pas penser à ces fameux sabots et à ces grandes dents, Laure vient se détendre avec nous. Elle prend sa nièce dans ses bras et la berce délicatement.

— Au fait, Laure, ça donne quoi, ton abonnement sur le site ? Tu as fait des rencontres intéressantes ?

— Non, je suis déçue. J'ai eu quelques rendez-vous, mais je n'ai rien éprouvé, pour aucun homme. Juste de l'ennui. Et pour certains, un peu de pitié. Il y en a qui écrivent qu'ils se passionnent pour plein de trucs, le cinéma, les expos, la randonnée, et puis quand tu les vois, tu te rends compte qu'ils mettent tout ça pour nous appâter, mais ce qui les passionne, c'est la marque de leur portable ou le dernier match de l'équipe de France. Tout ce que j'aime !

— C'est que tu ne sais pas les sélectionner, remarque Delphine.

— Ah bon, et tu fais comment, toi ?

— Il faut déjà chercher les cadres, supérieurs si possible. Là déjà, ils ont un bon niveau d'études et ont plus de chances d'être cultivés. Tu vois ?

— Mouais. Et ça marche ?

— Pour le moment non, et puis tu sais, j'avais arrêté…

— Oui, bien sûr, excuse-moi, Delphine.

Pour alléger l'atmosphère soudain pesante, je me lance :

— De toute façon, Delphine a fait une super rencontre ! Elle a subjugué un bel Anglais, et ils vont se revoir.

— Raconte ! s'exclame Iris.

— Justine, vraiment, n'importe quoi !

Malgré la réaction de mon amie, je vois bien une petite étincelle briller dans ses yeux.

— Puisque Delphine ne veut rien vous dire, je vous explique : le locataire de la maison qu'elle va reprendre a complètement craqué pour elle. Et il est très séduisant.

— Et Justine fantasme, et elle oublie de vous dire que cet homme, aussi séduisant soit-il, quitte cette maison pour rentrer en Angleterre.

— Oh, la vie est pleine de surprises, remarque Iris.

Alors que nous nous apprêtons à partir, Laure vient vers moi et pose sa main sur mon épaule :

— Justine, je sais que c'est dur pour toi, en ce moment. Et je voudrais te proposer quelque chose.

Je la regarde, intriguée.

— On connaît toutes ta peur des chevaux, à cause de ton père… et justement…

— Quoi ? Tu veux m'offrir une séance d'obstacle ? dis-je avec un demi-sourire.

— Tu sais, les chevaux sont des êtres formidables, ils ont de véritables vertus thérapeutiques.

— Mais je ne suis pas malade !

— Attends, laisse-moi finir. Je ne vous ai encore rien dit, mais j'ai décidé de me former en thérapie par les chevaux.

— C'est génial, Laure ! Tu comptais nous le dire quand ?

— Aujourd'hui ! Et justement, en commençant mon premier stage, j'ai pensé à toi, Justine. J'aimerais essayer de guérir ta peur vis-à-vis d'eux et t'aider à te sentir mieux. Pour moi, ce serait un super entraînement, et pour toi, un cadeau que j'ai envie de t'offrir. Je voudrais te faire partager ce que nous toutes, tes copines, on reçoit de ces animaux qu'on adore.

Delphine et Iris acquiescent, Adèle saute de joie. Laure m'explique comment, en me guidant durant quelques séances auprès des chevaux, elle espère mettre fin à cette terreur irraisonnée. Selon elle, ces animaux hors du commun apaisent ceux qui veulent bien apprendre à recevoir d'eux.

Delphine intervient :

— Moi, si je suis triste ou angoissée, je pars monter. Ça m'a tellement aidée quand je suis revenue vivre ici. À reprendre confiance en moi, je crois. Quand je suis sur mon cheval, je me sens en harmonie avec lui et la nature… C'est tellement fort. Tu es d'accord, Laure ?

— Absolument. Justine, tu n'imagines pas le lien que tu peux créer avec ton cheval si tu sais le prendre.

— Allez, accepte, me dit Delphine avec fougue, Laure a raison. Oublie ton père et profite de ce grand bonheur.

— L'autre fois tu voulais que je me mette aux sites de rencontres, maintenant Laure veut me faire monter à cheval… Qu'est-ce qu'il y a ? Vous trouvez que je vais si mal que ça ?

Mes amies éclatent de rire. C'est si bon de sentir leur affection, de savoir que chacune, attentive à l'autre malgré ses propres difficultés, cherche toujours à l'aider.

Le soir, tandis que Delphine visite son site de rencontres à la recherche de cadres sup cultivés, je me couche de bonne heure, épuisée par mes émotions de la journée. Je suis à la fois heureuse d'avoir ramené ma fille entière et intriguée par la proposition de Laure.

11

— Maman, maman !

— Adèle, il est… 8 heures du matin…

— Tim est parti ! Vite, réveille-toi !

— Mais qu'est-ce que tu racontes ?

— Ce matin, il faisait encore nuit noire, j'ai eu peur, j'ai entendu du bruit en bas, j'ai cru que c'était un voleur. Je suis allée chercher Tim dans sa chambre, mais il était plus là. Alors je suis vite allée me cacher sous la couette. Clém m'a demandé ce que je fabriquais, je lui ai tout expliqué. Elle m'a dit de ne pas avoir peur, que c'était Tim qui faisait ce boucan en bas. Mais c'est bizarre, quand même, il n'est pas dans la maison. Qu'est-ce qu'il fait dehors tout seul à cette heure-là ? Tu crois qu'il s'est sauvé ?

— Mais non, viens, on va voir…

En effet, Tim n'est nulle part en vue. Dans sa chambre, j'ai un choc en voyant qu'il a fait son lit et que tout est impeccablement rangé. Je vais frapper à la porte de la chambre de Delphine. J'entends un vague grognement :

— Oui ? Quoi ?

— Delphine, Tim n'est pas dans la maison, il avait un truc prévu ?

La porte s'ouvre brusquement. Mon amie, les cheveux aussi ébouriffés que les miens, le visage tendu, me regarde, les yeux écarquillés.

— Comment ça, il n'est pas dans la maison ? Tu es sûre ?

— On ne l'a vu ni dans sa chambre, ni au salon, ni dans la cuisine et…

— Tim ! se met-elle à crier en se précipitant dans sa chambre, Tim, où es-tu ? Réponds !

En contemplant la pièce parfaitement rangée, elle pâlit.

— Merde, qu'est-ce que ça veut dire ? Vous avez regardé au garage ?

— On y va.

Chaussées de nos gros chaussons et emmitouflées dans nos vieux pulls, nous nous précipitons dans l'escalier. Delphine ouvre la porte d'entrée puis nous courons dehors, vers le garage, en appelant Tim toutes en même temps. Un volet s'ouvre. Clémentine apparaît à la fenêtre.

— Maman, qu'est-ce qu'il y a ?

— Ton frère, ma chérie, tu sais où il est ?

— Ben ce matin, ou cette nuit, je sais pas trop, il nous a réveillées, Adèle et moi, il a fait plein de bruit. Il n'est pas là ?

Delphine pousse la porte du garage. Le vélo de Tim a disparu.

— Mais qu'est-ce qui se passe ? Il a peut-être laissé un mot sur la table de l'entrée pour dire où il allait ?

On a beau chercher partout, rien. Tim est parti sans aucune explication.

— Ça ne lui arrive jamais de s'en aller comme ça ?

— Avant le lever du jour, sans prévenir et en rangeant toute sa chambre avant de partir ?

— On fait quoi ? Tu crois qu'il est allé voir quelqu'un ? Un ami ? C'est qui, son meilleur copain ?

— Je vais téléphoner tout de suite.

Après quelques coups de fil, Delphine et moi redoublons d'inquiétude. Personne n'a vu Tim, personne ne sait où il a pu aller. Les parents de ses copains conseillent à Delphine d'appeler la police. Mon amie n'a pas envie de dramatiser la situation.

— Que dirait Tim s'il se faisait ramener par des policiers ? Quelle humiliation. Et s'il faisait juste un tour et allait revenir ? Non, on prend la voiture et on va le chercher, d'accord ? Les filles, vous restez là. S'il appelle ou s'il arrive, vous me téléphonez tout de suite sur le portable. C'est clair ?

— Oui, maman, répond Clémentine.

Cinq minutes plus tard, nous montons dans le véhicule de Delphine et roulons au hasard des routes. Tim ne peut pas être loin. Mais on a beau tourner sur les chemins qui forment son quotidien, aucune trace d'un enfant à vélo.

Au bout d'une demi-heure, je pose ma main sur le bras de mon amie :

— Écoute, tant pis pour l'humiliation, faisons-nous aider par la police, on le retrouvera beaucoup plus vite, tu ne crois pas ?

— On rentre d'abord. On va peut-être le croiser sur la route ou le retrouver à la maison. Si ce n'est pas le cas, j'appelle.

De retour chez Delphine, tandis que nous poussons le battant du portail, les filles courent vers nous. Clémentine, en larmes, s'écrie :

— Maman, je crois que je sais où il est !

— Où ? demandons-nous en chœur.

— Au puits d'Enfer.

Nous dévisageons Clémentine.

— Il parle sans arrêt de cet endroit, il dit qu'il aime y aller pour se cacher quand il est triste, ou pour lire, ou réfléchir. Il adore me raconter l'histoire… la calèche, les mariés qui tombent dans le trou avec le cheval, et leurs corps qu'on n'a jamais retrouvés…

Delphine et moi nous précipitons de nouveau dehors, vers la voiture, équipées de lampes de poche. Mais, cette fois, les filles grimpent à l'arrière sans nous demander notre avis.

Cinq minutes plus tard, nous nous garons aux abords de la carrière, à proximité du puits d'Enfer.

Selon les différentes versions de l'histoire, cet endroit de légende, sorte de puits géant, aurait fait disparaître corps et biens une calèche allant à la noce, mariés et parents compris, ou encore un paysan et son chargement en route vers le marché. Dans chaque récit, on ne retrouve ni hommes, ni bête, ni voiture. Aujourd'hui, le lieu s'égare dans la forêt, un cours d'eau serpente entre les arbres, puis grossit en un torrent lorsqu'on s'approche du puits maudit. Je me demande où peut bien s'installer Tim lorsqu'il décide de passer un moment dans cette nature hostile, entre le torrent glacé, les arbres serrés, le sol boueux et accidenté.

Nous nous précipitons sur le petit sentier qui s'enfonce dans les bois. Nos tennis se tachent de boue des chemins, on entend les cours d'eau bruisser, mais personne ne répond à nos appels. À cette heure matinale, il n'y a pas encore de promeneurs. Et en cette saison, dans le froid, l'humidité et la terre gorgée d'eau, qui aurait envie de venir ici ?

Il se met à pleuvoir, ma vue se brouille. On n'aurait jamais dû laisser les filles nous accompagner. L'une après l'autre, nous glissons, tombons, imprégnant nos vêtements d'une eau glaciale, mais aucune de nous ne se plaint. Les arbres sans feuilles forment un décor sinistre. Enfin, un panneau indique la direction du puits d'Enfer, ce sombre gouffre qui, d'ordinaire, en saison plus propice, attire les curieux. Nous longeons le ruisseau qui va nous mener tout droit sur les lieux. Mes chaussures pleines d'eau s'alourdissent à chaque pas, je trébuche sur une grosse pierre et tombe en avant, les mains dans la boue. Je me relève vite, essuie sans réfléchir mes mains sur mon jean. Delphine, en tête, est indifférente aux branches qui lui fouettent le visage.

Enfin, nous sommes arrivées. Pourtant, je ne vois aucun vélo alentour. Nous nous mettons toutes à hurler, à courir en tous sens. Tim n'est pas là, c'est évident.

— Delphine, stop, on appelle les secours. On a trop tardé, tu vois qu'il n'est pas là.

— Et s'il était évanoui quelque part dans les bois ?

— Alors il vaut mieux qu'on appelle à l'aide.

— Clémentine, demande Delphine en se tournant vers sa fille, t'a-t-il donné plus de précisions sur l'endroit où il aime rester ?

Je sens que Clémentine retient ses larmes.

— Juste le puits d'Enfer.

— Mais c'est où le trou ? Tu crois qu'il a sauté dedans ? demande ma fille.

Je lui réponds très vite, effrayée qu'elle n'angoisse Delphine davantage :

— Mais non, Adèle, c'est une légende. Ici, tu vois, il n'y a qu'un torrent.

— Justine, tu as raison, on sort du bois et on appelle les secours, sinon je sens que je vais hurler…

— Viens, on se dépêche. Les filles, vous restez bien derrière nous, vous suivez nos pas et vous criez si vous avez un problème, O.K. ?

La pluie s'intensifie, nous aveuglant de plus belle malgré l'épais manteau formé par les arbres.

En sortant de la forêt, Delphine se tourne brusquement vers la carrière. Sans donner d'explication, je la vois qui commence à en escalader la façade.

— Delphine, qu'est-ce que tu fais ?

— Je ne sais pas, je préfère vérifier, c'est tout.

Arrivée au sommet, elle se jette à genoux au pied du large trou et brandit sa lampe en criant le nom de son enfant. Un bref silence, un hoquet de stupeur, puis un cri strident :

— Tim ! Tim ! Tu m'entends ? Il est là ! Tim, réponds !

Brusquement, le corps de Delphine disparaît tandis qu'elle se laisse glisser le long de la paroi, le dos contre le sable. Les filles et moi, sans se consulter, nous précipitons pour grimper. Arrivée en haut, je me penche à mon tour et aperçois Tim, allongé au sol, la jambe pliée en un angle bizarre.

— Delphine, j'appelle les pompiers !

— Maman, crie Clémentine, je vois son vélo de l'autre côté de la carrière !

— Tim, supplie Delphine, réponds !

— Maman, j'ai mal à la jambe.

Tandis que j'attends qu'on décroche à l'autre bout de la ligne, je me mets à pleurer. Mon visage se crispe de toutes ses forces pour que les filles ne me voient pas, pour me retenir, pour pouvoir parler et demander de l'aide. Clémentine et Adèle se sont agenouillées, main dans la main, au-dessus du précipice, et elles aussi pleurent bruyamment. J'ai peur un instant qu'elles ne sautent ou ne tombent en avant, aussi je coince le téléphone contre mon oreille et pose mes mains sur leurs épaules frémissantes. Mes larmes roulent et tombent sur leurs cheveux, sur leur visage, et se mêlent aux leurs.

— S'il vous plaît, surtout ne bougez pas, c'est très dangereux, parviens-je à prononcer.

La voix tremblante, me contenant pour ne pas hurler, j'explique la situation à la réceptionniste qui prend mon appel. Les secours vont arriver. Tout va bien se passer…

Une heure plus tard, Delphine et Tim dans l'ambulance, moi et les filles dans la voiture, arrivons à l'hôpital de Niort. Le sauvetage par les pompiers au fond de la carrière a été mené efficacement. Tim a une belle fracture à la jambe, mais il va bien. Du moins il nous assure qu'il n'a subi aucun choc à la tête. Les examens nous en diront plus.

J'emmène les filles à la maison pour les faire déjeuner, puis les dépose chez une voisine, avant de rejoindre mon amie à l'hôpital. Tim a été opéré et doit rester en observation jusqu'au lendemain.

Il dort à présent. J'entraîne Delphine à la cafétéria et l'oblige à manger.

— Comment tu te sens ?

— Je ne sais pas, c'est atroce, je ne comprends plus rien.

— Qu'est-ce que tu veux dire ?

— Pourquoi il a fait ça ? Je croyais qu'on s'était expliqués, la dernière fois, qu'il m'avait dit tout ce qu'il avait sur le cœur et que c'était réglé. Je suis dépassée, je ne sais plus quoi faire. Il aurait pu mourir, là tout seul, dans ce trou…

Delphine pleure, et je me retiens quelques secondes avant de laisser mes larmes monter. Je suis bouleversée moi aussi. Je suis très attachée à Tim, ce petit garçon si sérieux, si gentil et attentif aux autres. À dix ans, il a déjà perdu beaucoup dans la vie. Comment est-ce qu'on grandit avec un tel bagage ? Je pense à ma sœur et à moi. Je me souviens de mes sept ans, l'âge auquel toutes les petites filles sont amoureuses de leur père et multiplient les récits sur les exploits de leur géniteur, le plus beau, le plus fort et le plus gentil du monde. C'était si difficile de les écouter, moi qui n'avais plus le mien et qui m'accrochais à quelques souvenirs heureux d'un temps révolu.

— Justine, me dit Delphine, m'arrachant à mes sombres pensées, je ne vais pas m'en sortir toute seule, tu avais raison, je vais être obligée d'envoyer Tim consulter un psy.

— Ça n'a rien de honteux ou de déshonorant, ne le prends pas comme un échec, vous vivez le plus douloureux moment de votre vie, quand même.

— Je vais d'abord lui en parler.

— Il faut que tu arrives à le convaincre. Sinon vous allez morfler tous les trois.

— Je sais. Je lui parlerai demain. Je vais le laisser se reposer et se remettre de ses émotions aujourd'hui.

Le lendemain matin, nous partons toutes les quatre à l'hôpital pour voir Tim. Les filles ont exigé d'aller lui acheter des tonnes de bonbons, Clémentine a insisté pour lui préparer ses affaires en glissant dans son sac ses livres et objets préférés selon elle (on l'a laissée prendre le vieux nounours décati après qu'elle nous a assuré qu'il dormait avec en cachette).

Les filles le couvrent de baisers puis s'amusent avec la télécommande du lit. Je les emmène ensuite se promener en ville pour laisser Delphine en tête à tête avec son fils.

À notre retour, tous deux ont les yeux rougis, mais la tension s'est dissipée. Ce soir, Laure nous rejoint, et j'ai hâte de me retrouver avec mes amies pour que Delphine nous raconte tout. Tim rentrera à la maison demain. Les examens ont montré qu'en effet il n'avait reçu aucun choc à la tête. Sa seule blessure reste sa jambe, dorénavant plâtrée pour un mois.

Dans la soirée, tandis que les filles sont au calme dans leur chambre, Delphine, Laure et moi nous installons dans le salon. Mon amie a les yeux cernés, et ses joues sont creusées comme si elle avait perdu cinq kilos depuis la veille.

— Tim s'est enfin lâché, il a essayé d'expliquer ce qui le rongeait, et ça me dépasse. J'ai besoin de vos conseils, les filles, parce que, moi, je suis larguée. Justine, avec ton passé, je crois que tu peux mieux le comprendre que moi.

— Je ne pense pas. C'est ton fils, tu le connais mieux que personne.

— Aujourd'hui, j'en doute.

— Qu'est-ce qu'il t'a dit ? demande Laure.

— Tim a toujours attendu que son père revienne vivre avec nous, il rêvait d'avoir une famille normale, avec un père qui s'occuperait de tout, et en particulier de lui.

— Et maintenant il sait que c'est impossible.

— Moi aussi, je vous l'ai dit, j'ai longtemps voulu croire que Paul nous reviendrait, qu'on vivrait ensemble. Mais au fond je savais que je m'illusionnais. J'ai cessé de l'attendre, puis de l'aimer.

— Mais Tim n'a que dix ans et c'est son père, alors il n'a jamais arrêté d'espérer, remarque Laure.

— Et là, tout s'écroule. Brusquement, il comprend qu'il est l'homme de la famille, le seul, pour de bon. Et il a juste envie d'être un petit garçon que ses parents câlinent. Mais le pire, c'est qu'il culpabilise parce qu'il est incapable d'assumer ce nouveau rôle. Alors il se trouve nul. Il m'a dit qu'au lieu de me soutenir il était un poids pour moi, vous vous rendez compte ? Il m'a raconté qu'il a essayé de se dire que, maintenant, il allait veiller sur sa sœur, mais ça a créé chez lui une angoisse terrible.

Je pose ma main sur celle de Delphine.

— C'est pour ça qu'il est parti ?

— Lui-même ne le sait pas trop. Il voulait à la fois se retrouver seul et libre, à la fois disparaître pour me soulager.

— Il comptait aller où ?

— Nulle part, je crois, juste disparaître. Il m'a dit : « le temps de réfléchir », mais je pense qu'il n'avait aucune idée précise.

— C'était une façon d'appeler à l'aide ? suggère Laure.

— Oui, il voulait me faire comprendre qu'il n'était qu'un enfant, qu'il avait besoin de moi. Et je n'ai rien pigé, rien vu venir. Je m'en veux tellement !

— Arrête, Delphine, intervient Laure, tu te rends compte de ce que vous avez traversé, tous les trois ? Tu es une mère géniale, et Tim est solide, il va s'en sortir, tu verras.

Delphine sourit faiblement, et je poursuis :

— Tu sais, j'ai pensé à quelque chose. Comme Tim revient demain, pourquoi tu n'appelles pas Harry Niven pour lui demander si tu peux emmener tes enfants voir leur future maison ? Après tout, il attend votre visite, et je suis sûre que ça leur ferait du bien.

Et j'omets de dire à mon amie tout le bénéfice qu'elle aussi pourrait en tirer. Elle a besoin d'événements positifs dans sa vie.

Une fois couchée, je repense à tout ce que Delphine m'a expliqué au sujet de Tim. Et brusquement je comprends mieux la réaction de ma sœur, au téléphone. Elle n'a aucune envie de replonger dans ces années terribles où elle a dû brutalement quitter l'enfance. Cette période douloureuse, elle n'a cessé d'essayer de l'oublier, et moi je lui demande aujourd'hui de tout revivre. Pourtant, la violence de sa réaction prouve qu'elle souffre encore, même si elle refuse de le reconnaître. J'aimerais tant lui parler, lui expliquer... Je dois aller la voir à mon retour à Paris. Il faut qu'elle me dise ce qu'elle sait, et peut-être pourrai-je, pour la première fois de mon existence, faire quelque chose pour ma sœur.

La fin des vacances approche. Tim est rentré à la maison, et nous le traitons comme un prince. Les filles sont aux petits soins, même si elles n'ont qu'un but : lui subtiliser ses béquilles. Elles disparaissent avec, et on les entend se les disputer dans le jardin. Delphine a appelé Harry Niven, et nous nous rendons chez lui cet après-midi.

Nous sommes très surprises en arrivant dans la maison de découvrir Sarah, toute souriante, qui a préparé un goûter qui nous attend dans le salon. Je reconnais ces délicieux scones si *British*, et la confiture de fraise qui les rend si divins. La jeune fille, accompagnée d'un Sweetie tout frétillant, propose de nous faire visiter le rez-de-chaussée et le jardin, nous expliquant que son père est en vidéoconférence avec un de ses clients.

— Mon père est un ours. Il ne vit que pour son travail... et mes études, ajoute-t-elle un peu dépitée. Il sort rarement de la maison. Alors pour lui, vivre ici ou ailleurs.

— Tu es contente de rentrer en Angleterre ?

— Pas du tout. J'ai l'impression d'avoir toujours vécu ici. J'avais huit ans quand on est venus en France. Et c'est ici que j'ai tous mes amis.

— Ton père disait que le niveau scolaire anglais était bien meilleur, il pense à ton avenir, dis-je, et j'ai l'impression d'être la moralisatrice de service.

— Mais je suis heureuse, et en plus le niveau est bon. Alors pourquoi partir ? Je n'ai rien demandé.

À cet instant, Harry surgit et s'exclame :

— Désolé, j'avais un travail urgent à finir avec un client. Avec eux, c'est vingt-quatre heures sur vingt-quatre…

— Et ça ne te dérange pas, hein papa ?

Harry fait mine de n'avoir rien entendu :

— En voilà une charmante tribu ! Moi, c'est Harry.

Il s'approche des enfants et tend la main à Tim :

— Et toi ?

— Je m'appelle Tim.

— Qu'est-ce qui t'est arrivé ?

Tim rougit. Clémentine intervient :

— Moi, je suis Clémentine. Mon frère est tombé près du puits d'Enfer ! On a eu très peur. Et elle c'est ma copine préférée, Adèle.

— Le puits d'Enfer ? Je n'y suis jamais allé.

— Très étonnant, papa…

— Sarah, si on aidait Tim à monter à l'étage ? Tu prends ses béquilles. Jeune homme, même si je ne sors jamais de mon trou, je suis costaud. Grimpe sur mon dos, je t'emmène.

— Oh non ! s'exclame Delphine, ne vous embêtez pas.

— J'insiste.

Tim a déjà sauté sur Harry et passé ses bras autour de son cou. Tous deux parviennent rapidement en haut des marches. Sarah les suit de près et tend les béquilles à Tim. Nous montons derrière eux, rejointes par Sweetie et les filles.

— Mais, s'exclame Clémentine, le chien aussi il a une jambe en moins, comme Tim !

Elle et Adèle éclatent de rire, tandis que Delphine et moi échangeons un regard consterné.

— Sweetie a été très malade, on a dû l'amputer, leur répond gentiment Harry.

— Oh, le pauvre ! s'écrient les deux filles en chœur.

Je ne suis pas bien sûre qu'elles connaissent la signification du mot « amputer », mais au moins se montrent-elles discrètes pour une fois.

Tim a l'air heureux de découvrir sa future maison. Il faut dire qu'elle est vraiment jolie et accueillante. Clémentine est conquise. Comme toutes les petites filles, elle est aussi fascinée par l'adolescente.

— Sarah, tu nous montres ta chambre ?

— Oh, maman, je veux la même ! hurle Adèle en découvrant les lieux.

Un mur rouge, un grand tapis noir, des voilages noirs, une vraie chambre d'ado.

Après le goûter, les enfants vont découvrir le jardin, Sarah débarrasse avant de regagner sa chambre, et nous restons tous les trois au salon.

— Comment pouvez-vous avoir envie de quitter un endroit pareil ? questionne Delphine.

— Aucune envie, en réalité. Mais je dois penser à l'avenir de Sarah.

— L'école ?

— Oui. Et je crois aussi qu'il est temps qu'elle rentre en Angleterre. À la mort de sa mère, j'ai eu envie de fuir le plus loin possible, d'offrir à ma fille un nouveau départ, un nouveau lieu. Ma femme était française, elle parlait français à Sarah, alors je me suis dit que ce serait bien pour la petite d'aller vivre dans le pays de sa maman, de continuer à parler sa langue maternelle. C'est un peu stupide, mais je me disais que, comme ça, je la rapprochais d'elle.

Nous ne trouvons rien à répondre. En ce moment, la moindre histoire triste a la capacité de nous faire monter les larmes aux yeux.

— Mais six ans ont passé, Sarah a sa vie, et elle sera mieux en Angleterre auprès de ma famille.

— Vous comptez vous installer où ?

— J'ai un cottage dans le Kent, là où nous vivions, avant… Le locataire s'en va le mois prochain, on va retourner y vivre, Sarah et moi.

— Merci en tout cas de nous avoir invités.

— De rien, c'est un plaisir de vous voir et de faire la connaissance de vos enfants. Mais je ne veux pas être indiscret : votre mari aimerait peut-être visiter aussi sa future maison ?

Delphine tressaille.

— Il vient de mourir.

C'est au tour de Harry d'être choqué. Il pâlit brutalement. Il faut dire que Delphine ne l'a pas ménagé.

— Oh mon Dieu, excusez-moi, je suis vraiment désolé.

— Vous ne pouviez pas deviner. Et de toute façon, on ne vivait plus ensemble depuis des années.

Nous restons silencieux un moment et, avant que le malaise ne s'installe, je tente de trouver au plus vite un nouveau sujet de conversation. Je me souviens alors d'une question qui m'avait traversé l'esprit.

— Harry, dites-moi, qui a conçu votre splendide jardin ?

Je vois un léger sourire apparaître sur son visage, ainsi qu'une expression de soulagement.

— Les jardins sont, après ma fille, ma grande passion. J'adore les dessiner et puis les réaliser.

— Vous avez créé celui-là tout seul ?

— Bien sûr ! Si je ne devais pas traduire pour gagner ma vie, je la passerais dehors au milieu de mes plantes et de mes fleurs. Je fais tout venir d'Angleterre. Nous avons par exemple des espèces de roses magnifiques, et je ne vous parle pas de notre gazon !

Harry est interrompu par un fort tapage, suivi de l'arrivée des enfants dans un brouhaha de voix et de rires.

— Hé, on se calme ! dit Delphine en se levant. Excusez-nous pour cette nuisance sonore, fait-elle en souriant faiblement. Eh bien, merci beaucoup pour votre accueil, Harry, on va vous laisser.

Je me lève à mon tour et prends la main d'Adèle pour me diriger vers la sortie.

— Dites au revoir à Sarah pour nous.

À cet instant, j'aperçois l'adolescente en haut des marches. Elle nous rejoint et nous fait la bise à tous. Cette enfant est surprenante. Si mûre, si gentille, si sage aussi. J'aimerais qu'Adèle lui ressemble, plus tard, mais je doute fort que ma fille, au tempérament si libre et tempétueux, soit aussi facile.

C'est à la mort de Victor qu'elle a fait la connaissance du frère de celui-ci. Louis. Très bel homme, beaucoup d'allure, un visage séduisant avec des yeux d'un bleu délavé, des cheveux blonds très pâles. Un homme sûr de lui, charmeur, qui, elle s'en rendra compte plus tard, pensait que tout lui était dû. Elle n'a jamais su de quoi il vivait, quel était son métier. Il apparaissait parfois à la maison, venait déjeuner « en famille », comme il disait, racontait des anecdotes hilarantes sur Victor, qui la faisaient pleurer de rire. Puis, un jour, elle a vu son regard posé sur elle, sur son corps, et elle a eu peur. Le choc passé, elle s'est sentie triste et profondément déçue. Ce n'était qu'un début. Il avait promis qu'il veillerait sur elles, mais c'est tout le contraire qui s'est passé. Il les a trompées, dépossédées, il leur a enlevé tout ce que Victor leur avait donné. Comment croire en les hommes après une telle trahison ?

Bizarrement, ces derniers temps, elle n'a pas envie de retourner au cimetière. Certes, en nettoyant la tombe, elle s'est un peu approprié Victor, et même ses parents, mais elle se sent tellement en colère. Une colère contre lui, qui lui impose à nouveau Justine, cette fille qui lui a tout pris. Justine semble avoir décidé de revenir, de reprendre possession du lieu qu'elle a eu, elle, sans partage pendant tant d'années.

Et si elle tombait sur Justine ? Et si elle venait un jour au cimetière et y apercevait la jeune femme ? Peut-être devrait-elle répondre à son mot stupide, l'affronter, lui balancer la vérité à la figure, pour qu'elle aussi souffre un peu ? Pour le moment, Justine veut rencontrer la personne mystère qui semble liée à son père. Grand bien lui fasse. Une rage irrépressible la saisit. Elle selle son cheval préféré et part galoper dans la forêt.

12

Les vacances, ces vacances chargées de drames, d'émotions violentes et de deuil, sont finies. Lâchement, je suis soulagée de quitter Nanteuil, de m'éloigner de la souffrance des êtres qui pourtant me sont si chers. Leur douleur ne m'appartient pas, je les ai accompagnés huit jours durant, mais j'ai besoin de m'en détacher et de reprendre des forces.

Cette semaine m'a aussi bouleversée. Elle a remué en moi de pénibles souvenirs et m'a mise en face d'un passé opaque que je dois affronter, quel qu'il soit. Cet affrontement, je dois le vivre contre ma sœur, puis contre ma mère. Je sais qu'elles ne veulent plus entendre parler de cette période où mon père est mort, ni de l'avant, ni de l'après, ces années où nous avons survécu, toutes les trois, blessées et tellement seules. Elles ont tiré un trait, reconstruit leur vie, à leur façon. Pas moi. J'ai un poids permanent sur le cœur, une douleur sourde qui me ronge et qui, depuis cette maudite rose rouge, monte en puissance jusqu'à exploser.

J'ai annoncé à Isabelle que je passais la voir. J'ai même posé un après-midi pour la retrouver seule chez elle, dans sa grande maison de banlieue. Elle est faussement étonnée par ma visite, car depuis mon dernier coup de fil, me dit-elle, elle a réfléchi.

J'arrive chez elle à 2 heures de l'après-midi. Depuis la gare, je marche à travers les petites rues bordées de somptueuses maisons. Celle de ma sœur, en meulière, avec ses impressionnants bow-windows, est magnifique. Haute de ses trois étages, imposante, elle respire l'opulence et le bien-être. Ma sœur m'ouvre, son visage est fermé, aucun sourire ne m'accueille.

— Justine, tu es déjà là.

— J'arrive trop tôt ?

— Non, entre, j'étais en train de peindre, ça me détend.

Elle pose un drap sur sa toile afin que je ne puisse rien voir de son travail, ou de sa nouvelle passion. Ma sœur a besoin de s'exprimer par de multiples tentatives artistiques. Elle a fait de la sculpture, de la gravure, de la céramique. A-t-elle du talent ? Je n'en ai aucune idée, elle ne veut jamais rien me montrer. Ma mère m'assure qu'elle est une véritable artiste, mais c'est sa mère, après tout, et son admiration pour sa fille aînée est sans bornes.

Isabelle est ravissante, aussi blonde qu'une Scandinave, les cheveux coupés très court, des yeux d'un bleu profond. Elle est très fine, grande et élancée, aujourd'hui vêtue d'un long pull à col roulé blanc qui lui arrive à mi-cuisse et d'un legging noir, qui tous deux épousent ses formes gracieuses. Comme notre mère, ma sœur, toujours belle et impeccable, prend grand soin de son apparence.

— Tu veux un thé, un café ?

— Comme toi.

— Alors un café. Assieds-toi, j'arrive.

Je m'enfonce dans son énorme canapé de velours, un canapé comme j'en rêverais si, comme ma sœur, j'avais un salon d'au moins quarante mètres carrés et un budget assorti.

Après les échanges d'usage sur nos enfants et sur la santé de notre mère, je me lance :

— Isabelle, je sais que tu ne veux plus entendre parler du passé, mais j'ai bien réfléchi. Je traverse une sale période, j'ai besoin de changement. Je crois que je vais quitter Paris et aller m'installer chez nous, vers Nanteuil…

— Chez nous ? Tu rigoles, j'espère. D'où sors-tu que là-bas, c'est chez nous ? On nous a chassées, je te rappelle, notre propre famille.

— Oui, notre oncle et notre tante, mais qu'est-ce que ça peut faire ? Ça reste le village de notre enfance, là où a vécu et où est enterrée notre famille…

— Et notre père, en effet, qui a légué notre maison à son frère.

— Je sais, mais là-bas, ce sont nos racines.

— Et moi je me suis enracinée ici, tu vois.

— Écoute, Isabelle. En ce moment, je ne vais pas bien, je ne sais plus où j'en suis, et j'ai vraiment envie de m'en sortir. C'est bizarre à dire, mais pour y parvenir, il faut que je sache qui je suis. Et il me manque des pièces du puzzle. La mort de notre père m'a changée malgré moi. Je pense que s'il n'était pas mort je serais plus sûre de moi, ma vie sentimentale ne serait peut-être pas un tel échec. Peut-être même que je me sentirais vraiment adulte. Parfois, j'ai l'impression que ma fille est plus mûre que moi. Alors aide-moi, je dois savoir ce qui m'est arrivé.

— Justine, s'il te plaît…

— Attends, laisse-moi finir. Toi aussi tu es blessée, sinon tu ne m'aurais pas raccroché au nez comme ça. Je ne crois pas que tu aies vraiment digéré cette histoire. Tu as tiré un trait, tu as tout enfoui au fond de toi. Tu as bien réussi ta vie, tu as un mari génial, des enfants super, alors pourquoi tu as l'air si triste ? Isabelle, si on essayait de comprendre, toutes les deux, et de guérir ? C'est tellement injuste, c'est l'histoire de nos parents, pas la nôtre.

Isabelle pâlit mais elle reste fermée.

— Je ne te permets pas de parler de moi de cette façon.

— Tu n'as pas tout digéré, je me trompe ? Il y a quelque chose, comme moi, qui te ronge. Toi, tu dois savoir ce que c'est, n'est-ce pas ?

— On a eu une enfance de merde et des parents destructeurs ; enfin, surtout un père destructeur. Et je ne te parle même pas de son salaud de frère qui nous a chassées, déshéritées…

— Dis-moi, qu'est-ce qu'il s'est passé avec papa ?

— Mais que tu es têtue ! s'exclame ma sœur, furieuse. Tu veux vraiment tout savoir, hein ?

— Oui.

— Remuer toute cette boue ?

— J'ai le droit de savoir, Isabelle, comme tous les Trévise.

Isabelle semble se ressaisir. Va-t-elle pour autant accepter de me parler ? Après un temps qui me paraît interminable, elle reprend :

— Très bien. Je vais te dire certaines choses, même si c'est ignoble et que tu risques de le regretter. Mais toute l'histoire, tu dois l'entendre de la bouche de notre mère. C'est à elle de te la raconter.

— D'accord, je comprends.

— Mais moi je veux te dire ce que j'ai vu et compris quand nous étions enfants. Et aussi ce que j'ai ressenti avant ta naissance, car ce qui nous attendait était déjà en route.

» Avant ta naissance, je ne me souviens pas de grand-chose, tu t'en doutes. J'avais cinq ans lorsque tu es née. Mais je me souviens quand même que nos parents se disputaient sans arrêt, ils criaient l'un sur l'autre, c'était horrible. Pour moi, quand je les vois à cette époque, je les vois tout le temps en colère. Et puis tu es née, et tout a changé.

— Ils se sont réconciliés ?

Isabelle me regarde tristement, j'ai même l'impression de lire de la pitié dans ses yeux.

— Je suis désolée, Justine, après, c'était toujours l'horreur, mais différemment. On pourrait croire que, comme beaucoup de couples qui ne s'entendent pas, faire un enfant est la fausse bonne idée, et que c'est l'erreur – là encore, excuse-moi si je suis franche – c'est l'erreur qu'ils ont commise. Après, ils ont pratiquement arrêté de se parler. Il régnait un froid glacial à la maison. Et toi, l'enfant de la réconciliation, tu souriais, tu étais adorable, on ne t'entendait pas, comme si tu ne voulais pas déranger.

— Je n'ai malheureusement pas beaucoup changé depuis.

— Et quelques années plus tard, notre père est mort. Quand j'ai eu quinze ans je crois, j'ai surpris une conversation entre notre oncle et notre mère. Ils parlaient de notre père. De son accident. Et là j'ai compris. Ce jour-là, il n'était pas seul. Il était avec une femme.

Isabelle m'observe, probablement soucieuse de l'impact de sa révélation sur sa petite sœur. C'est bizarre, je ne suis pas si surprise. Les mots chuchotés depuis mon enfance, les regards lourds de sens, des termes comme « maîtresse » qu'on interprète mal mais que l'on retient… Mon enfance a bruissé d'échanges murmurés en douce entre toutes les personnes de ma famille, y compris mes grands-parents, persuadés qu'une petite fille ne comprenait rien. Certes, je ne comprenais pas le sens premier des mots, mais je sentais qu'ils cachaient des secrets, j'entendais les intonations chargées de colère, et je savais. Je savais que ma famille vivait entourée de faits terribles que je devais ignorer.

— Justine, tu ne dis rien ?

— Je ne sais pas quoi te dire. Au fond, inconsciemment, je devais le savoir, moi aussi. Mais continue, s'il te plaît.

— J'ignore qui était cette femme. J'ai appris que, comme lui, c'était une passionnée de cheval. Ils étaient partis passer un week-end tous les deux en Camargue, notre mère le croyait avec son meilleur ami, Daniel. Il a dû le dépanner bien souvent, celui-là…

— Et tu ne sais pas qui était cette femme ? S'ils se connaissaient depuis longtemps ?

— Mais enfin, Justine, comment tu veux que je sache des trucs pareils ? Va voir notre mère, elle en sait sûrement plus. Imagine simplement ce que tu t'apprêtes à lui demander, et à lui faire revivre !

— Tu as raison, c'est sans doute trop dur.

Isabelle semble retrouver son calme. Après un lourd soupir, elle reprend :

— Je n'ai jamais su quoi penser de cette histoire. Est-ce cette femme qui a détruit le couple de nos parents ? En est-ce une autre, avant ? Quelle importance avait-elle dans la vie de notre père ? Je ne l'ai jamais su. Je croyais que nos parents s'aimaient, mais finalement j'en doute. Tu vois, Justine, le reste de l'histoire, si tu veux vraiment la connaître, c'est à notre mère que tu dois le demander. Mais moi, je ne veux rien savoir. Ce n'est pas ma vie. Ça me dégoûte, même.

— Tu es très fâchée contre nos parents ?

— Contre notre père, bien sûr. J'en ai aussi voulu à maman pour toutes les responsabilités qu'elle m'a mises sur le dos, mais plus maintenant. Qu'est-ce que j'aurais fait à sa place ? Est-ce que j'aurais pu assumer ? Tu comprends ?

— Tu penses que si tu arrivais à pardonner à notre père tu serais plus heureuse ?

— Je ne peux pas lui pardonner d'avoir été un père nul et égoïste, un mari en dessous de tout. Et si tu as besoin d'une preuve supplémentaire, je veux bien te raconter autre chose. Notre père ne s'est pas contenté de donner en héritage à son frère sa part de la maison de famille, cette maison à laquelle tu sembles tant te raccrocher en ce moment. Il lui a aussi légué des terrains. Pourquoi ? Pourquoi donner sa fortune à son frère – un adulte paresseux qui se faisait entretenir et ne pensait qu'à s'amuser –, aux dépens de sa femme et de ses petites filles, même pas en âge de se défendre dans la vie ? Tu le comprends, toi qui as une fille ? Ça te viendrait à l'esprit ? Là, ça me dépasse, et je le hais encore davantage.

En cet instant, je détesterais mon père presque autant qu'Isabelle. Mais je ne sais rien, je refuse de le juger. Il faut que je connaisse la vérité.

Isabelle et moi discutons jusqu'à ce qu'elle me mette gentiment dehors. Il est l'heure d'aller chercher Émile, son petit dernier, à la sortie de l'école. De toute façon, je dois récupérer Adèle à la fin de l'étude. J'embrasse ma sœur, et je fais silencieusement le vœu que ces quelques heures nous rapprocheront de nouveau, plutôt que de nous éloigner davantage. Maintenant, le plus dur est à venir, je vais devoir parler à ma mère.

En réaction à la mort de mon père, ma mère, ma sœur et moi nous sommes repliées sur nous-mêmes. Ma mère n'avait plus que ses enfants puisque ses « amis » l'avaient laissée tomber. Elle s'est consacrée à Isabelle et moi, et nous avons formé pendant des années une famille totalement fusionnelle, une famille bancale, sans figure masculine. Il y avait souvent de grands clashs entre ma mère et ma sœur, des cris, de la colère, mais toutes deux finissaient toujours en larmes, dans les bras l'une de l'autre. Puis Isabelle est entrée dans son école de commerce, elle a commencé à avoir des amis, et puis elle a rencontré Étienne. Cela a été progressivement la fin de notre trio un peu mélodramatique, légèrement sinistre et étouffant.

Isabelle est allée vivre assez vite avec Étienne. Je l'ai douloureusement vécu, car ma sœur était tout pour moi. Et je devais rester seule avec ma mère que je n'intéressais déjà plus. Le départ d'Isabelle, elle l'a encore plus mal supporté que moi. Ma mère dépendait entièrement d'elle, autant pour les choses pratiques que pour l'affectif. J'imagine que cette nouvelle rupture dans sa vie l'a aidée à franchir une autre étape, celle qui l'a menée vers Jean. D'autant plus que ma sœur a continué à s'éloigner de nous. Étienne l'y a bien aidée. Il était très distant, voire désagréable lorsqu'on venait leur rendre visite. On se sentait toujours malvenues. Il devait en avoir assez de notre mère triste qui voulait garder sa grande fille, et de la petite sœur qui demandait sans cesse l'aide et les conseils de son aînée. Aujourd'hui, avec le recul et la maturité, je comprends Isabelle. On l'avait privée de son enfance, ma mère et moi nous reposions sur elle en permanence. Elle avait le droit de vivre sa vie. Quel autre choix avait-elle que de nous fuir, nous qui étions si envahissantes ? Il a dû lui être difficile de ne pas se sentir coupable, mais Étienne a tout fait pour couper court aux remords.

Et je me suis donc retrouvée seule avec ma mère. Mais moi, elle ne m'a jamais aimée comme Isabelle, son aînée brillante, sa fille si belle dont elle était tellement fière. Je n'ai jamais cessé de la décevoir, en tout, depuis l'adolescence. Pourtant, elle ne voit pas à quel point je lui ressemble. Je vis seule avec ma fille, je gère tout moi-même, comme elle l'a fait avec nous. Et je m'en sors bien, si seulement elle voulait s'intéresser un peu à mon existence. Comme mes amies proches, et comme de nombreuses femmes aujourd'hui, je dirige seule ma vie et celle de mon enfant, je me débrouille au mieux dans une société qui exige tout de nous. Au fond, et ma mère ne s'en rend pas compte, nous sommes, comme elle avant nous, de vraies héroïnes.

Le week-end suivant ma visite chez Isabelle, Adèle est chez Benjamin, je vais enfin voir ma mère. Je ne sais pas du tout ce qui m'attend, comment elle va réagir. Je me suis assuré que notre beau-père serait absent et passe la voir le samedi, en début d'après-midi. Son appartement situé dans le VIe arrondissement, à deux pas de Saint-Germain-des-Prés, est au quatrième étage d'un bel immeuble en pierre de taille. Ma mère m'accueille à l'entrée. Elle est comme d'habitude très élégante. Ses cheveux sont tout blancs, ses grands yeux sont, contrairement à ceux de ma sœur, d'un bleu très pâle. Elle porte un magnifique pull en cachemire, un long collier de perles et un pantalon à pinces, à la coupe parfaite. Pourquoi suis-je si différente d'Isabelle et de ma mère ? On dirait qu'une classe sociale nous sépare.

— Justine, comment vas-tu ? me dit-elle en m'embrassant sur les joues et en me menant dans son salon. Tout en parquet ciré et meubles anciens, la grande pièce est lumineuse, chaque détail est agencé et décoré avec soin.

— Très bien, maman, et toi ?

— Très bien. Mais dis-moi, il est très usé, ton manteau, on ne te fait pas de remarques sur ta tenue, à ton travail ?

— Oh, ne t'en fais pas, c'est celui des week-ends.

Je n'ai en réalité pas d'autre manteau, mais ce n'est pas le moment pour ce genre de conversation embarrassante ; j'appréhende suffisamment celle qui va suivre.

— Maman, j'ai pris une grande décision : je vais chercher du travail dans la région de Nanteuil, je veux quitter Paris.

— Mais pourquoi ?

— Je n'en peux plus de vivre ici, je veux habiter à la campagne, changer de vie et en offrir une meilleure à Adèle.

— Franchement, si tu habitais dans un quartier plus décent que le XVIIIe, tu n'en arriverais pas là.

— Maman, je travaille dans un beau quartier et ça ne change rien. J'étouffe dans cette ville et je veux que ma fille cesse d'empoisonner ses poumons.

— Et donc tu as choisi… Nanteuil, quelle drôle d'idée.

— Tu sais bien que j'y passe de nombreuses vacances chez Delphine. J'adore cette région, je l'ai toujours aimée.

— Toujours ? Tu es sûre ? Tu n'y es pas retournée pendant combien de temps ? Quinze ans ?

— En gros, oui. Après qu'on a perdu notre maison et que Delphine a quitté la région. Je n'avais plus de point de chute, et cela jusqu'à ce qu'elle rentre il y a deux ans maintenant.

— C'est quoi, ce retour au village familial ? Une crise existentielle ? Une nouvelle idée de ton psy ?

Ma mère me réserve toujours des coups de griffe. Mais aujourd'hui, je ne dois pas répliquer, même si cela me démange.

— Maman, je sais qu'Isabelle t'a prévenue qu'elle m'avait parlé. De papa, et de celle avec qui il est mort.

Ma mère baisse les yeux, une ombre passe sur son visage mais elle garde le silence. Alors je poursuis.

— Et maintenant, toutes ces années après, il se passe quelque chose de très étrange.

Je reprends mon souffle avant de me lancer.

— Depuis que je retourne régulièrement voir Delphine à Nanteuil, j'ai remarqué un truc très bizarre. Je suis désolée si ça te choque, mais j'ai besoin de t'en parler et que tu me donnes ton avis.

Ma mère lève les yeux vers moi et me scrute attentivement. Visiblement, Isabelle ne lui a rien dit.

— Voilà. Sur la tombe de papa, quelqu'un a pris l'habitude de déposer une rose rouge. Et la dernière fois, en plus, cette personne – car je n'imagine pas une seconde personne, quand même – a nettoyé la tombe de fond en comble.

Ma mère pâlit.

— Qu'est-ce que ça veut dire ?

— C'est moi qui te pose la question, maman. Tu as une idée sur l'identité de cette inconnue ? Est-ce que c'est celle qui était avec lui quand il est mort ?

— Justine, comment oses-tu ?

— Oser quoi ? On le sait toutes, maintenant, qu'il est mort auprès d'une autre, n'est-ce pas ? Alors tu peux me le dire : est-ce que c'est elle ? Elle est toujours en vie ? Mais qui est-elle ? Tu l'as connue ?

Est-ce que tu l'as rencontrée ? Si ça se trouve, tu es restée en contact avec elle ?

Je n'arrive plus à me contrôler. Toutes les questions qui me hantent depuis les aveux de ma sœur sortent sans retenue.

— Tu es folle, ma fille, tu ne crois quand même pas que j'ai gardé contact avec celle qui voulait me voler ton père et qui l'a entraîné dans la mort ? Toi qui crois tout savoir, tu es au courant que c'était elle qui lui avait proposé ces vacances en amoureux ?

Je vois que ma mère perd pied, elle éructe comme si les événements venaient d'avoir lieu. Ça y est, je suis en train de lui briser le cœur de nouveau.

— Maman, je sais que c'est atroce pour toi, mais il faut que tu me comprennes. Je dois savoir ce qui s'est passé. Tu n'imagines pas comme ça m'aiderait, ça me libérerait, même. C'est ta vie et celle de papa, mais c'est aussi la mienne.

— Je ne le pense pas du tout, ça ne te regarde pas. Maintenant, Justine, c'est très simple : soit on change de sujet, soit tu t'en vas.

— Maman !

Elle me fusille du regard et je comprends qu'elle ne me dira rien. Je crois aussi que cette nouvelle l'a bouleversée. Alors soit, je vais la laisser digérer l'information et je reviendrai à la charge. Il est trop tard à présent pour reculer ou laisser tomber. Je veux savoir.

Il nous est difficile de changer de sujet, comme elle me l'a demandé. Nous tentons d'aborder des questions anodines, mais le cœur n'y est pas. Ma mère est ailleurs, je devine dans quelle époque elle s'est replongée. Je m'en vais peu après, triste et coupable. Mais si seulement elle pouvait essayer de me comprendre…

Avec les émotions que je viens de traverser, je n'ai pas eu le courage d'appeler l'employé de la mairie de Nanteuil afin de le questionner sur l'inconnue. J'osais aussi espérer qu'en parlant à ma mère, j'aurais eu la réponse. Connaît-elle cette femme ? Sait-elle où elle vivait lorsqu'elle était la maîtresse de mon père ? À moins que celle qui dépose la rose ne soit encore une autre femme ? Mon père a peut-être eu d'autres maîtresses, tout est possible car, après tout, mes parents ne s'entendaient pas depuis longtemps. D'ailleurs, se sont-ils jamais entendus ? Aimés, même ?

Ma sœur m'a raconté que leur union était plus ou moins arrangée par leurs parents. Tous deux appartenaient à des familles de notables, mon père de la région du Poitou, ma mère, de Paris. Mes grands-parents paternels avaient quitté la région et mon grand-père dirigeait une chaîne commerciale fructueuse. Le père de ma mère était un gros fournisseur. Cela les arrangeait bien que leurs enfants se plaisent. Ma mère était ravissante et elle est tombée folle amoureuse de mon père qui, si j'en crois les photos, était un bel homme au sourire de tombeur. Opportuniste, ne sachant pas trop encore ce qu'il allait faire de sa vie, épouser une fille riche et si jolie – dont il devait sûrement se croire amoureux – lui convenait tout à fait. Ce sont les déductions de ma sœur, mais je soupçonne aussi ma mère de s'être confiée dans un de ses moments de détresse et d'épanchement.

Malheureusement, mon père semble avoir été un homme très indépendant, jaloux de sa liberté. Toujours d'après ma sœur, il s'est vite lassé de sa vie de famille. Quand ma mère évoque son mariage, on dirait qu'elle l'a passé à attendre que son mari rentre à la maison. Moi qui le voyais si peu, je me réjouissais de ses retours chez nous comme de ceux d'un héros. Voir mon père était une fête car il se faisait désirer la plupart du temps.

Alors que représentait la femme qui était à ses côtés quand il est mort ? La femme de sa vie ? Une maîtresse parmi d'autres ? La femme à la rose ? Comment découvrir la vérité sans l'aide de ma mère ? Je vais appeler Nanteuil dès lundi. Ce soir, je fais une pause : c'est l'anniversaire d'Hélène qui fête ses quarante-cinq ans.

13

Alors que je me regarde dans le miroir, je suis assez contente du résultat. Mes cheveux châtains encadrent en mèches élégamment coiffées, ce qui est exceptionnel – merci mon nouveau coiffeur ! – mon visage régulier ; mon teint est de porcelaine, et j'ai bien réussi à masquer une bonne partie de mes taches de rousseur. Ma robe montre que, malgré mon âge, j'ai pu garder une silhouette fine et élégante. Je souris fièrement à mon reflet. À quoi bon, finalement ? Ce soir c'est une soirée de filles, enfin de femmes. C'est Margot, la fille d'Hélène, âgée de dix-huit ans, qui a tenu à organiser cette soirée surprise pour mon amie. Je suis toujours impressionnée par l'amour et l'admiration qu'elle voue à sa mère.

Margot a lancé les invitations et a pris en charge l'élaboration de tout le buffet. Elle nous a aussi demandé si nous étions d'accord pour nous cotiser pour son cadeau : un week-end en amoureux avec son mari à Florence. Margot est une vraie perle. Elle sait aussi qu'Hélène adore ses amies et les soirées copines, alors elle les a toutes réunies pour un soir, sans les conjoints.

En arrivant, je me dis que, finalement, imposer la notion « sans conjoints » n'était pas nécessaire. Les trois quarts des amies d'Hélène se sont fait plaquer par leur mari, disparu sans laisser de traces avec une femme de dix ans (minimum) de moins. Pourquoi ai-je tant l'impression d'évoluer dans un monde sans hommes ? Est-ce que c'est notre sort, à nous les femmes de plus de trente-cinq ans, de vivre seules ?

Chaque fois que je parle avec l'une des invitées, elle me raconte la même histoire. Son mari est parti avec une jeunette, il ne donne plus signe de vie à ses enfants et ne paie aucune pension. Toutes ont l'air brisé, une lueur de désarroi dans le regard, de fierté blessée, mais toutes sont obligées de faire front. Pour leurs enfants, pour gagner assez d'argent afin qu'ils gardent un niveau de vie inchangé. La paternité s'arrête-t-elle quand le père claque la porte ? Quand il a l'impression de redevenir un jeune homme dans les bras d'une nouvelle femme ? Quand je pense à ces pères que j'ai vus au cours des années chez Hélène, lors de dîners où l'on comptait autant de femmes que d'hommes et d'enfants, je me souviens de pères chaleureux et fiers de leur progéniture. Que leur est-il arrivé ?

Parfois, on se dit qu'il n'existe rien de tel qu'une bonne soirée entre copines, mais cette nuit-là me laisse un goût amer. Pourtant, je suis une chanceuse : Benjamin, malgré les reproches que je peux lui faire, est un excellent père pour Adèle. Il n'a jamais abandonné sa fille, même aux tout débuts avec Éléonore. Et malgré ma jalousie envers elle, mon envie de la critiquer et de lui trouver tous les défauts de la terre, j'admets qu'elle a toujours respecté Adèle et son besoin d'être avec son père. Et dire que maintenant c'est moi qui risque de les séparer... Il va falloir que je me jette à l'eau et que j'aborde le sujet de notre futur déménagement avec Benjamin et Adèle, même si pour le moment rien n'a l'air d'avancer.

De retour à la maison, je suis surprise d'entendre la voix d'Isabelle sur mon répondeur. Elle veut savoir comment s'est passée mon entrevue avec notre mère. Ai-je réussi à ébranler ma sœur et à la sortir de ses retranchements ?

Le lendemain, je l'appelle et lui raconte mon échec avec notre mère, sa colère et sa détermination à ne rien me révéler.

— Maman pense que ça ne me regarde absolument pas, que c'est sa vie et pas la nôtre.

— Tu peux la comprendre, non ? Qu'est-ce que tu vas faire ?

— La laisser réfléchir, elle va peut-être changer d'avis.

— Et tu vas continuer à chercher l'inconnue à la rose ?

— Oui, maintenant que je sais qu'elle existe, je ne peux pas m'arrêter. Si je la retrouve, tu voudrais que je t'en parle ?

— Sûrement pas ! Mais j'ai réfléchi à notre conversation. Tu as raison : tu as le droit de connaître notre histoire familiale. Excuse-moi si je me suis braquée. C'est parce que, comme tu l'as fait remarquer avec ton manque de délicatesse légendaire... (J'entends l'ombre d'un sourire dans sa voix.) Eh bien oui, je souffre encore de notre enfance catastrophique.

— Isabelle…

— S'il te plaît, on arrête là, d'accord ? Alors, écoute, je vais téléphoner à maman et essayer de lui parler. Elle peut finir par comprendre et accepter de t'aider.

— Merci, Isabelle. Je t'aime, tu sais.

— Moi aussi, sœurette.

Lundi matin, au bureau, je ne pense qu'à une chose : appeler Nanteuil. Je me fiche d'entendre Véro passer dans les couloirs en hurlant et en claquant la porte de son bureau, et je prends un air très absorbé pour que ceux qui ont envie de me raconter leur week-end ne se sentent pas les bienvenus. Mais pour être honnête, il y a bien longtemps que plus personne n'a envie de raconter son week-end ni de faire le récit des dernières espiègleries de ses enfants. On ne parle plus que de ses angoisses, on tente de savoir si son voisin n'a pas une nouvelle info sur la situation de la boîte, on traque n'importe quelle rumeur puisqu'on ne cesse de répéter qu'il n'y a pas de fumée sans feu.

L'employée de la mairie de Nanteuil se souvient de moi et me dicte le numéro de Jacques, l'homme chargé du cimetière qui était au ski la dernière fois. Je me rends alors sur notre terrasse commune pour être plus tranquille et passer mon coup de fil. Jacques n'est pas étonné de m'entendre. Visiblement, sa collègue l'a prévenu que je le cherchais. Mais je sens à son ton que cet appel sera un échec.

Alors que je lui parle de la tombe familiale et de l'inconnue venue la fleurir et la nettoyer, il me répond :

— Oh, vous savez, moi je suis discret. Et puis je suis uniquement chargé d'ouvrir la grille, ensuite je m'en vais et je repasse pour fermer une heure plus tard, et en général les gens sont déjà partis.

— Mais vous n'avez pas remarqué quelqu'un avec des seaux, ou des produits de nettoyage ?

— Il y a plein de gens qui viennent s'occuper des tombes, je suis désolé, madame, mais je ne fais pas attention à ces choses-là. Les produits ménagers, c'est pas franchement mon truc, s'esclaffe-t-il, mais sa stupide blague sonne faux.

— Et une femme seule ? Une femme âgée, qui viendrait régulièrement, ça ne vous dit rien ?

— Pareil. Vu l'ancienneté des tombes, la plupart des gens qui viennent sont vieux. Je veux bien faire attention, maintenant, pour vous, essayer de voir si quelqu'un se rend sur votre tombe familiale. Mais que dois-je faire dans ce cas ?

— Dites à cette personne que j'aimerais la rencontrer. Que je suis la fille de Victor Trévise et que je cherche à parler avec tous ceux qui l'ont connu. Dites-lui que c'est très important pour moi. Vous pourriez faire ça ?

— Ça vous tient à cœur, j'entends bien. Je vais essayer, d'accord ?

En raccrochant, je me sens ragaillardie par cette conversation et la voix chaleureuse de cet homme. Puis soudain j'y vois clair. Quelle nulle ! Je viens de me faire complètement avoir. Impossible de distinguer quelqu'un venu nettoyer une tombe. Mais ce cimetière est une vraie ruine, pas une tombe n'est entretenue, personne ne doit jamais venir là-bas. Ce type m'a menti. Pourtant il me semble absurde qu'il cherche à protéger quelqu'un. À moins que mon inconnue ne lui ait demandé la plus grande discrétion, surtout depuis que le mot que j'avais dicté à Delphine a été ramassé.

Je me sens découragée et impuissante. Je regarde mon écran d'ordinateur, les mails non lus qui s'accumulent. Face à moi s'étend une journée morne et stressante, marquée par de nouveaux signes inquiétants. Nous agissons tous comme si tout allait bien, nous travaillons consciencieusement car nous n'avons pas d'autre choix. Mais parfois je me demande : à quoi bon ? Ces projets que l'on prépare des mois à l'avance avec un soin tout professionnel auront-ils le temps de voir le jour ? Notre entreprise tiendra-t-elle le coup jusque-là ? Travailler me paraît parfois absurde, parfois comme une nécessité qui me fait oublier les échéances et l'épée de Damoclès qui pend au-dessus de nos têtes.

Ce soir-là, Laure m'appelle. Elle a envie de savoir si mon enquête sur l'inconnue avance. Je suis bien obligée d'admettre que je suis dans une impasse.

— Justine, je pense que tu devrais relancer ta mère, me dit-elle. Elle sait sûrement des tas de choses. Je suis sûre qu'elle sait qui était avec ton père le jour de sa mort. Elle connaît peut-être même son nom.

— Et si je la retrouve, finalement, je fais quoi ?

— Mais qu'est-ce que tu racontes ? Ça fait combien de temps que cette femme t'obsède ?

— Qu'est-ce que ça peut m'apporter de rencontrer celle qui a brisé mon enfance ?

— Tu n'es pas sûre que ce soit elle. Et si c'est le cas, ça te servira à fermer cette blessure, à faire la paix avec ton père, avec toi, avec cette femme aussi, et même avec ta mère, ça te va ?

— Heureusement que tu m'as appelée, parce que là, je ne sais même plus pourquoi je m'acharne sur cette histoire. Je suis tellement perturbée par ce qui se passe au boulot que je perds complètement pied. Laure, je crois que je peux me retrouver au chômage du jour au lendemain.

— Et tu prends le temps de chercher du travail ?

— Je surveille les annonces, mais il n'y a rien.

— Je sais bien, cette région n'est pas la plus dynamique côté emploi… Ne te décourage pas, il y aura quelque chose pour toi, j'en suis sûre.

— Et toi, ta formation, comment ça se passe ?

— C'est génial, j'adore ! Tu n'as pas idée du bien que ça me fait.

— Ah, ça ! Passer des journées entières collée à des chevaux, je ne vois pas du tout !

— Tu ne veux pas essayer la séance de coaching, alors ? Allez, Justine, fais un effort, ça me ferait tellement plaisir. Et je suis sûre que tu serais fière de toi.

— Je n'ai pas dit non. Au contraire, je ne suis pas contre un tel défi.

— Génial ! On organise la séance à ta prochaine visite. Au fait, j'ai peut-être un stage en région parisienne et…

— Et tu viens habiter à la maison, super ! Donne-moi vite tes dates.

Mercredi, la journée de travail s'achève quand le téléphone sonne. C'est Benjamin. J'ai toujours un sursaut de panique quand il m'appelle alors qu'il a la garde d'Adèle. Je me demande si l'on a peur toute sa vie, à tout instant, pour ses enfants quand on est parent. Parfois je m'invente des scénarios catastrophe où Adèle tombe par la fenêtre, se fait écraser par un chauffard. Souvent, je rêve que je la perds dans la rue, ou qu'elle se fait enlever sous mes yeux et que je ne peux rien faire. Les deux secondes que je mets à décrocher et à entendre la voix de Benjamin, j'ai vu défiler des tas d'images d'hôpital et d'accidents. La voix de mon ex ne me rassure pas. Il a l'air affolé, et sa première phrase me fait sursauter.

— Salut Justine, c'est la cata.

— Adèle ?

— Non, c'est Éléonore.

Je soupire de soulagement, avant de me souvenir qu'Éléonore est enceinte.

— Qu'est-ce qui se passe ?

— Elle vient de rentrer de sa visite de contrôle, à l'hôpital, elle est effondrée. Le col a commencé à s'ouvrir. Elle doit rester allongée à partir de maintenant, sinon elle risque d'accoucher. Tu peux passer prendre Adèle ? Éléonore va vraiment mal. Justine, je ne sais pas quoi faire, elle est dans tous ses états.

— Mais arrête de paniquer, elle a besoin d'un mari fort, pas d'un type qui flanche. Et ce n'est pas la fin du monde, il y a plein de femmes à qui c'est arrivé, ça arrive tout le temps. Elle reste allongée, et tout va bien se passer, il n'y a rien de grave, je t'assure. Appelle son médecin, si ça peut te rassurer. Il doit être confronté à ce genre de cas en permanence.

— Mais toi, ça ne t'est pas arrivé, par exemple.

Je me sens exceptionnelle tout à coup, et très fière de moi, qui cavalais comme une folle jusqu'à la fin de ma grossesse. Comme quoi, sur certains aspects, je peux faire mieux qu'Éléonore la femme parfaite. Ce que je peux être mesquine, parfois… Ce n'est pas le moment de laisser parler ma jalousie.

— Benjamin, ce n'est pas obligatoire, ça peut arriver, c'est tout. Tu te calmes, là ?

— Oui, je vais essayer, tu as raison, mais je me fais tellement de souci pour Éléonore.

Je ne peux m'empêcher de penser que, quand j'étais enceinte d'Adèle, Benjamin ne s'est jamais inquiété pour moi une seconde. Il me traitait comme une femme en pleine forme qui pouvait tout faire dans la maison, même porter les courses.

— Écoute, je serai chez vous pour récupérer Adèle dans une demi-heure. À tout de suite.

— Merci Justine, à plus.

Arrivée chez Benjamin et Éléonore, je suis surprise de découvrir à quel point cette superbe femme est devenue… énorme. Bon sang, est-ce qu'un jour j'arrêterai de chercher à me venger d'elle ? Mais quand même, qu'est-il arrivé à Éléonore ? Pas étonnant qu'elle doive rester allongée avec tout ce surpoids… Son visage est défiguré par le chagrin, ses yeux sont rougis. J'ai eu pas mal de copines obligées de s'arrêter avant terme, mais aucune ne s'est jamais mise dans un état pareil. Je découvre une Éléonore fragile qui me peine. Je m'assois à côté d'elle et lui parle doucement :

— Éléonore, ce n'est pas grave du tout, tu le sais bien. Ce sont juste quelques mois pas marrants que tu dois passer pour que ton enfant aille bien… et soit le plus beau du monde !

Elle sourit faiblement et pose sa main sur ma cuisse.

— Tu as raison, il faut que je sois forte, pour lui. Mais quand même, j'ai merdé, pas vrai ?

— Tu plaisantes, là ? On mène toutes des vies de dingues, on court tout le temps, on a des boulots stressants… La plupart des femmes aujourd'hui finissent leur grossesse comme toi.

— C'est vrai qu'avec mes responsabilités, mon investissement en tout, j'aurais dû faire attention.

— Tu ne pouvais pas deviner.

— Toi, tu avais une vie beaucoup moins stressante quand tu attendais Adèle, non ? Benjamin me disait que tu avais tenu le coup jusqu'au dernier jour ?

— Eh oui, Super-Justine, c'est moi.

Et dire que j'avais pitié d'elle… Mais n'est-elle pas en train de nous comparer ? Alors, on est pareilles, toutes les deux. Au fond, il n'y a pas une Justine qui se sent nulle face à la grande et parfaite Éléonore, mais simplement deux femmes qui ont connu le même homme et ne sont pas sûres d'elles. Voilà une sacrée découverte. À partir de maintenant, je m'en fais la promesse, je ne verrai plus ses remarques sarcastiques que comme une attitude défensive et j'arrêterai de juger tous ses propos, ou presque.

— Au fait, me dit Benjamin, m'interrompant dans ma petite séance d'autoanalyse, tu voulais me parler de quelque chose d'important ?

— Qui, moi ? Quand ça ?

— C'est ce que tu m'as dit au téléphone hier.

— Oh, ça… Ce n'est peut-être pas le moment, avec Éléonore et toi dans tous vos états et…

— Arrête, Justine, tu m'inquiètes là. Et je le suis déjà assez. Alors s'il te plaît, parle, tu en as trop dit.

Tandis qu'Adèle est concentrée devant la télé à l'autre bout de la pièce et qu'Éléonore nous regarde d'un air désemparé, je me lance, à voix basse, pour que ma fille ne nous entende pas :

— Je n'en ai pas encore parlé à Adèle, mais j'ai des projets. Ma boîte est en train de couler, je trouve la vie difficile pour moi ici, pour Adèle aussi. J'aimerais qu'on aille s'installer en province, dans ma région, vers Poitiers. Pour le moment je n'ai rien trouvé, mais je cherche.

— Et moi là-dedans ?

— Tu verras Adèle un week-end sur deux, et les vacances, comme aujourd'hui. Elle voyagera accompagnée. C'est juste que tu ne pourras plus la garder le mercredi. Mais pendant quelque temps, dis-je en désignant Éléonore du regard, tu vas être un peu débordé.

— Et quand vas-tu en parler à notre fille ?

— Je voulais te le dire avant. Et commencer par trouver un travail là-bas. Écoute, je voudrais que notre fille quitte Paris et grandisse dans le bon air de la campagne, qu'elle mène une vie tranquille…

— O.K., j'ai compris. Je vais réfléchir, m'habituer à l'idée, fait-il en observant sa nouvelle femme. Mais ça va dépendre aussi d'Adèle. Vois comment elle réagit. Je ne veux pas qu'elle souffre.

— Ce ne sont pas les enfants qui décident des choix de vie, il me semble, ce sont nous, les adultes, l'enfant suit, c'est tout. Du moment que c'est bon pour tout le monde.

— Eh bien, toi qui étais du genre à tout passer à ta fille, je vois que tu es hyper motivée par ton nouveau projet.

— Bon, il est tard, je vous laisse tous les deux, prends bien soin d'Éléonore. Adèle, viens, on y va, dis-je en montant le ton.

Nous nous embrassons tous les quatre, je propose à Éléonore de m'appeler quand elle veut, pour parler, et nous partons. Je lance un dernier regard en arrière pour voir Benjamin, son expression soucieuse concentrée sur sa femme.

Une jeune femme a souhaité la rencontrer. Il s'agit de Laure Brot. Gérante d'un centre équestre, elle est nouvelle dans le métier mais elle bouillonne d'idées. Elle aimerait développer le lieu en l'ouvrant à des propriétaires de chevaux. C'est pour cette raison qu'elle l'a contactée. Avec sa prestigieuse écurie, elle est considérée comme la grande spécialiste de la région. Elle a la réputation d'être la meilleure et d'être ouverte à tous ceux de sa profession qui viennent lui demander conseil. C'est pourquoi elle a accepté avec plaisir de rencontrer Laure. La jeune femme a visité son écurie puis lui a parlé du centre qu'elle dirige, des problèmes auxquels elle était confrontée. Laure est charmante, elle pose les bonnes questions et trouve vite par elle-même les solutions. Ce serait bien de travailler plus souvent avec des gens plus jeunes, pleins d'idées et de bonne volonté. Cette fille, décide-t-elle sous le coup de l'enthousiasme, sera sa nouvelle protégée. Elle l'invite à revenir la voir et lui propose de se rendre sur place pour lui prodiguer ses conseils. Laure est ravie. Quant à elle, elle est heureuse de partager sa passion avec quelqu'un du métier, une personne qui vibre autant qu'elle en compagnie des chevaux. Alors pourquoi fait-elle systématiquement le vide autour d'elle ? De quoi a-t-elle peur ?

Rendez-vous est pris. Dans dix jours, elle passera chez Laure. Les deux femmes discutent, rient en échangeant quelques anecdotes sur leur clientèle ou sur les bourdes de leurs professeurs. Elle comprend que, comme elle, Laure est seule. Mais elle a l'air de compter énormément sur ses proches, contrairement à elle, qui n'a plus personne. C'est fou ce qu'on apprend sur la vie intime des gens en parlant travail. Elle se surprend à anticiper leur future rencontre avec impatience. Elle a hâte de découvrir le centre équestre de la jeune femme et de partager de nouveau avec elle sur son sujet de prédilection, les chevaux.

14

J'ai la terrible impression que ma vie m'échappe. L'avenir est un tel point d'interrogation que j'en ai le vertige. Je ne sais pas si je vais parvenir à trouver un nouveau travail, si je vais pouvoir concrétiser mon rêve d'un ailleurs, je ne sais pas si je vais réussir à retrouver la trace de l'inconnue à la rose et, avec elle, à lever le voile sur les secrets de mes parents, ceux qui m'entravent et, peut-être, m'empêchent d'avancer dans ma vie de femme. J'ignore si ma fille va bien vivre le fait que je vais la déraciner, l'arracher à la ville où elle est née, où vivent son père et toutes ses copines, pour l'emmener dans un lieu où elle ne connaîtra personne. À part les enfants de Delphine, si j'arrive à atterrir à Nanteuil. Et surtout, je suis dans un total brouillard du côté de ma vie professionnelle. Aurai-je encore un emploi d'ici trois mois ? Et si je me retrouve au chômage, que dois-je chercher ? J'ai trente-sept ans, et sur le marché, quand on approche des quarante ans, on commence déjà à être vieux. Les postes disponibles et intéressants sont tous soufflés par les vingt-cinq-trente ans. Alors j'ai peur de ne plus intéresser personne. Suis-je déjà à mettre aux oubliettes ? J'ai trente ans de vie active devant moi et une enfant à faire grandir décemment. Alors je fais comment ? Hélène me dit que c'est une histoire de verre à moitié plein, et que je vois toujours le verre à moitié vide. Elle aime bien me dire que j'ai du savoir-faire, de l'expérience, de la bonne volonté…

Ce qui se passe à mon travail est tellement déprimant que je m'accroche difficilement à ce verre à moitié plein. En effet, nous avons eu droit à une assemblée extraordinaire où, réunis dans une salle surchauffée, nous avons écouté nos délégués syndicaux nous parler de leurs inquiétudes. Les caisses sont vides, la baisse de notre chiffre d'affaires est inquiétante mais pas dramatique compte tenu de la crise qui touche toute l'économie du pays. Nous nous en sortirions mieux que les autres. Il me semble pourtant que tous ne sont pas au bord de la liquidation judiciaire. Alors pourquoi devrions-nous être contents et rassurés ? Cette façon de manipuler les chiffres et les faits me dépasse. Notre président a pris la parole lors de cette assemblée pour nous assurer qu'il n'y aurait aucun licenciement. Je me demande si c'est un bon calcul. Certains ici ont vu leur activité s'arrêter et n'ont plus rien à faire. Les secrétaires des cadres dirigeants licenciés passent de service en service lorsque l'un d'eux est fermé pour cessation d'activité. Alors c'est quoi l'idée ? On coule tous ensemble ?

Liliane, qui travaille au service comptable, s'arrête pour venir parler avec nous. Elle a l'air au bord de la crise de nerfs. Dans son service, une personne est arrêtée pour dépression et j'ai bien peur qu'elle ne suive son chemin. Avec Colin et notre collègue

Audrey, on aborde le sujet des licenciements. Liliane s'énerve :

— Il ne veut pas nous virer ? Évidemment, les caisses sont vides, il n'en a même plus les moyens !

— Peut-être, mais là on va dans le mur, répond Audrey, on ne peut pas être si nombreux pour une activité divisée quasi par deux. Alors quoi ? On attend et on crève ?

— Et la solidarité ? demande Colin.

— Je crois que l'altruisme et la générosité ne sont plus d'actualité, mon cher. Pourquoi couler tous ensemble si on peut sauver la boîte pour quelques-uns ? Et vous savez bien que nous, on est en suractivité, on est protégés, poursuit Audrey.

— Tu en es sûre ? Parce que, à un moment donné, si l'activité entière diminue, nous aussi on va être touchés.

— Justine, arrête d'être pessimiste comme ça !

— Tu rigoles ? Je suis juste réaliste.

Après le départ de Liliane, nous sommes bien incapables de nous remettre au travail. Véronique s'est enfermée dans son bureau, j'imagine qu'elle n'a pas envie qu'on lui pose de questions. Je décide de passer la fin de la journée à regarder les annonces d'emplois dans la région du Poitou-Charentes. Malheureusement, cette activité qui s'avère totalement infructueuse ne me remonte pas le moral. Je me sens descendre dans des abysses de déprime.

Lorsque Adèle sort de l'école en cette fin d'après-midi, elle a l'air aussi triste que moi. Ce n'est visiblement pas une bonne journée pour toutes les deux. Moi qui croyais que sa joie de vivre et ses blagues allaient me remonter le moral.

— Adèle, qu'est-ce qu'il y a ? Tu es toute songeuse.

— Je me suis fait abandonner par mes copines, elles m'ont chassée de la bande, j'ai le cœur brisé.

— Mais tu sais bien que demain elles auront tout oublié et vont revenir vers toi avec un grand sourire, comme si rien ne s'était passé la veille.

— Oui, mais moi je n'aurai rien oublié.

— Oh, fais un effort. Quand ce n'est pas ton tour, c'est celui d'une autre copine. Vous êtes toutes pareilles !

— Pas du tout, mam. Moi, je suis fragile.

— Ma chérie, viens dans mes bras que je te serre très fort.

J'entoure Adèle mais elle me repousse.

— Maman ! Tu me gênes, pas devant tout le monde !

— O.K., super, ma fille a honte de moi.

— C'est pas ça, mais je ne suis pas un bébé quand même.

Ce soir-là, nous sommes tellement déprimées toutes les deux que je nous laisse commettre tous les excès, surtout pour un jour de semaine. Je passe acheter des glaces et une canette de bière à l'épicerie, et on ouvre un paquet de chips.

— Adèle, pour nous remonter le moral, ce soir il y a apéro devant la télé !

— Ouais, mam, tu es trop sympa !

— Et pire, on mange des glaces au dessert.

Adèle saute partout en poussant des cris de joie jusqu'à ce que je pose avec force mes mains sur ses épaules pour qu'elle arrête de me faire son imitation d'un ressort bondissant.

Je suis en train de finir ma glace, encore engourdie dans un agréable brouillard grâce à la bière, quand le téléphone sonne. Je n'ai envie de parler à personne, mais Adèle se lève prestement et décroche malgré mes protestations.

— Bonjour mamie ! On a pris l'apéritif ce soir, maman a bu une bière et là elle finit une grosse glace. On a bien rigolé.

— Adèle ! Passe-moi le téléphone tout de suite !

— Gros bisous mamie, mam est en train de s'énerver.

Je lui arrache le téléphone des mains et me gratte la gorge en espérant éclaircir ma voix et retrouver une élocution normale.

— Bonsoir, maman.

— Eh bien, c'est la fête chez vous ? Je ne savais pas que tu buvais des bières chez toi devant ta fille.

— Oh ! maman, c'est rien. En fait si, c'est exceptionnel, je voulais qu'on se fasse une petite fête ce soir, Adèle et moi. Elle s'est disputée avec ses copines, et moi…

Ma voix se met à chevroter. Non, je ne vais quand même pas me mettre à pleurer. Pas devant ma mère ! Je me racle à nouveau la gorge.

— Excuse-moi, maman, la journée a été exceptionnellement difficile au travail. On a eu une assemblée générale. On est au bord de la liquidation judiciaire. Soit on ferme, soit ils seront bien obligés de se séparer d'une partie d'entre nous. De moi, peut-être, je n'en sais rien. C'est tellement dur de vivre ça.

— Je comprends. On ne voit que ça, aux infos, des boîtes qui ferment, des gens qui souffrent. Sauf que, pour le moment, tu as encore un travail. Et je suis là, si tu as besoin d'aide.

— Merci, maman.

— Écoute, je t'appelle pour autre chose. Je suis désolée pour l'autre jour…

— Non, c'est moi, je viens remuer des histoires douloureuses, je comprends que je t'aie bouleversée avec tout ça.

— Oui, mais ta sœur m'a appelée, elle m'a fait la moralc, tu la connais !

Ma mère rit avec tendresse à l'évocation de sa fille chérie.

— Bref, elle m'a répété que, dans cette histoire, c'est aussi de ta vie dont il est question ; la tienne et celle de ta sœur, il ne s'agit pas que de moi.

— Pourtant, Isabelle ne veut rien savoir.

— Oui, mais toi, tu en as besoin. Ta sœur a sa vie, elle est passée à autre chose depuis longtemps. Viens me voir ce week-end, d'accord ? On parlera.

— Merci, maman, merci…

— Mais je voudrais quand même poser mes limites. Tu sais à quel point ce sujet est pénible pour moi. Si notre discussion va trop loin, si c'est trop dur pour moi, je te le dirai et on s'arrêtera là, d'accord ?

— Je comprends, maman.

— Oh, et puis Isabelle m'a fait remarquer que j'étais trop dure avec toi. Mais tu sais que je t'aime, ma chérie.

Je manque de m'étrangler. Ma mère ne m'a pas exprimé le moindre mot de tendresse depuis des années et j'ai arrêté d'attendre un quelconque signe d'amour maternel de sa part.

Nous raccrochons, je reste étourdie par ce dernier échange. Le passé que je remue semble entraîner des émotions inattendues chez ma mère et ma sœur.

Adèle et moi dormons toutes les deux cette nuit-là. Non seulement je n'ai plus aucune autorité sur elle, mais en plus j'ai envie de la sentir près de moi, même si je me prends quelques coups et me trouve repoussée à l'extrême bord du lit.

Samedi après-midi, je sonne chez ma mère. Elle a l'air grave et pourtant je la sens déterminée. Elle a préparé du thé et acheté des gâteaux. Ce qu'elle a à me dire sera donc si éprouvant qu'il nous faut un remontant ? Sur la table de la salle à manger, je remarque un vieux carton qui jure dans la pièce parfaitement rangée.

— Assieds-toi, Justine. Tu as bien conscience que revenir sur ces événements est très éprouvant pour moi. Alors, voilà. Depuis notre dernière conversation, j'ai réfléchi : j'ai d'autres conditions à poser avant qu'on parle et que je te donne ce que j'ai pour toi.

Je hoche la tête, bien que je ne sache pas du tout ce que ma mère compte me révéler, et encore moins me donner.

— Quand nous en aurons terminé, je ne veux plus jamais aborder ce sujet, d'accord ? Ne reviens pas dans une semaine avec des questions. Je te dis tout ce que j'ai à dire maintenant, mais ensuite le dossier sera clos, et pour toujours.

Je soupire. Quel autre choix ai-je de toute façon ?

— D'accord, maman. Je t'écoute.

— Tout d'abord, j'ai décidé de te donner ce carton que je traîne depuis des années sans avoir jamais voulu l'ouvrir. Il te sera peut-être utile, ce sont de vieilles affaires de ton père. Puisque tu tiens tant à mieux le connaître… Tu te souviens de l'enterrement de ton oncle Louis ?

Je m'en souviens parfaitement. Un moment atroce et franchement inoubliable…

J'avais quatorze ans quand mon oncle est mort. Ma mère, ma sœur et moi nous sommes rendues à Nanteuil pour son enterrement. Nous sommes allées naturellement dans notre maison de famille pour y retrouver notre tante. Mais Lise a refusé de nous laisser entrer. Avec deux de ses amis, elle jetait plein d'affaires sur le trottoir. Elle était furieuse, elle balançait tout avec une hargne incroyable. Et dire que son mari venait de mourir, c'était une bien étrange façon de faire son deuil. Quand elle nous a vues, elle s'est débarrassée de son chargement et, les mains sur les hanches, s'est mise à hurler :

— Fichez le camp d'ici, vous n'avez rien à faire là. C'est ma maison, je ne veux plus voir un seul membre de cette maudite famille Trévise. Allez au diable !

Ma mère est devenue livide, Isabelle a pris ma main et toutes trois nous sommes serrées l'une contre l'autre. Nous ne nous attendions pas à une telle violence, ni à nous faire chasser de notre maison de famille. Car grâce à mon cher père, cette maison était désormais celle de Lise, et pas une pierre, pas un brin d'herbe du jardin où Isabelle et moi avions passé notre enfance ne nous appartenait plus. Je me suis sentie bizarrement honteuse, comme une paria. J'ai regardé ma mère avec des yeux implorants. Elle allait trouver les mots, une solution, elle allait ramener notre tante à la raison. Enfin, ma mère a ouvert la bouche, mais sa voix avait pris un son aigu, comme affolé.

— Lise, calme-toi, je sais que c'est dur de perdre son mari, je voulais te dire que je suis désolée pour toi…

— Je me fiche de tes condoléances, Mathilde, va-t'en !

Ma mère, choquée, n'a rien trouvé à répondre. Que pouvait-elle dire ? Nous n'avions aucun droit d'être là, nulle revendication à faire valoir. Elle a desserré son étreinte autour de nous et s'est approchée des affaires répandues sur le trottoir. Ma tante s'est énervée de plus belle. Elle a saisi le carton posé à ses pieds et l'a jeté dans la direction de ma mère en criant :

— Tiens, allez, ramasse les poubelles de ton mari, elles débordent de saloperies.

— Lise, je ne te permets pas ! a lancé maman d'une voix plaintive et tremblante.

— Hors de ma vue !

Ma mère a pris le carton et s'est enfuie jusque chez Delphine, Isabelle et moi dans son sillage. J'entendais la voix de ma tante nous poursuivre.

— C'est ça, sauvez-vous, débarrassez-moi de ces ordures…

Puis je n'ai plus rien entendu, tant je pleurais.

Ma mère a posé le carton puis m'a prise dans ses bras. Quel spectacle nous faisions toutes les trois dans la cuisine des parents de Delphine. Nous devions ressembler à trois moineaux blessés. Mon oncle était mort, et à travers ce terrible moment la famille Trévise, Nanteuil et tous nos souvenirs, salis par ma tante, se coupaient définitivement de nous. Pressée contre ma mère et ma sœur, j'ai eu l'impression de revivre le moment où ma mère nous avait enlacées après nous avoir appris la mort de mon père : nous nous étions tenues serrées toutes les trois comme pour ne plus former qu'un corps, fusionner pour nous rendre plus fortes face à tout ce qui nous attendait.

Pourquoi la femme de mon oncle nous en voulait-elle autant ? Son mari était un homme faible, mais pas un monstre, et personne ne l'avait obligée à l'épouser, surtout pas nous.

L'enterrement s'est passé de façon étrange. Pas de cérémonie à l'église, juste un recueillement autour de la tombe. Nous avons évité ma tante en restant à l'écart, offrant un spectacle étonnant pour les gens du village venus rendre un hommage à la famille que nous n'étions plus. Puis nous sommes parties comme des voleuses.

Aujourd'hui, je ne sais même pas si ma tante est encore en vie. Je n'oublierai jamais ce qu'elle nous a fait.

Ma mère m'observe, perdue dans mes souvenirs, puis nos regards se croisent et elle reprend :

— Tu te souviens donc du fameux carton que j'ai ramassé ce jour-là ? D'après ta tante, c'étaient des souvenirs appartenant à ton père. Franchement, je n'ai jamais voulu regarder ce qu'il y avait à l'intérieur, et je me demande bien pourquoi je l'ai conservé. Finalement, j'ai bien fait. Je te le donne. Prends-le.

— Merci, maman.

— En revanche, inutile de me parler de ces papiers poussiéreux, n'est-ce pas ? Les souvenirs de ton père, j'en ai suffisamment comme ça, dit-elle d'un ton amer. Et pour en revenir à ce que je veux bien te raconter… Comme te l'a dit Isabelle, ton père fréquentait une autre femme. Je ne sais pas depuis combien de temps, mais en tout cas leur histoire avait commencé avant ta naissance. La manière dont je l'ai appris ne te regarde pas, et c'est assez douloureux. Toujours est-il que je l'ai su et que je le lui ai dit. Il n'a pas pu nier. Je lui ai demandé de cesser immédiatement cette relation, j'étais sa femme, la mère de son enfant, il s'était engagé pour la vie avec moi. Il m'a brisé le cœur à ce moment-là parce que j'ai compris qu'il aimait cette femme, ce n'était pas une simple aventure. Mais moi j'adorais ton père, il était toute ma vie, hors de question que je le perde. Sauf que j'ai vraiment cru qu'il allait me quitter.

La voix de ma mère n'est plus qu'un souffle. Elle s'arrête de parler, porte sa tasse à ses lèvres et me regarde au plus profond des yeux.

— C'est un peu plus tard que j'ai découvert que j'étais enceinte de toi. Ton père a mal réagi. Pour être franche, il était furieux. Parce que, s'il était prêt à me quitter juste avant, il a décidé de rester.

Je suis soufflée. Ma mère est tombée enceinte de moi pour garder mon père. Et lui qui ne voulait pas de moi s'est retrouvé coincé par ma faute ! Mais il devait me détester. Pourtant, ce n'est pas le souvenir que j'ai de lui, même si je le voyais peu. Non, mon père m'a aimée, j'en suis sûre.

— C'est pour ça que je t'ai appelée Justine, tu étais l'enfant de la justice.

Cette dernière révélation m'achève un peu plus. Quel prénom lourd à porter, maintenant que j'en connais le sens. Et si c'était pour cela que je l'avais déçue, à l'origine ? Parce que je n'avais pas su remplir le rôle qu'elle m'avait assigné à la naissance ? Et mon père, dans tout ça ?

— Papa devait m'en vouloir d'être là ?

— Non, il m'en a voulu à moi. Il est resté avec nous, il t'a aimée, je te le jure. Mais après il a changé. Il était toujours en colère, une colère froide, sourde, qui me faisait mal. Il a continué à voir cette femme, et elle était avec lui le jour de l'accident. Tu imagines pourquoi je ne voulais pas en parler : je pense que ton père tenait plus à cette femme qu'à moi, et c'est auprès d'elle qu'il est mort.

Ma mère essuie une larme sur sa joue.

— Ce qu'elle est devenue après, je n'en sais rien, et je ne veux pas le savoir. Elle a détruit ma vie, je la hais.

— Elle est venue à l'enterrement ?

— Aucune idée, et j'espère que non, elle n'a pas dû oser. Qui était-elle, finalement ? Une maîtresse, une clandestine, une anonyme. Elle n'avait aucune existence officielle dans la vie de ton père.

— C'est elle qui vient sur la tombe de papa, n'est-ce pas ?

— Je n'en sais rien et je ne veux pas le savoir. Et pourquoi ça t'intéresse tant, Justine ? Que veux-tu ?

Tu ne crois pas que maintenant tu en sais assez pour, comme tu dis, te reconstruire ?

Je ne sais que répondre, aussi elle poursuit :

— Tu ne vas quand même pas essayer de la retrouver ? Elle a brisé notre famille, elle t'a pris ton père, tu ne comprends pas ?

— Si, maman, je comprends. Et je suis sûre que c'est elle, l'inconnue à la rose, qui d'autre ? Mais tu vois bien qu'elle est toujours dans notre vie, elle est sur ma route. Si je vais habiter près de Nanteuil, ce sera pire.

— Mais que cherches-tu, bon sang ?

— Je ne sais pas maman, je suis perdue.

Je rentre chez moi avec mon mystérieux chargement, me sentant totalement assommée. Je ne sais plus où j'en suis. Mais je ne regrette rien. Connaître l'histoire de mes parents, le secret peu reluisant de ma naissance est atrocement pénible, mais au fond je suis heureuse de savoir. Comme si ma vie prenait enfin sens, que des cases manquantes s'étaient remplies.

Le soir, j'appelle Delphine. Elle a la voix chavirée par l'émotion quand je finis de lui répéter les révélations de ma mère.

— Que vas-tu faire maintenant ?

— Commencer par ouvrir ce carton. Je vais peut-être trouver des souvenirs d'enfance ou d'adolescence de mon père, et surtout un indice sur l'inconnue.

— S'il te plaît, n'en attends pas trop, d'accord ? En fait, je me demande si tu ne devrais pas arrêter de chercher cette femme. Tu en sais suffisamment, maintenant, tu ne crois pas ?

— Sur mon histoire, peut-être, mais pas sur celle de mon père. Pour ma mère et ma sœur, il est une espèce de diable, de salaud qu'elles veulent oublier. Mais qui était-il, finalement ? Il y a une femme qui l'aime encore après toutes ces années, et tu sais quoi ? J'ai envie de l'entendre me parler de lui. Elle me décrira un homme qu'aucune de nous n'a connu, un homme qui suscite encore aujourd'hui, tant d'années après sa mort, un amour immense. Tu me comprends ?

— Oui, mais tu ne vas pas avoir l'impression de pactiser avec l'ennemi ?

— Tu crois que la vie se partage entre le bien et le mal ? Pourquoi ne pas entendre sa version ?

— Justine, tu te rends compte de ce que tu dis ? Qu'est-ce que tu connais de l'histoire d'amour entre tes parents avant qu'il ne rencontre cette femme ? Peut-être qu'elle lui a fait du charme pour l'écarter de ta mère et qu'il s'est laissé avoir ? Mathilde a raison, elle a détruit votre famille.

— Écoute, ça fait quatre mois que cette femme m'obsède, alors je vais aller jusqu'au bout et la retrouver. Je veux en savoir plus, je veux surtout que quelqu'un, pour la première fois, me parle de mon père avec bonté.

— O.K., je te comprends. Va au bout, toi la fille la plus têtue que je connaisse. Alors passons à l'étape suivante. Comment vas-tu faire pour la retrouver si elle ne veut pas que tu y parviennes ? Car après tout, elle a ramassé ton mot mais n'y a pas répondu. J'en conclus qu'elle ne veut pas te rencontrer.

— Et je crois qu'en plus l'employé de mairie la protège. Je l'ai appelé, il m'a raconté n'importe quoi. Si seulement je pouvais découvrir son identité…

Je suis vraiment dans une impasse. Et pourtant, cette situation me donne encore plus envie de retrouver celle qui peut me mener à mon père – du moins à ce qu'il a été.

Lors de sa dernière visite au cimetière, elle a eu de nouveau affaire au vieux Gilbert. Il a eu l'air sincèrement content de la voir. Quand il est revenu fermer une heure plus tard, tous deux se sont mis à parler. Gilbert lui a expliqué que son neveu lui avait posé des questions sur elle. Enfin, il ne la connaît pas, mais il cherchait des informations sur la personne venue nettoyer la tombe des Trévise. Son neveu, a expliqué Gilbert, était un gros paresseux qui demandait souvent à son oncle de le remplacer. Alors quand une femme lui avait posé plein de questions sur les personnes à qui il était censé ouvrir le cimetière, il avait été très embarrassé. Il ne pouvait pas lui expliquer qu'il « déléguait » souvent son travail à son oncle en retraite. Elle l'a observé lui raconter tout cela, se demandant où il voulait en venir. Gilbert a alors mis une main rassurante sur son bras.

— Ne vous inquiétez pas, je n'ai rien dit. Mais quelqu'un vous cherche, vous vous en doutiez ?

— Oui, je suis au courant. Merci d'avoir préservé ma vie privée. Cette personne m'a aussi laissé un mot, mais je ne tiens pas à me faire connaître. Je veux qu'on me laisse tranquille.

— Ne vous en faites pas pour ça, j'ai fait l'imbécile auprès de mon neveu. Il ne peut pas insister, il est en faute. Pour plus de tranquillité, dès que vous souhaitez venir, appelez-moi, dit-il en lui glissant dans la main un petit morceau de papier avec son numéro griffonné en chiffres minuscules.

— Merci, mon cher Gilbert.

Elle est soulagée lorsqu'elle quitte le cimetière, elle ne souhaite pas que Justine remonte jusqu'à elle. Pourquoi la traque-t-elle ainsi ? Que se passe-t-il dans la tête de cette femme ? Après toutes ces années ? Que cherche-t-elle ? Que lui veut-elle ? Elle se sent de plus en plus en colère. Ses vieux démons la narguent de nouveau. Cette fichue famille qui l'a rejetée la laissera-t-elle en paix ?

15

Le lendemain soir, lorsque Adèle est profondément endormie, je me décide à ouvrir le carton. Je vide le contenu sur la table de cuisine et farfouille au hasard. Je remarque de vieilles cartes postales liées par un ruban violet. Certaines, qui datent de l'époque de mes grands-parents, sont très amusantes et malicieuses : de jeunes baigneuses en tenue des années 1920, des couples qui posent en habits du dimanche avec des inscriptions du style « Bonnes fêtes » ou « Bonne Saint-Jean ». Puis j'ouvre les cahiers, de vieux cahiers d'école ayant appartenu à mon père et à son frère, où des lignes d'écriture se succèdent, bien droites, les lettres soigneusement formées. Il y a aussi quelques feuilles arrachées d'un carnet où mon père a griffonné des pages d'une écriture serrée. Il y a une date sur la première feuille : 3 mai 1963. Je fais rapidement le calcul : mon père avait alors seize ans. Je me plonge dans ces écrits intimes. Que c'est étrange de lire ce que, adolescent, il pensait et ressentait. Mon père, cet homme qui me paraissait si sérieux, avait eu seize ans et l'envie d'écrire ses pensées… Le premier passage parle de ses idées sur les mouvements étudiants, lui qui n'est encore qu'au lycée.

Les étudiants en ont assez de ce système ancestral, où rien n'est ouvert aux nouvelles idées. Quand Antoine, le copain de mon père, vient à la maison, j'adore lui poser des questions sur le sujet. Il est professeur dans un grand lycée, alors il sait de quoi il parle. Ce gars a une culture politique incroyable, il est passionnant. Une bouffée d'air frais chez nous, où notre père est si austère, si bourré de préjugés. Comment se fait-il qu'il puisse avoir un ami pareil ? Ils sont opposés en tout. Ma mère me dit que mon père n'a pas toujours été ainsi, que jeune, il avait des idéaux, mais qu'en reprenant les affaires familiales il a fait comme tout le monde, il s'est rangé. Je ne serai jamais comme lui, je m'en fais la promesse !

Son ami Antoine et lui ont grandi ensemble et sont restés proches. Ce ne sont pas les idées farfelues (dixit *ma mère) d'Antoine qui vont briser une vieille amitié. Antoine clame qu'il est prêt pour la révolution, mais je crois qu'il dit ça pour provoquer mon père. Mais moi, ce que je préfère chez lui, c'est…*

Je suis interrompue dans ma lecture par la sonnerie du téléphone. C'est Delphine, qui a très envie de savoir si j'ai ouvert le carton.

— Je viens de le faire, mais pour l'instant, à part de vieilles cartes postales et des souvenirs datant de l'adolescence de mon père…

— Tu n'es pas déjà découragée, quand même ?

— Bien sûr que non, je commence à peine ! J'ai juste peur que ça ne concerne que la période de sa jeunesse. Mais je te promets de tout lire, de la première à la dernière ligne. Et toi, comment tu vas ? Et Tim ? Il va mieux ?

— Je crois, oui. Il a l'air moins triste. Enfin, il a l'air triste moins souvent, si tu vois ce que je veux dire. Et il adore Harry. Dès qu'il le voit, il rit, il parle…

— Vous vous voyez souvent, alors ?

— Assez souvent. Sarah et lui nous invitent à venir goûter, alors on les invite à dîner, et puis on se fait de balades en forêt…

Delphine soupire.

— On n'arrête pas de se voir, en fait. Et je commence à trouver ce type très attirant. Et comme tu sais, je suis assez en manque de ce côté…

— Eh bien alors il faut que tu le voies seul !

— Pour quoi faire ?

— À ton avis ?

— Justine !

— Harry a eu un vrai coup de foudre pour toi, fais-toi plaisir, sors avec lui, je suis sûre qu'il serait ravi.

— Je ne vais pas lui proposer un rendez-vous quand même !

— Pourquoi pas ?

— Mais je lui dis quoi ? Harry je te trouve très attirant, on pourrait se voir tous les deux ?

— Mais non ! Il y a des manières plus subtiles d'envoyer des signaux.

— *Dixit* la grande spécialiste de la drague !

— Oh, ça va. Je suis très forte pour les conseils, tu sais. Laisse-moi réfléchir… Mmmm. Tu pourrais lui dire : voilà, j'adore aller au cinéma, et j'en ai marre de ne voir que des films pour enfants. Ça te dirait qu'on y aille ensemble ? Ou : il y a un resto qui a l'air super qui vient juste d'ouvrir, tu pourrais m'accompagner ? J'ai envie de l'essayer. Tu vois, c'est très simple.

— Tu crois ?

— Trouve un moyen de le voir seul, je te dis. Comment savoir ce qu'il veut si vous passez tous vos moments ensemble avec vos trois enfants ? Je suis sûre qu'il est fou de toi !

— J'ai toujours adoré ton optimisme.

— Essaie, tu me promets ?

— Promis.

— Et tu es obligée de me tenir au courant !

Delphine et moi nous séparons et je retourne m'asseoir devant la table de la cuisine. Je contemple tous ces documents étalés devant moi et soulève quelques piles au hasard. Il y a des livrets scolaires, même ceux de ma grand-mère ! De vraies antiquités. Des lettres de mon père à sa mère lorsqu'il faisait son service militaire, des cahiers de comptes, de jolis carnets vierges… Une lassitude m'envahit, je crois que je ne vais rien trouver. Je reprends les premiers feuillets et regarde la dernière page à la recherche d'une date. Elle est gribouillée par de nombreux dessins qui ressemblent à des caricatures. J'ignorais que mon père savait dessiner, et avec humour.

Sous une autre pile, j'attrape une lettre que je déplie. Elle est adressée à mon oncle, et je reconnais l'écriture de mon père. Elle est datée du 19 février 1973.

Cher Louis,

J'ai besoin d'aide, et tu es le seul vers qui je peux me tourner. Tu es mon frère, je sais que tu ne me juges pas, et j'ai une confiance absolue en toi. J'ai fait mon testament, mais il y a plusieurs points auxquels je tiens plus que tout, et qui ne peuvent y apparaître. Certaines de mes demandes seront jugées non recevables par n'importe quel notaire. Si je venais à mourir dans les prochaines années, je ne pourrai rien laisser à Lydia. Tu sais à quel point je tiens à elle. Mon cher frère, il faut que tu m'aides à protéger Lydia.

Je pousse un cri de stupeur. Mon père aimait une autre femme, et il voulait la protéger comme une vraie épouse. 1973… Mes parents se sont mariés en 1971. Deux ans plus tard, il était fou amoureux d'une autre… Isabelle n'avait qu'un an. C'est un cauchemar.

Les mains tremblantes, je reprends la lettre.

Mon cher frère, il faut que tu m'aides à protéger Lydia. Tu es mon seul recours. Et je sais aussi que ta situation financière est difficile, alors je te propose un marché. Tu m'aides, et je t'aide en retour. Tu protèges Lydia, et je te laisse une part de l'héritage de nos parents qui me revient. Je sais que tu tiens à notre maison de Nanteuil, aussi je te la laisse. Si je meurs, elle te reviendra en totalité. En échange, je souhaite que Lydia reçoive quelque chose. Tu te souviens de ces terrains que j'ai achetés en Dordogne ? Je voudrais qu'elle en hérite. Et je n'ai qu'une solution : si je meurs, tu en hérites aussi, tu les vends et tu donnes l'argent à Lydia. Pour le moment, elle est à l'abri du besoin et je veille sur elle. Mais si je disparais, je veux m'assurer qu'elle soit en sécurité. Je l'ai mise au courant, et tu la connais : elle est furieuse et ne veut rien entendre. Mais je tiens tellement à la protéger, je l'ai tant fait souffrir, et tu sais aussi à quel point je l'aime. Tu dois te dire que je ne pense pas à Mathilde, à ma fille et à nos futurs enfants, mais ma femme aura toujours ce qu'il lui faut, j'ai pris mes dispositions, et son père est très riche, il l'adore. Mon cher Louis, garde cette lettre précieusement, ceci est mon testament, le vrai, j'y vois un pacte que nous, frères, nous signons ensemble.

Victor

16

Ce soir, j'appelle Delphine avec une immense impatience, et je lui lis la lettre de mon père. Elle est aussi choquée que moi.

— Ça remet tout en question, n'est-ce pas, Justine ? Tu dois avoir une vision terrible de ton père ?

— Il a vécu un mensonge dès le début. A-t-il aimé ma mère si, à peine marié, il tombait fou amoureux d'une autre femme ?

— Pourtant, il est resté avec elle, il vous a eues, toi et Isabelle.

— Je me demande bien pourquoi.

— Ne sois pas si dure envers lui, ni envers toi. Peut-être qu'il aimait tout simplement deux femmes en même temps, il n'aura pas été le premier.

— C'est pour ça qu'il n'a pas divorcé ? Ou c'est pour les convenances ? Ou parce qu'il s'est senti coincé à la fin avec moi ? Et si Lydia n'avait été que son premier amour ? Imagine s'il avait fini par la quitter et qu'après il y en ait eu d'autres ? Jusqu'à la dernière, celle avec qui il est mort.

— Ou alors elle, uniquement, et ce serait elle, l'inconnue à la rose. Et telle que je te connais, il va te falloir des réponses, pas vrai ?

— Mais qui pourra me les donner ? Ma mère ne veut plus entendre parler de cette histoire, l'inconnue du cimetière ne veut pas me rencontrer. Et même si je la retrouvais, si elle acceptait de me voir, que me dirait-elle ? Elle me donnerait quelle version ? La sienne ? Comment découvrir un semblant de vérité dans tout ça ? Car au fond, même si tu trouves une excuse à mon père au cas où il aurait aimé uniquement ces deux femmes, même si toutes les deux le considéraient visiblement comme l'homme de leur vie, elles ont sûrement été très malheureuses. Quelle torture permanente de vivre pour un homme dont on sait qu'il aime une autre femme autant, voire plus que vous.

— Justine, j'ai une idée.

— Je t'écoute. Pour le moment, c'est toi qui trouves toutes les solutions.

— Appelle ta tante.

— Cette garce ?

— Elle connaît peut-être toute l'histoire, ton oncle aurait pu se confier à elle. Et elle sera plus neutre.

— Elle est tellement méchante… Tu te souviens de l'enterrement de mon oncle ?

— Bien sûr que je m'en souviens. Mais depuis toutes ces années, elle a dû se calmer, sinon elle est bonne à enfermer !

— Tu as raison, comme toujours, c'est une piste. J'espère juste qu'elle me hait un peu moins depuis.

— Depuis quoi, presque vingt-cinq ans… J'en suis sûre, elle a dû passer à autre chose. C'est une vieille dame maintenant….

— Mais on ne parle que de moi, comment ça va chez toi ? Tim va mieux ?

— Ah, si tu savais… Tu as du temps, là ? Ça risque d'être un peu long.

— Tu plaisantes, ça fait une heure que tu m'écoutes et que tu me remontes le moral !

— Bon, alors, côté Tim, il va de mieux en mieux. Tu avais raison, la thérapie lui fait du bien, et puis il y a Harry et Sarah…. Mais le truc dont je voulais te parler, c'est Harry et moi…

— Ça y est, tu as réussi à le voir seul ?

— J'ai fait comme tu m'as dit, on a commencé à sortir le soir, aller au ciné, boire un verre, Sarah adore rester avec Tim et Clémentine. Cette fille a un don pour s'occuper des enfants. La vérité, c'est que ces sorties ne nous ont plus suffi… Tu vois ce que je veux dire ?

— Donc j'avais tout juste, il est dingue de toi !

— Mais non, on s'est pris une chambre d'hôtel au lieu d'aller au cinéma !

J'explose de rire.

— Ah oui, c'est beaucoup moins romantique !

— Ce type est génial, sexy… Bref, c'est un véritable trésor.

— Donc les enfants pensent que vous allez boire un verre ou au ciné et vous, pendant ce temps…

— Exactement.

Delphine et moi sommes secouées par nos gloussements, j'ai l'impression d'être jeune de nouveau, mais mon amie met fin à cette petite parenthèse.

— Je me demande juste où tout ça va nous mener.

— Qu'est-ce que tu veux dire ?

— Harry et Sarah partent bientôt... Je ne dois pas m'habituer à être heureuse. Enfin, presque heureuse. Je n'arrête pas de penser à Paul. Tu ne trouves pas ça immoral que je sois amoureuse alors que mon mari vient d'être enterré ?

— Ton ex-mari... Je te rappelle qu'avant sa mort tu étais prête à rencontrer quelqu'un. Tu vas me trouver dure, et tu sais à quel point j'aimais Paul, mais ce n'est pas parce qu'il a été tué que tu n'as plus le droit de vivre.

— Si tu savais comme je culpabilise. Est-ce normal que je me sente déjà si bien avec un autre homme ?

— Déjà ? Vous étiez séparés depuis deux ans, c'est ça qui compte.

— Tu dois avoir raison, il faut que je réfléchisse. Et il y a Tim, aussi. Je ne veux pas qu'il s'attache trop à Harry et à Sarah. Encore un abandon en perspective.

— Vous allez continuer à vous voir, après ? On ne sait jamais comment les choses peuvent évoluer à la longue.

— C'est loin, l'Angleterre, on ne pourra pas se voir souvent. Mais je le savais bien, quand j'ai décidé d'aller plus loin avec lui. Sur le moment, ça me paraissait simple et facile : je n'avais pas eu d'homme dans mon lit depuis des siècles et ce type, en face de moi, était tellement sexy...

— Profite de chaque minute. Et pour Tim, peut-être que le départ de Harry sera douloureux, mais, en attendant, il l'aide à guérir, à remonter la pente. Et il est suivi maintenant.

— Tu as raison, il faudra juste que je fasse attention à lui quand Harry partira.

— Et puis qui sait, la vie est pleine de rebondissements.

— Merci, Justine, c'est valable pour toi aussi, tu vas t'en sortir. Tu as une grande énergie, tu vas réaliser ton rêve, je le sais. Regarde, cette histoire avec ton père, tu as déjà déplacé des montagnes. Tu retrouveras ton inconnue. Pour l'instant, tu vas appeler ta tante, je suis sûre qu'elle aura une piste à t'indiquer.

— Merci, Delphine.

Nous nous séparons le cœur plus léger, chacune empêtrée dans sa vie compliquée et en plein bouleversement.

Il me faut quelques jours pour avoir le courage d'appeler ma tante. Je n'ai même pas d'excuse, elle vit toujours à Nice et son numéro est dans l'annuaire. Ce soir-là, je mets Adèle au lit de bonne heure et compose fébrilement le numéro. Je tente de respirer mais j'ai la gorge serrée. Mon Dieu, elle décroche…

— Allô ?

Une voix âgée, rauque, de fumeuse.

— Bonjour Lise, c'est Justine, ta nièce.

— Justine ? La petite dernière, c'est ça ? Que me vaut cet appel, après toutes ces années ? Oh, mon Dieu ! Mathilde… Elle va bien ?

— Oui, je te rassure, ma mère va très bien. Ce n'est pas pour elle que je t'appelle.

J'ai un peu révisé mon discours, je suis presque prête. Alors je me lance.

— Lise, je sais que tu ne nous portais pas dans ton cœur, nous, la famille Trévise, mais j'ai découvert des choses curieuses sur mon père, sur la famille, et je me disais que tu pourrais m'aider…

Lise me surprend car elle éclate de rire.

— Des choses curieuses, dans la famille Trévise, comme c'est étrange !

Et elle continue à rire, de son rire gras de vieille fumeuse. Je crois que, si elle continue, elle va s'étrangler.

— Ma pauvre Justine… Quel âge as-tu maintenant ?

— Trente-sept ans.

— Tu es mariée, tu as des enfants ?

— J'ai une fille de sept ans, mais je ne vis plus avec le père.

— Comment t'avouer que ça ne m'étonne pas. On ne peut pas dire que tu as eu des modèles masculins très… inspirants.

— J'ai perdu mon père à cinq ans, ça n'a pas été facile, en effet, d'être inspirée.

À cet instant, j'ai envie de raccrocher au nez de cette vieille garce qui n'a pas perdu une once de méchanceté malgré les années. Mais je pense à Delphine, que je ne veux pas décevoir. Aussi suis-je étonnée quand ma tante répond :

— Excuse-moi, Justine, c'est vrai que tu n'as presque pas connu ton père. Et que devient ta mère ?

— Elle va bien. Elle s'est remariée et elle est très heureuse. Et toi ?

— Moi ? Ça va. J'ai mis au moins dix ans à me remettre de la mort de Louis, et je n'ai plus jamais voulu d'homme dans ma vie, enfin d'un homme durable, si tu vois ce que je veux dire.

Elle rit de nouveau, je me demande si ce n'est pas nerveux, finalement.

— Bon, ces choses bizarres, tu veux m'en parler ?

Je raconte alors à ma tante mon retour à Nanteuil, la découverte de la rose rouge sur la tombe de mon père, et mon envie de savoir qui se cache derrière cette fleur. Je lui explique que je suis à présent au courant que mon père est mort auprès d'une autre femme, et que j'aimerais savoir si c'est elle qui, après toutes ces années, manifeste toujours son amour pour mon père. Enfin, j'essaie de lui faire comprendre pourquoi je tiens tant à la retrouver.

— Et en fouillant dans de vieux papiers, lui dis-je, je suis tombée sur une lettre de mon père à mon oncle Louis, enfin, à ton mari. Une lettre qui date de 1973, soit deux ans après le mariage de mes parents. Et il parle d'une femme, une certaine Lydia. Tu imagines le choc, savoir que mon père avait déjà quelqu'un d'autre dans sa vie deux ans après son mariage ?

Ma tante ne répond rien, aussi je continue.

— Il demande à ton mari de veiller sur elle, s'il lui arrive quelque chose. À travers cette lettre, il a l'air de l'aimer passionnément, et je me demande si c'est elle, l'inconnue qui était encore dans sa vie neuf ans plus tard, celle qui laisse la rose… ou si c'en est encore une autre, tu vois ?

J'entends Lise respirer au bout du fil. Va-t-elle me répondre ?

— Lise, tu veux bien m'aider ? Me dire ce que tu sais ?

— Je suis désolée, Justine, je ne peux malheureusement t'être d'aucune aide. Je n'ai aucune idée de qui était cette Lydia, je n'ai jamais entendu son nom. Mais comment l'aurais-je pu ? Ton père et ton oncle étaient si proches que personne ne pouvait s'immiscer entre eux. Pas même Mathilde ou moi, qui étions leurs épouses. Ils vivaient leur vie, ils étaient inséparables… Je peux cependant te dire quelque chose que nous savions bien, toutes les deux, je me demande juste si je dois te le dire…

Je n'en suis plus du tout certaine, au ton de sa voix, mais je ne peux plus reculer.

— Je t'écoute, Lise.

— Excuse-moi d'être si crue, mais la vérité, c'est que Louis et Victor étaient deux insatiables séducteurs. Ils n'ont jamais cessé de nous tromper, ta mère et moi. Alors Lydia, ou celle qui dépose des roses sur la tombe de ton père, ou une autre… Qu'en sais-je ? Écoute mon conseil, laisse tomber ces vieilles histoires, oublie tout ça, profite de la vie, rencontre un homme bien et sois heureuse, d'accord ?

Je reste sans voix. Comme je suis incapable de répondre à Lise, celle-ci me répète une fois encore qu'elle est désolée, puis nous n'avons d'autre choix que de raccrocher.

Quand Laure lui a avoué qu'elle était un modèle pour elle depuis des années, elle en a été profondément émue. Cette jeune femme, qui doit avoir le même âge que Justine, la touche profondément. Signe qu'elle vieillit, ou signe que quelqu'un, pour la première fois depuis des années, est parvenu à réveiller des émotions oubliées depuis longtemps. Elle a envie d'aider Laure, cela ressemblerait presque à un sentiment maternel. La jeune femme a un regard intense, à qui sait l'observer. Sa voix est pleine de force, et elle dirige son affaire avec une belle fermeté. Pourtant, elle sent que derrière cette apparence joviale, tout en rondeur et générosité, se cache une femme fragile et secrète.

Elle a pris l'habitude de passer voir Laure en fin de journée. Toutes deux s'installent au café fermé aux clients à cette heure. Elles prennent un thé et discutent pendant des heures. Elles ne parlent que de chevaux, ou Laure aborde parfois des sujets plus personnels. Mais c'est une jeune femme discrète, et elle ne pose jamais de questions.

Elles s'entendent si bien qu'elles cherchent un projet à monter ensemble, les idées les plus excitantes leur traversent l'esprit. Laure a très envie de se lancer dans le coaching ou la thérapie par les chevaux. Elle suit une formation et va partir une semaine à Paris pour faire un stage. Elle habitera chez une amie à qui, raconte-t-elle, elle a promis une séance. Cette dernière a une peur viscérale des chevaux. La raison serait trop longue à expliquer. Laure est tellement passionnée par ce projet qu'elle est déjà en train de le préparer. Elle, elle rit de son enthousiasme et de ses projets qui fusent. Elle se sent jeune à nouveau. Et pourquoi pas, finalement ?

Elle raconte à Laure comment, malgré son passé douloureux dont elle ne souhaite pas parler, elle s'en est sortie grâce à l'équitation et à son amour des chevaux.

Quand, enfant, elle s'est mise à ce sport, cela lui a fait l'effet d'un coup de foudre. Elle a immédiatement adoré le contact avec ces animaux, les balades en pleine nature, la griserie des premiers galops. Plus tard, quand sa vie a été rythmée de drames et de trahisons, l'équitation est devenue une échappatoire, une source d'apaisement. Elle s'est nourrie de ses échanges avec les chevaux, car, explique-t-elle à Laure qui approuve, ce sont des êtres purs, généreux et honnêtes. Avec eux, pas de duperies ni de faux-semblants. Laure vit-elle aussi ce sentiment de communion, ce lien de confiance et de respect mutuels qu'elle a tissés avec ses chevaux ? Elle parlerait des heures de ce que ces animaux prodigieux lui ont donné, eux qui continuent d'embellir sa vie, et Laure qui la regarde semble éblouie par ce flot de paroles, comme si elles faisaient miroir à ses propres émotions.

17

Laure est à la maison cette semaine, pour son stage de formation. Après ma conversation avec Lise, qui m'a laissée très abattue, sa compagnie ne m'est que plus précieuse. Laure va travailler dans un centre équestre près de Fontainebleau. Elle est tellement motivée que l'idée de se lever à 5 heures tous les matins et de passer trois heures par jour dans les transports ne la rebute même pas. Le récit de ses journées éblouit Adèle, et moi aussi, pour être honnête. Laure nous raconte des échanges d'une telle intensité avec le cheval qui lui a été attribué pour la durée de son stage que l'on frôle la télépathie entre eux deux. Je suis fascinée, c'est vrai, mais je m'inquiète pour Adèle, qui commence à s'intéresser beaucoup trop à mon goût à l'équitation. Mais qu'y puis-je ? Quelle ironie de penser que mes amies les plus proches sont des cavalières hors pair et que je ne cesse de mettre ma fille en contact avec des chevaux.

Lors de ma première soirée passée avec Laure, une fois ma fille couchée, je raconte à mon amie les révélations de Lise. Laure réfléchit un instant puis me demande ce que je compte faire.

— Je ne sais plus. Lydia est introuvable, et si j'en crois ma tante, elle ne serait qu'une amourette de jeunesse de mon père, qui s'est bien rattrapé depuis. Qui vais-je découvrir derrière mon inconnue ? Une des dernières maîtresses en date de mon père ? Je n'ai plus envie de savoir qui il était vraiment, je risque de trouver la nouvelle version pire que celle que je connaissais.

Laure me regarde avec compassion.

— Justine, arrête de te faire du mal. Laisse tomber toute cette histoire. Tu as raison, qui aurait envie de rencontrer une ex de son père ? C'est vraiment malsain.

— Surtout une ex parmi tant d'autres… Tu as raison, il faut que je passe à autre chose, que je me concentre sur mon avenir. Tu imagines si j'arrive à venir vivre près de chez toi et Delphine ?

— Ce sera formidable. Toutes les trois de nouveau réunies.

— Et toi, tu en es où, avec tes rencontres ? Tu ne m'as rien dit.

— C'est parce qu'il n'y a rien à dire. Ces recherches et ces rendez-vous inutiles me prennent un temps fou et ne m'apportent que des déceptions. Mais dans la vraie vie, c'est encore pire, on ne croise jamais la route d'hommes intéressants.

— Mais enfin, Laure, on peut quand même rencontrer quelqu'un en dehors d'Internet, quelle drôle d'idée !

— Pour toi peut-être, mais pour moi… Justine, pourquoi tu crois que je suis toujours seule à mon âge ? Combien de fois m'as-tu vue avec un amoureux ?

— Eh bien…

— Tu vois ce que je veux dire. Je vais t'avouer une chose que je n'ai jamais dite à personne. J'ai une peur terrible des hommes. Si l'un d'eux me plaît, je panique et je le fuis. Si je plais à quelqu'un, je panique tout autant, et je fais tout pour le décourager.

— Mais pourquoi ?

— Je ne sais pas. Tu vois, mes parents n'étaient pas franchement affectueux.

— Il m'a semblé, oui.

— Je crois qu'on nous a élevées, Iris et moi, avec tellement d'interdits et de peurs… Un jour, peut-être, j'arriverai à en parler…

Les yeux de Laure sont emplis de larmes. Je suis désarmée.

— Puisque tu as compris tout ça, c'est le moment de changer, non ?

— C'est ce que je fais. D'abord, je me soigne avec les chevaux, me dit-elle en souriant de nouveau, et puis je surfe sur mon site de rencontres. Là, c'est beaucoup moins effrayant. Quand je suis prête à quitter mon écran pour affronter un homme en chair et en os, je lui propose un rendez-vous.

Laure me lance un regard malicieux.

— En vérité, pour lutter contre le trac, je le vis comme un entretien d'embauche. C'est moi qui fais passer les tests. Et je suis intraitable.

Laure et moi éclatons de rire.

Deux jours après son départ, le téléphone sonne un soir vers 22 heures. Je n'en crois pas mes oreilles en reconnaissant la voix rauque de Lise. Que me veut-elle encore ? Des souvenirs sordides et déprimants lui seraient-ils revenus en mémoire ?

— Lise, je ne pensais pas que tu me rappellerais, que se passe-t-il ?

— Je dois t'avouer que ton coup de fil m'a bouleversée. Sur le moment, j'ai eu envie de raccrocher, parce que rien que le nom de Trévise me donne envie de pleurer pendant des jours.

— Oh, Lise, je suis désolée si mon appel t'a fait du mal.

— Non, ne sois pas désolée, c'est moi qui le suis. Je m'en veux encore de mon attitude envers vous, lors de l'enterrement de Louis. Dis-moi que tu as tout oublié...

— Tu te doutes bien que non.

— Pardonne-moi. Ta mère était loin de savoir ce que je traversais, c'est pour ça qu'elle n'a rien compris. Depuis que tu m'as appelée, j'ai repensé à toute cette époque. J'ai longuement réfléchi. Je crois que je te dois des explications. Le jour de l'enterrement de ton oncle, j'étais anéantie par sa mort, et par tout ce qu'il m'avait fait. Ces années-là, je vouais une haine à tous les Trévise, tes grands-parents, Louis, et même ton père. Je me suis défoulée sur vous trois, alors que vous étiez aussi les victimes de cette fichue famille. Mais je te l'ai dit, j'ai réfléchi : si tu le souhaites, je veux bien tout te raconter, te parler de ton père, de ton oncle... et de Lydia. Je t'ai menti, Justine, je l'ai bien connue.

— Quoi ?

— Oui, je connaissais Lydia, mais tu m'as prise de court l'autre soir. Je n'étais pas sûre que je devais te parler d'elle. Pour toi, et pour elle aussi, pour vous protéger toutes les deux. Je pense que de nous tous, c'est Lydia qui a le plus souffert. Mais laisse-moi commencer depuis le début, tu veux bien ?

— Je t'écoute.

— Les parents de ton père ont toujours pensé que leurs deux fils étaient merveilleux et qu'aucune femme n'était assez bien pour eux. D'ailleurs, aucune femme n'avait d'importance à leurs yeux. Ce qui comptait, c'était le statut social et la descendance. Là, ils n'ont pas été déçus : Louis et moi, on n'a jamais pu avoir d'enfants. Heureusement que Mathilde et Victor étaient là pour sauver l'image des Trévise ! Même s'ils n'ont pas pu leur offrir le fameux héritier destiné à reprendre l'affaire familiale. Quant à moi, mes beaux-parents ne m'ont jamais pardonné de ne pas leur avoir donné de petits-enfants, ils m'ont toujours traitée comme une étrangère, ils voulaient que Louis divorce, ces imbéciles… Ah, ils m'en ont bien fait baver.

» Et le pire, Justine, c'est que Louis aussi est mort auprès d'une autre. La pauvre est même morte avec lui, dans cet accident de voiture. Louis emmenait ses maîtresses passer des week-ends à Nanteuil, il était tranquille, il savait que je détestais cette maison, comme je détestais tout ce qui représentait sa famille. Il m'expliquait qu'il devait s'occuper de cette bicoque, l'entretenir, que c'était celle de son enfance, et qu'il ne comptait pas s'en priver à cause de moi. Et, bêtement, je le croyais. Quand il a eu son accident, personne ne m'a prévenue sur le moment, cette idiote n'avait pas ses papiers sur elle, les gendarmes ont considéré naturellement qu'elle était sa femme. Tu imagines ! Ils ont appelé mes parents, pour commencer. Les pauvres n'ont rien compris, je leur avais téléphoné juste avant de Nice !

— Oh, Lise, je suis désolée.

— Tu n'y es pour rien, n'est-ce pas ? Et puis, tout doucement, avec les années, j'ai réussi à guérir. Mais je n'ai plus jamais voulu m'attacher à un homme, ça c'est sûr.

— Alors les deux fils Trévise sont morts auprès d'une autre femme…

— Drôle de blague du destin, hein ?

— Et quelle famille…

— Mais revenons à toi, Justine. Je voulais juste que tu comprennes ma réaction. J'avoue que je n'ai jamais été fière de mon attitude ce jour-là. Je m'en suis voulu pendant des années. Tu vois, tu as bien fait de me recontacter, je peux enfin m'excuser ! Bref, pour en revenir à ton père et à la fameuse Lydia.

Lise s'éclaircit la gorge.

— Ce que je vais te dire risque de te choquer profondément, tu en as bien conscience ?

— Ne t'en fais pas pour moi, il vaut mieux connaître la vérité que de vivre avec tous ces secrets. Ça me ronge tellement.

— Bon. Voilà : Lydia est, je crois, le grand amour de ton père. Elle était la fille d'un ami de ton grand-père, un prof de lycée, je crois. Victor et elle se sont connus enfants. Si j'ai bien compris, le père de Lydia était d'un milieu trop modeste pour que tes grands-parents imaginent un seul instant la marier à leur fils.

— Un prof ?

Je repense à la page du carnet que j'avais trouvé dans le carton et commencé à lire. J'essaie de me souvenir du nom de l'ami de mon grand-père… Antoine !

— Il ne s'appelait pas Antoine, son père, par hasard ?

— Aucune idée. Mais d'où sors-tu ce nom ?

— D'un autre document trouvé avec la lettre dont je t'ai parlé. Mais passons, je te laisse continuer.

— Victor adorait Lydia, et c'était réciproque. Même si elle était tellement discrète et réservée, j'ai bien reconnu dans ses yeux l'amour absolu qu'elle vouait à ton père.

— Alors pourquoi ne se sont-ils pas mariés ?

— C'est là que je n'ai pas toutes les clés. Il semble que les parents se soient opposés au mariage, tes grands-parents étaient d'un autre temps, tu vois, ils voulaient que leur fils épouse la fille de quelqu'un, d'un entrepreneur, d'un homme riche, bref, quelqu'un comme ta mère. La pauvre, elle aussi était folle de ton père. Ils avaient un tel charme, les fils Trévise, ils tombaient toutes les filles. Enfin, Louis, intentionnellement, parce que ton père n'avait que Lydia en tête. Et ce côté inaccessible le rendait encore plus attirant pour certaines. Belles, arrogantes, riches, elles n'arrivaient pas à croire que son cœur était pris par une petite jeune fille discrète, de classe moyenne. Pourtant, elle était très jolie, Lydia, si délicate, avec ses yeux de biche, ses cheveux blonds et bouclés, une vraie pin-up qui s'ignorait ! Elle ne se maquillait pas, elle s'habillait sans excès, elle était toujours toute simple.

— Mais alors, tu la voyais souvent ?

— Bien sûr.

— Et tu la vois encore ? Tu sais où la trouver ?

— Désolée, Justine, laisse-moi continuer.

— Mais où l'as-tu rencontrée ?

— Dès que j'ai connu Louis, en 1967, il m'a présenté son cher grand frère. Et bien sûr Lydia. On sortait tous les quatre, on est même partis passer des week-ends ensemble. On prenait la Peugeot de ton père et on partait pour Cabourg. On descendait au Grand Hôtel, le célèbre palace, où on s'inscrivait sous les noms de Messieurs et Mesdames Trévise, car bien sûr aucun de nous n'était marié. Et pour pousser la supercherie un peu plus loin, on portait des alliances ! C'était une idée de Louis, d'ailleurs. Il n'y avait que lui pour avoir des idées pareilles… Mais qu'est-ce qu'on s'amusait ! On allait manger des huîtres, et le soir on allait danser. C'était la fête en permanence ! Lydia et moi, on était étudiantes, moi pour trouver un bon mari, comme pas mal de filles à cette époque, Lydia parce qu'elle était persuadée que les études étaient fondamentales pour l'avenir de la femme. Tu parles, avec un père comme le sien, c'était bien normal. Sa mère était une féministe, très intelligente, une vraie intellectuelle. Lydia suivait cette voie elle aussi. Elle était fille unique, ils ont mis toutes leurs espérances et leurs attentes sur sa petite personne. C'était lourd à porter, mais Lydia était en accord avec les idées de ses parents. Ce qui ne l'empêchait pas de lâcher ses livres pour venir s'amuser avec nous. Elle savait aussi se laisser aller, elle aimait rire, elle aimait tout oublier auprès de Victor. Ils formaient un couple magnifique.

» On a bien profité de la vie parisienne, aussi… On aimait se retrouver en fin de journée aux terrasses des cafés de Saint-Germain-des-Prés. Le vendredi soir, on allait danser, on essayait toutes les nouvelles boîtes à la mode et les dernières danses. Le twist, le be-bop et le rock rue Saint-Benoît. Et pour l'ambiance, on allait aussi écouter du jazz et danser dans les caves de Saint-Germain... Ah, le caveau de la Huchette, il y avait une de ces ambiances ! Tu vois, j'ai bien connu Lydia, on formait une sacrée bande, tous les quatre.

— Lise, je suis sans voix. Je ne comprends pas... Que s'est-il passé ? Pourquoi mon père ne l'a-t-il pas épousée ?

— Heureusement pour toi, finalement, sinon tu ne serais pas là aujourd'hui. Quand j'y pense, j'ai eu de la chance d'être amoureuse de Louis et non pas de Victor. En tant que fils aîné, il devait reprendre l'affaire familiale et épouser une belle héritière. Louis a bénéficié de bien plus de liberté. Mes parents étaient des commerçants aisés, mais rien de comparable aux Trévise. Ça n'a pas eu d'importance pour tes grands-parents, seul le mariage de Victor comptait. Et ils ont mis une pression terrible sur leur aîné. Lydia ne faisait pas partie de leur plan. Mais ta mère, si. Elle était la fille du partenaire principal de ton grand-père, elle était très belle, bien élevée, distinguée comme tu sais. Brusquement, les frères Trévise ont commencé à nous lâcher le dimanche, ils devaient assister à des déjeuners familiaux. On se retrouvait en fin d'après-midi, mais c'en était fini de nos escapades des week-ends ou des sorties en voiture. Les mois ont passé, Victor est devenu plus sombre. Je ne sais pas ce qui s'est passé entre lui, ses parents et ta mère. Tout ce que je sais, c'est qu'un an après Louis m'a avoué que son frère était fiancé, mais pas à Lydia. Je n'en revenais pas. Louis n'a rien voulu me dire. Ça a été la fin de notre petite bande, de nos plus belles années, de notre jeunesse aussi, finalement. Et puis on a appris que Mathilde était enceinte, le mariage a suivi de près, et Lydia a disparu de notre vie. Mais l'histoire ne s'arrête pas là, comme tu t'en doutes. Car si ton père a accepté d'épouser la belle Mathilde, il n'a pas pu rompre définitivement avec Lydia.

» Louis et moi, on s'est mariés aussi, je suis devenue officielle, tu vois. Je me suis retrouvée à des repas de famille avec ta mère, si ravissante et gaie, si innocente. On a repris nos sorties à quatre, mais avec elle, jusqu'à la naissance de ta sœur. Et puis, un an après, Lydia est revenue dans la vie de ton père. À moins qu'elle n'en soit jamais sortie ? Je n'en sais rien. En tout cas, elle est revenue dans la mienne. On s'est mis à faire d'autres sorties à quatre, avec Lydia. Au bout d'un certain temps, j'ai trouvé ce petit jeu malsain, j'ai demandé à Louis de cesser de me faire participer à cette mascarade. J'ai arrêté de voir Victor et ses… comment dire… ses femmes, excuse-moi, Justine. Je n'ai plus vu que Victor et Mathilde aux repas ou aux événements familiaux. Je ne sais pas ce qu'est devenue Lydia, je ne voulais pas le savoir, c'était trop douloureux. J'aurais voulu qu'elle fasse sa vie, qu'elle oublie Victor, mais visiblement elle n'a pas réussi.

» Que Louis ait continué à la voir, je n'en doute pas. Mais il a tellement changé après notre mariage, et il n'était pas franchement fait pour le monde du travail !

Lise part d'un grand rire amer.

— Avec tout l'argent que son père et son frère gagnaient, lui qui avait toujours été nul en classe, joueur, charmeur, flemmard, s'est dit qu'il pouvait rester le parfait rentier. Ton grand-père puis ton père l'entretenaient purement et simplement. Il avait un soi-disant poste de direction dans l'affaire familiale, mais on le voyait rarement au bureau. Il ne dirigeait rien du tout. En échange, il touchait un bon salaire et un intéressement conséquent aux bénéfices.

» Mais lui, ce qu'il préférait, c'était dépenser l'argent. Les voitures, le jeu… et un beau jour j'ai découvert que d'autres femmes faisaient aussi partie de ses dépenses. Mais il était si beau, si charmant, si intelligent à sa façon… J'ai tout accepté pour le garder. Son père et son frère aussi, finalement, se sont aveuglés, ils l'ont laissé faire, c'était le petit dernier, le petit frère.

— Mais, lui, il est resté en contact avec Lydia ?

— Certainement. Il a continué à la voir avec Victor.

— D'après la lettre de mon père, Louis devait veiller sur elle s'il arrivait quoi que ce soit à Victor. Mon père lui laissait même une part d'héritage que Louis devait reverser à Lydia.

— Je ne suis pas au courant de cette histoire. Connaissant ton oncle comme je l'ai connu à la fin de sa vie, j'espère sincèrement qu'il a honoré la dernière volonté de son frère. Louis chérissait Victor, il aurait donné sa vie pour lui. Mais il a eu de sérieux problèmes d'argent, et je pense qu'il aurait fini par ruiner ton grand-père s'il avait vécu plus longtemps. Il dépensait tout dans la débauche, même ce qu'il n'avait pas. Son père le couvrait, j'imagine, pour ne pas perdre la face.

Les huissiers, voire la prison, ça aurait fait désordre dans la famille Trévise. À la fin de sa vie, Louis, toujours précurseur pour les mauvais plans, consommait de la cocaïne. Et quand je suis retournée à Nanteuil, j'ai trouvé dans le jardin des plants entiers de marijuana. Et cette petite garce qui est morte avec lui, elle avait la moitié de son âge. J'ai dû ramasser toutes ses affaires qui traînaient dans la maison.

— Je n'en reviens pas. Je sais qu'il était plutôt bon vivant et pas très enclin à travailler, mais là…

— Alors qu'a-t-il fait de l'argent destiné à Lydia ? J'ai des doutes.

— Et tu ne sais pas comment je peux faire pour la retrouver ?

— Elle était originaire de Poitiers, elle y est peut-être retournée.

— C'est possible, si c'est elle qui dépose régulièrement des roses. Elle ne peut pas habiter loin de Nanteuil.

— Son nom de famille devrait t'aider à retrouver sa trace. Quel était-il ? Laisse-moi réfléchir. Lydia… Lydia Lebert ! Elle s'appelle Lydia Lebert !

— Merci Lise, tu n'imagines pas à quel point tu m'aides, à tous les niveaux !

— Et moi je suis contente de t'avoir parlé. C'est dingue, dire que j'ai gardé tout ça sur le cœur pendant des décennies. Tu sais quoi ? J'ai comme un poids énorme qui vient de quitter ma poitrine.

— Je suis contente pour toi, Lise.

— Rappelle-moi, s'il te plaît, dis-moi si tu retrouves Lydia. Peut-être qu'elle et moi on pourrait se revoir…

Justine, comment tu te sens après tout ce que je viens de te raconter ?

— Je ne sais pas, pas encore. Je voudrais tant savoir pourquoi mon père a finalement épousé ma mère, s'il l'a jamais aimée.

— Je ne peux pas t'aider, je suis désolée.

— Et moi je ne suis pas sûre d'avoir un jour la réponse, ni de vouloir la connaître.

Ma tante et moi terminons cette incroyable conversation. Moi qui étais décidée à tout abandonner, me voilà de nouveau prête à partir à la recherche de Lydia. Je reste un long moment assise dans mon canapé, perdue dans mes pensées, revivant tout ce que Lise vient de me raconter. J'imagine les deux jeunes couples beaux et insouciants débarquant à Cabourg, au Grand Hôtel, dégustant des huîtres et dansant toute la nuit. Une vie de glamour, et d'amour, une belle histoire qui finit mal, très mal, pour tout le monde. Que s'est-il passé ? Comment mon père a-t-il pu renoncer à tout cela ? Était-il si influencé par la société et ses codes d'un autre temps ? Je ne peux pas croire qu'il ait cessé d'aimer Lydia. Et c'est dur d'imaginer cela en étant la fille de ma mère…

Tout d'un coup, je me rappelle le carnet de mon père, ces pages arrachées dont j'ai interrompu la lecture quand Delphine m'a appelée. Le passage mentionnait Antoine, sûrement le père de Lydia. Je me précipite vers mon bureau et fouille dans le carton pour reprendre les feuilles. Voilà, je retrouve le passage, que je lis à présent avec un œil neuf, en sautant directement aux lignes concernant le fameux Antoine :

Quand Antoine, le copain de mon père, vient à la maison, j'adore lui poser des questions sur le sujet.

Je saute quelques passages et retrouve l'endroit où j'ai interrompu ma lecture. Mes mains tremblent alors que mes yeux cherchent les mots sur la page…

Mais moi, ce que je préfère chez lui, c'est Lydia. Lydia si douce, si ravissante et si intelligente. Lydia qui sait si bien m'écouter mais qui a aussi des idées sur tout, des idées si modernes… Avec elle, je peux discuter pendant des heures, et rire aussi. Dès que j'ai dix-huit ans, je l'épouse. Elle sera la mère de mes enfants, et elle sera aussi une grande journaliste politique, m'assure-t-elle. Je veux bien la croire, elle peut tout faire. Louis se moque de moi, lui seul voit à quel point je suis amoureux d'elle. Mais au fond il ne se rend pas compte de la chance que j'ai, d'avoir rencontré le grand amour de ma vie.

Mon père aimait Lydia passionnément, j'en ai la preuve. Mais, après tout, il n'avait que seize ans, l'âge des plus belles et pures amours. Plus tard, après vingt ans, on change, n'est-ce pas ?

Comment imaginer que mon propre père ait pu vivre des moments aussi intenses ? Lui parfois si froid et si impressionnant ? Faut-il voir dans ces sourires chaleureux qu'il savait aussi nous prodiguer, à nous ses filles, l'ombre de son passé, le fantôme d'un homme jeune bouillonnant de sentiments ? Et moi, que vais-je faire maintenant ? La réponse est évidente : retrouver

Lydia Lebert, la seule qui pourra me dévoiler toute l'histoire.

Je commence au plus simple : l'annuaire. Y a-t-il une Lydia Lebert à Poitiers ou dans les environs ? Il n'y en a pas… Où se cache-t-elle ? Vit-elle ailleurs, sur liste rouge, en maison de retraite ? S'est-elle mariée ? Je l'espère pour elle. Au cas où, je tape son nom sur Google. Peut-être a-t-elle participé à un événement mentionné sur le moteur de recherches ? Il y a des Lydia Lebert, mais elles sont bien trop jeunes. Car quel âge aurait-elle aujourd'hui ? Elle était de la même année que mon père, 1947. Je commence à perdre espoir. Au hasard, je tente de trouver les annonces nécrologiques. Rien. Cette femme n'existe pas, en tout cas pas sur Internet. Je n'ai aucun don d'enquêtrice ou de journaliste, je n'ai aucune patience et ne suis pas très douée pour faire des recherches malgré mon souhait de retrouver cette femme.

Je contemple alors le carton posé dans un coin de mon salon. Je n'ai pas passé en revue tous les documents depuis mon incroyable découverte. Il faut que j'épluche tout, car sait-on jamais, je peux encore découvrir des choses étonnantes.

Tandis que je me replonge dans tous ces papiers et lettres écrites par mon père pour la plupart, j'ai de plus en plus l'impression de violer son intimité. Au bout d'une heure, je sors une énième lettre de son enveloppe. Une écriture élégante, féminine. C'est un petit billet assez court. Je regarde en bas la signature. Et pousse un cri d'exclamation : Lydia ! Un mot à mon père. J'ai peur de ce que je vais lire, et brûle malgré tout d'impatience de le découvrir.

Mon chéri,

Ça y est, mon rêve s'est réalisé ! Me voilà derrière mon comptoir à admirer mes belles étagères remplies de livres. Je dis « mes », on dirait que cette librairie m'appartient ! Mais quel bonheur d'être enfin une femme indépendante, qui gagne sa vie, en vendant des livres de surcroît. Mon amour, c'est le paradis ! Je ne devrais pas être en train de t'écrire, mais vois-tu, Mme Delaire est sortie faire une course et, pour le moment, il n'y a pas un seul client. Normal, il est encore très tôt. Bon, je te laisse avec regret, je vais aller voir si toutes ces petites merveilles sont bien à leur place.

J'ai hâte d'être dans tes bras,
À vendredi,
Je t'aime,
Lydia

Je cherche en vain une date, une indication de lieu. Rien. Quand Lydia a-t-elle écrit ce mot à mon père ? Avant, pendant le mariage de mes parents ? Lydia devait être bien jeune si c'était son premier travail.

Je dois m'avouer que j'aime le ton de sa lettre, je ne suis pas insensible à cette femme qui se dessine à travers ces mots. C'est étrange. Mais elle est si simple, si authentique, pleine de vie, amoureuse… Un peu l'opposé de ma mère, en réalité. J'ignore pourquoi, mais cette lettre me donne un peu d'espoir. Je suis sûre que Lydia est là, quelque part, et qu'elle pense toujours à mon père, l'homme de sa vie.

Je replie la lettre et la remets dans l'enveloppe. Et c'est là que je vois l'en-tête : « Librairie Delaire, 6 rue Jean-Jacques Rousseau, Poitiers. » La voilà, ma nouvelle piste ! Et si la librairie existait toujours ? Certes, Lydia serait à la retraite, maintenant, mais sûrement quelqu'un se souviendrait d'elle ? Je me jette sur l'ordinateur et entre le nom de la librairie dans les Pages jaunes. Oui, il y a une librairie à Poitiers du même nom, mais l'adresse est différente. Si la lettre de Lydia date des années 1960, la librairie a bien pu déménager.

Je suis en train de noter les coordonnées quand le téléphone sonne. À peine ai-je décroché que j'entends la voix de Delphine qui hurle joyeusement :

— Justine, tu ne vas pas me croire !

— Quoi ? Qu'est-ce qui se passe ? Pourquoi tu ris comme ça ?

— J'ai un boulot pour toi, ma belle !

18

— Un boulot ? Pour moi ? Comment ça ?

Delphine continue à rire puis je l'entends prendre une grande inspiration.

— Oui, un boulot, le mien !

— Delphine, explique-toi, je ne comprends rien. Tu as démissionné ? Tu as trouvé autre chose ?

— Non, c'est beaucoup mieux que ça, je suis promue ! Alors mon poste se libère, et bien sûr j'ai pensé à toi.

— Mais je ne sais pas donner des cours de Pilates, moi !

— Que tu es nouille, laisse-moi t'expliquer au lieu de m'interrompre tout le temps.

— Je ne t'interromps pas, tu n'arrêtes pas de rire !

Et j'éclate de rire à mon tour, parce que la joie de mon amie est toujours communicative, et que je sens que cet appel va changer ma vie.

— C'est bon, je t'explique depuis le début. Notre boîte marche formidablement bien, on s'agrandit, le bien-être a le vent en poupe ! Imagine, j'ai une super promo, je suis nommée directrice adjointe, le bras droit du patron, enfin de la patronne. On étend notre activité, et je suis en train de négocier avec de nouveaux partenaires. On va travailler dans un premier temps avec des entreprises de la région, leur offrir des services : on va ouvrir un nouveau centre en pleine campagne, on a déjà trouvé une superbe baraque. Là, les sociétés pourront venir y faire des séminaires et nous, on ajoutera des services pour leurs employés stressés. Tu vois le genre : on leur offre le cadre et l'organisation de leurs séminaires, congrès, réunions, tout ce que tu veux et, en prime, on leur propose toute une déclinaison de séances de bien-être. Quant à nos clients habituels, et les nouveaux que nous allons attirer, ils viendront faire des stages dans l'activité de leur choix, ils seront nourris, logés, chouchoutés ! Nous pourrons aussi créer un centre de formation pour les métiers du bien-être, mais ça, c'est la prochaine étape. Alors tu vois, monter tout ça, trouver de nouveaux clients, continuer à nous développer, ça devient une activité à plein-temps pour moi. Je vais avoir besoin de quelqu'un d'autre pour s'occuper de la communication, quelqu'un de motivé, de doué… quelqu'un comme toi ! Parce que la com va exploser.

— Mais c'est génial !

— Tu sais, ça faisait un petit moment que je pensais à toi. Mais je ne voulais pas risquer de te décevoir. J'ai attendu que tout soit monté, officiel, et ça l'est depuis aujourd'hui !

— C'est le rêve !

— Attends, ce n'est pas encore gagné. Tu te doutes que je ne suis pas la seule à décider. Je t'ai chaleureusement recommandée à ma boss, mais elle souhaite faire un vrai recrutement, car ce poste devient carrément stratégique. Tu dois passer un entretien avec notre responsable des ressources humaines, et si tu fais partie de la *shortlist*, tu rencontreras notre directrice. Qui elle, bien sûr, t'est déjà favorable.

— J'envoie une lettre de candidature à qui ?

— Allume ton ordi, je suis en train de t'écrire pendant que je te parle. Bastien Rouch, service de la DRH, tu vas recevoir dans trente secondes son adresse mail et son téléphone. Si tu veux que je relise ta lettre et ton CV, tu m'appelles dès que tu es prête, O.K. ?

— Facile, mon CV est prêt et j'ai des tonnes de lettres de motivation que je passe mon temps à écrire au cas où !

— Justine, tu as intérêt à décrocher ce poste ! Ce serait le pied.

— Comment se fait-il que, d'un coup, vous vous agrandissiez à ce point ?

— Ça fait un moment qu'on y pense. Ce secteur marche de mieux en mieux et il fallait qu'on crée de nouveaux développements. On a bossé dur, on a démarché des tas de boîtes, et ça commence à être payant. Les gens souffrent de plus en plus, du dos, du stress, des allergies… ou supportent de moins en moins la douleur et l'inconfort, je ne sais pas. Bref, tout le monde a envie d'aller bien.

— C'est vrai, en ce moment, j'ai l'impression d'entendre ou de lire sans arrêt des messages sur le bonheur.

— Ouais, le nouveau mot tendance.

— Moi aussi je me suis laissé tenter : être heureuse, tu parles ! J'ai tout envisagé : la méditation, l'hypnose, le jeûne. Et résultat : je n'ai rien commencé !

— Ne raconte pas ça pendant tes futurs entretiens, je t'en supplie ! s'exclame Delphine en riant. Pour l'instant, concentre-toi sur ta lettre, va vite l'écrire. Envoie-la-moi quand elle est prête, ça te va ?

— Merci Delphine, je m'y mets tout de suite.

Cette nouvelle me ramène brusquement au présent, à mon avenir et à celui d'Adèle. Je laisse de côté mon père, Lydia, la librairie Delaire et leur amour impossible, et me concentre sur ma lettre de motivation, celle qui devrait m'ouvrir les portes de mon rêve, de ma propre vie. La touchante Lydia attendra.

À peine ai-je raccroché que je me mets à écrire à l'intention du recruteur, Bastien Rouch, un nom plutôt jeune à mon avis. En repensant à tout ce que vient de me raconter Delphine sur l'évolution du bien-être, de sa société, et grâce aux connaissances que j'ai de son travail dont elle me parle souvent, je rédige la lettre à une vitesse record, comme si je l'avais déjà en tête. Je l'envoie à mon amie, me disant qu'elle aura le temps de la regarder le lendemain. Mais elle est visiblement encore devant son écran et me répond dix minutes plus tard : « Génial, cette lettre est super, tu as tout compris ! Envoie-moi ça tout de suite ! » Ce que je m'empresse de faire. Allez, Bastien, je suis sûre que je t'ai mis dans ma poche !

Le lendemain soir, je suis sur les nerfs. Bêtement, j'ai attendu toute la journée un coup de fil de Bastien Rouch. Mais qu'est-ce que j'imaginais ? Qu'il n'attendait que moi ! Je tourne en rond dans le salon, sourcils froncés, marmonnant toute seule, lorsque je remarque Adèle qui me dévisage.

— Qu'est-ce qu'il y a, ma chérie ?

— Rien.

— Comment ça, rien ? Tu as l'air toute bizarre.

Je vois son visage se contracter, comme si elle allait pleurer. Et soudain je comprends. Mais quelle égoïste, comment n'ai-je pas pu mettre bout à bout tous les indices que ma fille me laissait ces derniers temps et comprendre ce qui se passait ? Depuis quelques semaines, Adèle est nerveuse, anxieuse, elle a perdu l'appétit et n'arrive pas à s'endormir. J'ai préféré me dire que c'était la fin du trimestre, qu'elle était fatiguée, ou encore que la grossesse d'Éléonore la préoccupait... Tout pour ne pas comprendre ces signaux qui à moi seule sont adressés. Ne dit-on pas que les enfants ressentent et devinent tout ? Adèle sent qu'il se passe quelque chose dans ma vie. Mais ne sachant quoi, elle pressent le pire. Moi qui prévoyais de tout lui dire lorsque j'aurais signé un contrat de travail, je vais être obligée de lui parler maintenant. Ce soir.

Je la regarde, toute pâle, les traits tirés et m'en veux terriblement.

— Ma chérie, viens, on va s'asseoir toutes les deux sur le canapé. J'ai une grande nouvelle à t'annoncer, lui dis-je en m'efforçant de sourire.

— Tu vas avoir un bébé, comme Éléonore ? me demande-t-elle d'un air angoissé.

— Pas du tout ! D'abord, il est où, mon fiancé ?

Adèle se met à rire.

— Non, je ne suis pas enceinte. Mais toi et moi, on va aller vivre dans une maison... à Nanteuil, tout près de Tim et Clémentine.

— Wouahou ! Trop bien ! Et... papa vient aussi ?

— Eh bien, en fait, il reste à Paris, mais tu vas le voir autant qu'avant : un week-end sur deux, et pendant les vacances. Il n'y a que le mercredi, où tu resteras à Nanteuil… avec tes amis…

Je vois son visage se décomposer.

— Mais dans notre nouvelle maison, tu auras un jardin pour toi toute seule. Ah, non, je me trompe, tu auras un chien, ça te dit ? Et une balançoire… Et Clémentine viendra jouer.

Mon beau tableau ne sert à rien. Des larmes roulent sur les joues d'Adèle. Je la serre dans mes bras et me sens soudain très coupable. Et si j'avais tort ? Suis-je en train de saccager sa petite existence ?

Dix minutes plus tard, Adèle s'est endormie dans mes bras. Je la porte jusqu'à son lit. Est-ce le choc ? Ou est-elle finalement rassurée de savoir que ce qui la rongeait n'est pas si terrifiant ? Quoi qu'il en soit, ma fille vient enfin de trouver le sommeil sans heurt, et à une heure raisonnable.

Le lendemain, Adèle ne pleure plus. Elle me parle beaucoup. Elle est partagée entre ce qu'elle perd, et l'attrait de ce qu'elle gagne. Je suis rassurée. Ce sera long, mais ma fille saura se préparer peu à peu à sa nouvelle vie. Quand elle m'avoue qu'elle « adore son école, sauf la violence », je suis définitivement sûre que j'ai fait le bon choix.

Deux jours plus tard, Bastien Rouch, le responsable RH du centre Delbarre, me contacte enfin. Il a une voix dynamique et ouverte qui me plaît bien. Je me sens à l'aise avec lui, l'entretien devrait bien se passer. Il me donne rendez-vous la semaine suivante, à moi de m'organiser pour poser une journée et demander à Benjamin de s'occuper d'Adèle. Delphine est folle de joie et m'assène une liste de conseils sur un ton qui frise l'hystérie.

Le jour du rendez-vous, je me lève à 5 heures, prends le train de 7 h 30 et suis à 10 heures dans les bureaux de Delphine. La secrétaire de Bastien Rouch m'accueille avec gentillesse, et j'espère que mes yeux ne sont pas cerclés de gros cernes. Le recruteur surgit après m'avoir fait poireauter dix minutes. Il a l'air monté sur ressorts dans son costume croisé et son pas sautillant, mais il a une bonne tête, fort charmante d'ailleurs. Il a un grand sourire et me tend la main, que je saisis, et le laisse me broyer les doigts tout en me secouant le bras.

— Ah ! Justine, vous voulez bien que je vous appelle par votre prénom ?

— Heu, oui, bien sûr, monsieur.

— Entrez, asseyez-vous, vous allez tout me raconter !

Comment ça, tout lui raconter quoi ? Il ne va pas me poser de questions ? C'est quoi ces nouvelles méthodes d'entretien ? Je sens ma confiance baisser d'un gros cran. Heureusement, Bastien Rouch sort mon CV et fait mine de l'étudier. Quand il se redresse, je m'aperçois qu'il a des yeux fabuleux, si sombres qu'ils en semblent presque violets. Bon sang, il faut que j'arrête de le fixer comme ça. En plus il a de longs cils noirs qui bordent ces yeux magnifiques… Je sors de ma contemplation lorsqu'il me regarde d'un air interrogatif. M'a-t-il posé une question ?

— Excusez-moi, je n'ai pas bien compris, vous disiez ?

— Rien de bien compliqué, répond-il en m'adressant un sourire dévastateur. Parlez-moi de votre poste actuel, que faites-vous exactement ?

Je me trompe ou il me fait du charme ? Cette façon qu'il a de me scruter intensément comme si j'étais la personne la plus intéressante de la planète, ce sourire… Stop. Je perds pied. Je ferme les yeux quelques secondes pour me concentrer. Je veux ce boulot, et j'ai préparé un super speech pour le décrocher. Me voilà partie. Je lui affirme que je suis hyper efficace, motivée, dynamique, que je suis une fan absolue du travail en équipe, super douée en management, en communication, bref, je me vends avec un naturel et un enthousiasme qui me surprennent moi-même.

Bastien Rouch est très attirant, et c'est l'entretien le plus bizarre que j'aie jamais passé. C'est à se demander si, en essayant de me vendre, je n'ai pas aussi essayé de le séduire. L'entretien touche à sa fin, et je questionne le beau Bastien :

— Quand aurai-je des nouvelles ? Quand pensez-vous pouvoir décider ?

— Eh bien, une fois tous les candidats reçus, d'ici un mois, je proposerai une *shortlist* de cinq candidats maximum à notre directrice générale. À ce moment, vous serez soit informée que l'aventure s'arrête là, soit convoquée pour l'entretien suivant.

Il se lève et je l'imite. Il m'ouvre la porte de son bureau et je me sens soudain tellement intimidée que j'ai peur de ne plus savoir marcher. Tandis que nous arrivons devant la réception, il me serre la main et la garde longtemps dans la sienne.

— Ravi de vous avoir rencontrée, Justine, nous nous reverrons prochainement.

À cet instant, je ne me doute pas à quel point ce sera vrai.

Tandis que je monte dans le taxi que la réceptionniste a bien voulu me commander, je compulse mon petit carnet sur lequel j'ai noté l'adresse de la librairie Delaire. Pour une fois, je n'ai rien dit ni à Delphine ni à Laure : cette quête, je voulais la mener seule, car elle a un aspect intime et secret, et c'est un rendez-vous entre moi et Lydia.

Quelle journée riche en émotions. Parfois, il ne se passe rien dans l'existence, les galères et les petits incidents désagréables se succèdent, et puis brusquement, la roue tourne, tout s'accélère, et une bonne nouvelle en attire d'autres comme un aimant. Cette journée sera unique, puisqu'elle m'aura fait avancer à pas de géant sur les deux aspects de ma vie les plus importants du moment.

Le taxi s'arrête devant la librairie. Elle a une façade élégante et ancienne, d'une belle couleur bordeaux. Je pousse la porte qui tinte à mon entrée, respire un grand coup et me dirige vers le comptoir. Une femme assez jeune me regarde, impassible. J'ai bien préparé mon discours, moyennement honnête, mais que j'espère convaincant. Après l'avoir saluée, je me lance :

— Je suis à la recherche d'une personne qui aurait travaillé chez vous. C'est une amie d'enfance de mon père, qui est aujourd'hui très âgé, et qui m'a demandé de passer ici afin de savoir si vous auriez des coordonnées où la joindre.

Je croyais que ma requête la toucherait, mais la libraire se montre plutôt agacée.

— Et vous n'avez pas trouvé d'autre solution pour la retrouver ? Des amis communs ?

— Mon père a quatre-vingt-dix ans, vous voyez, alors autour d'eux, ça commence à se clairsemer…

— Et elle s'appelle comment ?

— Lydia Lebert.

— Son nom ne me dit rien.

— Mais il n'y aurait personne d'autre qui travaille ici et qui pourrait me renseigner ?

Quand elle voit l'expression de désespoir se peindre sur mon visage, la jeune femme se radoucit.

— Il y a bien Cécile. Elle a travaillé ici des années et est aujourd'hui à la retraite. Elle passe régulièrement nous voir.

Elle jette un œil alentour. Les quelques clients sont absorbés dans un livre ou par leur recherche.

— On peut l'appeler, si vous voulez.

Cécile décroche, la jeune femme lui parle rapidement puis me la passe. À peine lui ai-je expliqué le but de mon appel qu'elle s'écrie :

— Oh, mon Dieu, quel choc d'entendre son nom ! Lydia ! C'était une femme tellement adorable. Mais, vous n'êtes pas au courant ? Elle est décédée depuis longtemps.

Je me sens blêmir, je crois que je vais pleurer. Non, ce n'est pas possible, Lydia ne peut pas être morte. Bêtement, je demande :

— Vous êtes sûre ?

— Évidemment, je me rappelle encore son enterrement. C'était en 1995. Cette chère Lydia… Elle était l'esprit de cette librairie, voyez-vous, elle en a fait un lieu culturel incroyable, à l'avant-garde, même. Elle organisait des événements, des signatures, des soirées… Et sa plus belle idée : le club de lecture. Tout le monde voulait y participer ! Elle était l'une des premières à faire ça, vous savez. Ça marchait du feu de Dieu. À tel point que la librairie a dû déménager pour s'agrandir. Les Delaire lui doivent tout. Mais un jour elle est tombée malade, et six mois plus tard elle n'était plus là. Après sa mort, ça n'a plus jamais été pareil, la librairie est un peu morte avec elle. Quelle perte… Et votre père la connaissait bien, dites-vous ?

— Hum… Oui, enfin, ils s'étaient connus tout jeunes mais s'étaient perdus de vue. Mais mon père ne l'a jamais oubliée.

— Ça ne m'étonne pas, c'était une sacrée femme. Et si gentille, avec ça… Excusez-moi, mademoiselle, ces souvenirs me font monter les larmes aux yeux.

J'entends Cécile se moucher bruyamment, avant de m'annoncer poliment qu'elle souhaite raccrocher.

Je remercie la libraire pour son aide et sors du magasin, bouleversée. Que vais-je faire maintenant ? Ma quête s'arrête-t-elle ici ? Lydia est morte. Jamais je ne la connaîtrai. Et si ce n'est plus elle que je cherche, je ne me crois pas capable de partir sur les traces d'une autre femme, d'affronter un autre pan secret de l'histoire de mon père.

19

De retour de mon voyage d'un jour à Poitiers, je suis toujours assommée par la mort de Lydia. J'ai cette étrange impression d'avoir perdu une personne que je connaissais. D'un autre côté, ma visite et mon entretien au centre Delbarre m'ont redonné espoir en l'avenir. J'appelle Delphine. Si elle se réjouit de mon premier entretien, elle est très surprise d'entendre que j'ai profité de mon séjour éclair pour partir à la recherche de Lydia. Ma voix qui se brise, tandis que je lui raconte ma conversation avec la libraire, la laisse troublée.

— Tu voulais tellement la rencontrer, me dit-elle.

— Oui, et même plus que je ne l'imaginais, en fait. Je croyais qu'elle était le grand amour de mon père, depuis toujours. Je me disais que, comme ils s'étaient connus enfants, c'était plus supportable par rapport à ma mère et à ma propre histoire, tu comprends ? Mais maintenant, que dois-je penser ? Si ce n'est pas elle, l'inconnue à la rose, alors c'est qui ? C'est le pire des scénarios, celui que je redoutais.

— Mais pourquoi ?

— C'est évident ! Mon père a eu d'autres femmes, ma tante m'avait prévenue. Il avait deux femmes qui l'adoraient, mais non, il a continué à en séduire d'autres.

— Écoute, Justine, je ne sais pas pourquoi tu t'es tellement attachée à Lydia. Je ne veux même pas essayer de comprendre. Mais maintenant tu sais qu'elle est morte. Alors arrête ! Tu vas peut-être avoir un nouveau travail, une nouvelle vie se profile, passe à autre chose. Et arrête aussi d'en faire une telle histoire personnelle. Ton père était un homme infidèle, voire un coureur, mais c'était ton père, pas ton mari. Il est mort, et toi tu as ta vie à construire. Lydia est morte aussi, tandis que ta mère est vivante. C'est à ton futur que tu dois penser, à ton job, ta fille, une rencontre…

— Là tout de suite, je suis sous le choc. Cette histoire s'interrompt trop brutalement, et le mystère de cette rose n'est pas élucidé.

— Tu n'as aucune solution pour rencontrer la personne qui vient au cimetière. Regarde devant toi, laisse ton père là où il est. Tu as suffisamment avancé dans ton histoire familiale puisque tu as découvert l'existence de Lydia. Arrête-toi là, c'est bien assez, c'est même énorme, tu ne crois pas ?

Les larmes brouillent ma vue et coulent le long de mes joues. Je me rends compte qu'au cours de ces longs mois je me suis attachée à Lydia, à cette jeune fille ravissante et décidée qui voulait étudier et prendre son avenir professionnel en main, à celle qui a aimé mon père malgré son abandon. J'aurais tant voulu la connaître, elle aurait pu me révéler tellement de choses. J'ai trouvé son histoire et celle de mon père si belle et romantique, si absolue. Mais maintenant je ne sais plus jusqu'à quel point mon imagination n'a pas créé une légende. Combien de temps a duré leur amour ? Était-ce elle qui était auprès de lui lors de sa mort, ou mon père était-il avec une énième maîtresse ? Cette énième femme qui se croit autorisée à venir fleurir et nettoyer notre tombe familiale ?

Malgré les propos fermes et lucides de Delphine, je sais que je vais avoir du mal à oublier Lydia et son histoire entremêlée à celle de mes parents. Mais je n'ai plus d'indices, de fil à tirer et à remonter. Une petite idée se faufile cependant dans un coin de ma tête : si je décroche le travail à Poitiers, je m'installe à Nanteuil. Je serai sur place pour, peut-être, découvrir mon inconnue, pour réussir à tirer les vers du nez de ces employés de mairie bornés. En attendant, mon amie a raison, je vais tout faire pour réaliser mes projets, cocher chaque point de ma liste de vie, à commencer par ce nouvel emploi qui attend que je le conquière.

Et j'ai bien besoin de toute mon énergie quand je reprends le travail le lendemain. Véro nous a réunis en urgence, Audrey, Colin et moi.

— Notre activité est atteinte de plein fouet, nous annonce-t-elle avec des trémolos dans la voix. Je sors du bureau de François, une décision qui concerne directement notre service a été prise. Suite aux nombreux clients qui nous ont quittés, nous avons constaté que, tant que nous n'aurons pas de nouveaux contrats, l'activité de ce service va considérablement diminuer.

Et devant nos visages qui se décomposent, elle gémit puis explose :

— Mais qu'est-ce que je vais devenir, dites-le-moi !

— Véronique, lui dis-je, je te rappelle que tu diriges tout le pôle communication, alors tu ne risques rien, toi. Là tu parles de nos postes à nous.

Son visage se ferme, elle ne dit plus rien. Courageusement, Audrey intervient :

— Vas-tu nous donner d'autres choses à faire ? Réorganiser tes équipes ?

— Vous pouvez compter sur moi, je ne vous laisserai pas tomber. Les autres débordent de boulot, eux, ils seront bien contents que vous leur prêtiez main-forte. On va vous occuper, vous verrez.

Audrey, Colin et moi échangeons des regards désabusés. Nous ne pouvons pas travailler sous les ordres de gens qui ont le même niveau de poste que nous, c'est humiliant. Il faut vraiment qu'on quitte cette boîte avant de toucher le fond. Pourvu que je sois prise chez Delbarre…

Je déjeune avec mon amie Chloé. La lune de miel est terminée avec son bel amant. Ils vivent ensemble, et déjà elle s'ennuie.

— Finalement, je ne sais pas si je suis faite pour vivre avec quelqu'un. Avant, on se faisait des soirées romantiques, maintenant on se fait des soirées télé, et en plus c'est lui qui tient la télécommande.

— Et il zappe tout le temps ?

— Comment tu as deviné ?

— Tu as déjà vu un homme capable de regarder la télé sans zapper ? Il n'y a que pendant les matches de foot qu'ils arrêtent d'appuyer comme des malades sur les boutons pour changer de chaîne !

— Ah oui, d'accord, donc je ne pourrai plus jamais regarder un film peinarde chez moi, sur mon canapé, non mais tu te rends compte. Bon, mais je m'en fous, en fait, il faut que je te dise un truc. Il paraît qu'on serait en vente, mais que personne ne veut de nous, tu as entendu cette rumeur ?

— On entend tellement de choses en ce moment…

— Oui, mais ça a l'air sérieux. On m'a raconté un truc terrible. Un de nos gros clients se serait vu proposer la boîte, et il aurait répondu : « Qu'est-ce que vous voulez que je fasse d'un truc pareil ? »

— C'est horrible.

— Oui, mais réaliste. On est *has been*, notre modèle est dépassé, plus personne ne veut être guidé ou conseillé, tout le monde se croit spécialiste de tout. On n'a plus qu'à se tirer avant que nos patrons mettent la clé sous la porte, ou qu'un fonds d'investissement nous achète pour piller le peu qu'il reste.

— Super, Chloé, tu me remontes sacrément le moral. Tu sais que ma boss vient de nous annoncer, à nous ses rédacteurs, qu'on n'avait pratiquement plus de boulot ? J'ai déjà un pied dehors, il faut que je me barre d'ici… J'ai une piste, je t'en parlerai quand j'aurai avancé, à ce stade je suis trop superstitieuse pour en parler.

— Mais c'est génial, ça ! Tu sais, moi non plus je ne reste pas les bras croisés. Je me suis inscrite sur tous les réseaux sociaux. Tu me cherches, je suis partout ! Viadeo, LinkedIn, tous ces trucs-là, et je songe sérieusement à créer mon blog.

— Sur quel sujet ?

— Moi, bien sûr. Non, je blague. Enfin, pas tout à fait. Des infos, des notes d'humeur, d'humour, des petits articles ou commentaires sur l'actualité. Et j'y mettrai mes photos, soit seules avec des légendes de mon cru, soit pour illustrer mes articles.

Chloé m'a déjà montré ses photos. Elles sont magnifiques, elle a un vrai talent artistique. Elle arrive à faire des prises de vue splendides et totalement insolites de coins et recoins de Paris, ou de n'importe quel lieu où elle va. Elle prend des portraits aussi beaux que troublants de gens dans la rue, avec ou sans leur accord. Elle adore aborder des inconnus et leur demander de poser pour elle. Elle discute avec eux, fait connaissance, et à un moment elle se met à les photographier. Les gens sont surpris mais ravis. J'ai du mal à l'imaginer le soir avec son compagnon, tous les deux sur leur canapé à se disputer la télécommande de la télé.

Je la quitte à regret pour rejoindre mon bureau, mes angoisses et les regards sinistres de mes collègues. Colin a refait le plein de nounours en guimauve, et on se fait un goûter qui ressemble fort à une crise de boulimie en période de déprime.

Je comprends enfin que l'état catastrophique de notre département n'est un secret pour personne. Les collègues des autres services me parlent comme à une femme désespérée :

— Comment tu vas ? Tu tiens le coup ?

Heureusement, Adèle est encore chez son père, ce soir. Car je me sens vidée. Même si mon entretien me donne un peu d'espoir, l'annonce du décès de Lydia et ma journée de travail m'ont profondément atteinte. Moi et mes collègues, avec qui je partage tant depuis des années, sommes menacés plus que jamais : de n'avoir plus aucun rôle, aucune utilité dans notre boîte. D'être peut-être bientôt séparés, nous qui nous serrons les coudes depuis des mois.

Je suis en train de broyer du noir, les yeux dans le vide, lorsque le téléphone sonne. J'hésite à répondre, mais je reconnais le numéro de Delphine. Peut-être a-t-elle eu un retour de Bastien Rouch ?

Mais j'entends tout de suite à sa voix qu'elle n'a aucune bonne nouvelle à m'annoncer. Au contraire, on dirait qu'elle pleure tandis qu'elle me demande :

— Justine, je peux te parler, s'il te plaît ?

— Mais oui, qu'est-ce qu'il se passe ?

Je l'entends soupirer, et elle ne me répond pas.

— Delphine, ça va ?

— Non, en fait. Ça ne va pas du tout.

— Tu me fais peur, c'est grave ?

— C'est moi. Et Harry. Je n'y arrive plus.

Elle s'interrompt, incapable de continuer.

— Delphine, je t'en prie, parle-moi.

Elle pose le combiné, je l'entends se moucher bruyamment, puis elle reprend l'appareil, respire profondément.

— Excuse-moi. C'est passé. Mais ça devient vraiment trop dur. On se voit tout le temps, Harry et moi, on est devenus inséparables. Le week-end dernier, il nous a tous invités à dîner, celui d'avant, on est allés goûter chez lui, alors je lui ai rendu l'invitation dans la semaine. Bref, on ne cherche même plus à cacher le fait qu'on a besoin d'être ensemble en permanence, qu'on ne peut plus se passer l'un de l'autre. Il faut que ça sorte, que je le dise une fois pour toutes, Justine, écoute bien : je suis folle de ce type. J'ai essayé de résister, d'abord en mémoire de Paul, ensuite parce que je me demandais : à quoi bon tomber amoureuse d'un homme qui s'en va ? Mais je n'y arrive plus. Je me sens horriblement triste, ça me torture sans arrêt. Et quand je vois Tim, mon Tim si fragile, qui commence à s'attacher à lui... Mais qu'est-ce qu'il va se passer quand Harry va partir ? Mon fils va replonger, c'est sûr. J'ai l'impression qu'il voit en Harry un père de substitution. Et il faut bien que je l'avoue, Harry est plus sympa et présent que n'a jamais été le sien. Mais qu'est-ce que je vais faire, Justine ?

Je suis stupéfaite. Delphine est si fière d'habitude, elle ne faiblit jamais. Je suis idiote. Moi-même je l'ai encouragée à aller vers Harry, en insistant sur l'attirance qu'il montrait envers elle. Je n'ai jamais eu l'idée que ça pouvait lui briser le cœur. Je réfléchis très vite. Il doit y avoir une solution.

— Mais lui non plus, il ne peut pas se passer de toi, tu l'as dit toi-même. Il a eu un vrai coup de foudre dès qu'il t'a vue, et maintenant il t'a dans la peau, c'est évident.

— Il part quand même, il me l'a dit. Il a tout prévu, tout organisé, c'est trop tard pour faire machine arrière. Sa fille est inscrite à l'école, les déménageurs sont réservés...

— Mais on s'en fout, Delphine, ce ne sont que des choses matérielles. S'il t'aime, il doit rester. En plus, Sarah n'a aucune envie de partir, elle serait ravie que son père change d'avis.

— Ça, c'est vrai. La pauvre, elle n'arrête pas de jouer les entremetteuses !

Delphine rit, un peu nerveusement, mais elle rit, et je me sens soulagée. Elle poursuit :

— Cette gamine est maligne comme tout. Elle se dit que si je séduis son père, ils resteront tous les deux ici. Elle fait tout pour que notre histoire marche.

— Cette gosse est géniale !

— J'avoue que je l'adopterais volontiers comme belle-fille.

— Sérieusement, Delphine, Harry est dingue de toi lui aussi, j'en suis sûre.

— Mais comment tu peux dire ça ? Tu ne nous as jamais vus ensemble.

— Je l'ai vu la première fois qu'il a posé les yeux sur toi, ça me suffit.

— Et qu'est-ce que ça change ? Un homme bouleverse-t-il des projets de vie pour une aventure amoureuse ?

— Tu n'es sûrement pas une aventure pour lui. Demande-lui de rester. Pour toi.

— Tu es folle ! Il va dire non.

— Tu as tort. Et si tu l'aimes, qu'est-ce que tu as à perdre ?

— Ma fierté.

— On s'en contrefiche, de ta fierté. Fonce, demande-lui de rester. Pour toi, pour lui aussi, et pense à Tim et à Sarah.

— Tim… tu crois que c'est sain, cet amour qu'il a pour cet homme ? Il est censé faire le deuil de son père, et il s'accroche à un inconnu.

— Harry l'aide, lui apporte de l'affection, du réconfort. Alors pourquoi ça ne continuerait pas ? Il n'est pas son père, il ne le sera jamais, mais il saura lui apporter du bonheur. Tim le mérite bien, non ?

— Tu as réponse à tout. Je vais réfléchir.

— Pas trop longtemps.

— Je sais, je dois faire vite… si je le fais.

Quand nous raccrochons, Delphine a cessé de pleurer, et je sens dans sa voix que l'espoir est revenu. J'espère qu'elle va parler à Harry. Sinon, je serais capable de le faire moi-même.

À peine ai-je raccroché que c'est au tour de mon téléphone portable de sonner. Je ne reconnais pas le numéro, ni la voix qui me répond.

— Allô ?

— Justine ?

— Oui, qui est à l'appareil ?

— C'est Bastien, Bastien Rouch.

Interloquée, je regarde ma montre. 21 h 45. Qu'a-t-il donc à m'annoncer à une heure pareille ? Serais-je déjà dans la *shortlist* ?

— Bonsoir, lui dis-je prudemment.

— Je ne vous dérange pas ? Je sais qu'il est tard mais…

— Non, non, je suis étonnée, c'est tout. Que se passe-t-il ?

— Écoutez, voilà, je ne sais pas par où commencer… Justine, j'ai été tellement charmé de vous rencontrer que je voulais vous revoir. Vous ne répondez rien ? Vous ne m'en voulez pas, j'espère ?

Je suis tellement surprise que je ne sais absolument pas comment réagir. Moi qui m'attendais à ce qu'on m'annonce une nouvelle liée au travail.

— Justine, vous ne répondez rien ?

— Euh… eh bien, je ne comprends pas.

— Moi non plus. C'est la première fois que je fais une chose pareille. Mais depuis notre entretien, j'ai beaucoup pensé à vous. Et comme je viens le week-end prochain à Paris, je me disais que j'avais vraiment envie de vous revoir.

— Mais on est en plein recrutement ! C'est impossible.

Je suis soudain totalement paniquée. Cet homme est fou, il va me faire rater la chance de ma vie pour un rendez-vous. Mais quel abruti !

— Ne vous inquiétez pas, j'ai fini mon travail, j'ai vu tous les candidats et mes rapports sont entre les mains de la DG. Je n'ai plus aucune influence sur le recrutement.

— Je n'en sais rien, Bastien, tout ça me fait peur, c'est trop tôt. Je tiens tellement à ce travail…

— Oh, je suis désolé, je n'aurais jamais dû vous appeler…

— Mais si, mais pas si tôt, peut-être.

— Alors, vous ne m'en voulez pas ?

— Non… non. Bien sûr que non.

Mon Dieu, et s'il me rayait des listes parce que j'ai refusé un rendez-vous ? Quelle catastrophe.

— Écoutez, je ne vous embête pas plus longtemps. Vous m'avez ému, vous m'avez touché, il fallait que je vous revoie. Je me doute bien que ce n'est pas le moment. Je ne vous dérange pas plus longtemps, et je vous souhaite bonne chance pour ce poste.

— Bastien, merci, peut-être plus tard ? Si vous passez une autre fois à Paris, vous m'appellerez ?

— On verra, Justine, prenez soin de vous.
— Merci. Bonsoir.
— Bonsoir.

Et voilà, il a raccroché. Qu'est-ce que j'ai raté ? Le futur boulot de mes rêves ou une histoire avec un homme très séduisant ? Mais que devais-je faire ou dire ? Avec un peu de chance il me rappellera. Non, je pense que je l'ai vexé. Pourvu qu'il ne fasse rien contre moi. Mais quel nul, pourquoi m'appeler maintenant ?

20

Depuis que j'ai appris la mort de Lydia, je ne cesse de ressasser son histoire et celle de mes parents. Je pense à ma mère et à ma sœur et me demande ce que je dois faire. Dois-je leur parler ? N'est-il pas juste que je partage avec elles ce que j'ai découvert, qu'elles le veuillent ou non ? Pour ce qui est de ma mère, j'aimerais tant demander son avis à Isabelle, comme je le faisais chaque fois, enfant, dès que j'avais le moindre questionnement.

Je prends ma décision. Ce que je sais aujourd'hui est si énorme que j'ai le droit, voire le devoir, d'en parler à ma sœur. Puis nous déciderons toutes les deux de ce qui est bien pour ma mère.

J'appelle donc Isabelle et entre très vite dans le vif du sujet. Je lui demande d'accepter de m'écouter, car mes découvertes changent la trame de notre drame familial. Et avant même que ma sœur me signifie un nouveau refus, je me lance. Je lui dis avoir découvert le grand amour de jeunesse de notre père, celle qui était encore dans sa vie quand Isabelle est née. Je lui avoue que, si cette femme est peut-être celle qui a failli briser le couple de nos parents à ma naissance, elle n'est pas celle qui dépose la mystérieuse rose. Isabelle ne m'interrompt pas. Elle ne hurle pas non plus quand je conclus :

— Notre père a souffert aussi, entre son amour pour Lydia, celui qu'il a tout de même ressenti pour notre mère, la pression familiale, sa joie d'être père. Tu vois, Isabelle, cette histoire est plus compliquée qu'il n'y paraissait. Notre père n'est pas un saint, mais on ne peut pas le juger en bloc.

— Je ne sais pas, Justine. Quel intérêt y a-t-il à connaître l'identité de celle qui a séparé nos parents ?

— Eh bien, au moins, de connaître la vérité.

— Tu parles. Depuis que tu as ressorti ces vieilles histoires, je ne me sens pas bien. J'avais décidé de tout oublier, et j'y étais très bien parvenue. Pourquoi continues-tu à croire que c'est bénéfique pour nous de tout remuer ? D'essayer de comprendre notre père ? C'est tellement douloureux…

— Parce qu'on a grandi dans le mensonge. C'est ça qui nous fait du mal. Il y a eu une autre personne qui a terriblement souffert, et l'amour entre notre père et Lydia date de leurs quinze ans ! Tu devrais regarder les papiers que j'ai trouvés.

— Sûrement pas ! Enfin, pas pour le moment. J'ai besoin de me poser un peu, de réfléchir. Laisse-moi du temps, d'accord ?

— Et nous, Isabelle ? Tu comptes aussi continuer à m'oublier, à garder tes distances indéfiniment ? Je souffre vraiment de notre éloignement. Ça dure depuis trop d'années maintenant. Je suis ta sœur, j'ai grandi avec toi… et je t'aime tellement. Tu me manques, Isabelle.

Ces phrases se sont échappées de ma bouche sans prévenir. Je ne savais même plus à quel point j'avais encore besoin de son amour.

Ma sœur reste silencieuse. Je me rends compte qu'elle pleure. Et brusquement, entre deux sanglots, je l'entends rire.

— Justine, tu es toujours parvenue à me faire pleurer. Quand on était enfants, dès que tu versais une larme, je ne pouvais pas me retenir. Heureusement que les miens ne me font pas le même effet !

Je ris avec elle, soulagée. Nous étions si proches durant notre enfance, Isabelle était douée d'une telle empathie. Je lui rappelle la fois où j'étais rentrée de classe en larmes après avoir été humiliée par ma maîtresse de CP. Cette femme qui me terrifiait s'était moquée de moi devant toute la classe en brandissant mon dessin pour que tout le monde le voie. C'était selon elle l'exemple parfait de ce qu'il ne fallait pas faire, un travail raté par excellence. Isabelle s'était tout simplement mise à pleurer avec moi. Cette histoire ne me fait toujours pas rire malgré le recul des années. Mais ce souvenir en réveille d'autres, et ma sœur et moi revivons ensemble des anecdotes qui nous sont chères. On a tant partagé, toutes les deux. Il fallait se serrer les coudes face à une mère désespérée et absente. Absente car elle s'oubliait dans ses activités, ou encore, lorsqu'elle restait à la maison, inoccupée, on la voyait glisser dans ses pensées, loin, très loin de nous, les yeux vides, tristes, à mille lieues de la vie et de ses enfants.

Isabelle me surprend car, pour la première fois depuis des années, elle a envie de poursuivre une conversation personnelle avec moi. Une petite porte semble s'être ouverte, et elle continue de se livrer. Elle revient sur la période de sa rencontre avec Étienne. À cette époque, elle ne pouvait plus nous supporter. Elle avait l'impression d'étouffer au milieu de ce trio infernal dont elle était le socle. Et l'amour d'Étienne lui avait apporté le bonheur dont elle avait toujours été privée. Depuis lors, reconnaît-elle, quelque chose s'était rompu, elle n'avait jamais souhaité faire machine arrière et revenir vers nous. Elle avait eu ses enfants, sa vie avait pris un nouveau chemin. Pourtant, elle m'avoue que, malgré le mariage et la maternité, cette rupture a créé un vide.

— Toi aussi, Justine, tu m'as manqué, me déclare-t-elle enfin. Et je connais à peine ta fille, c'est horrible.

— Ça peut changer, et puis tu sais, je n'ai plus dix ans, je sais me gérer toute seule maintenant ! Bon, et qu'est-ce qu'on fait de notre mère ?

— Franchement ? Rien. Laissons-la tranquille. Elle a refait sa vie, elle est enfin heureuse, ta découverte ne peut que la faire souffrir sans rien lui apporter.

Isabelle et moi nous quittons enfin. Cette conversation est un miracle. Je suis en train de retrouver ma sœur.

Quelques semaines plus tard, un vendredi soir, alors que je suis en train de préparer le dîner pour Adèle et moi, mon portable sonne. Je blêmis. Bastien, encore. Embarrassée, je réponds, la voix hésitante.

— Bonjour.

— Justine ! Vous allez bien ?

— Oui, et vous ?

— J'ai une bonne nouvelle : je suis à Paris !

Je déglutis péniblement. Je vois ma fille qui me dévisage avec curiosité. Elle ne respecte jamais mon intimité au téléphone (ni en aucune situation, d'ailleurs).

— Maman, c'est qui ? C'est qui ? C'est qui ? répète-t-elle en sautant devant moi comme un ressort.

— Adèle, s'il te plaît !

— C'est qui maman ?

— Mais arrête ! Je suis désolée, Bastien, ma fille est un peu énervée.

Je pars m'enfermer dans les toilettes et verrouille la porte après avoir jeté un regard que j'espère menaçant à Adèle.

— Voilà. Vous disiez ?

— Elle a quel âge, votre fille ?

— Sept ans, et elle est très curieuse.

— Elle a raison, elle s'intéresse à sa maman.

Ne sachant que répondre, et tandis que j'entends Adèle gratter à la porte, je ris d'un rire tendu.

— Donc, je vous disais, je suis à Paris, ce week-end. Alors j'espérais que vous auriez changé d'avis et que vous accepteriez de me voir ?

— Ce n'est pas un peu délicat ? Bastien, j'adorerais vous voir, mais comme je vous l'ai dit la dernière fois, je tiens plus que tout à ce poste.

— Vous vous inquiétez pour rien, je vous assure que je suis hors jeu, maintenant, j'ai fait mon job, je suis passé à autre chose. Allez, Justine, dites oui ! J'ai bien senti que vous vouliez me voir, la dernière fois. Imaginez, on est tout à côté, ce serait tellement dommage de ne pas au moins prendre un verre ensemble.

Vous habitez dans le XVIIIe, non ? On est voisins, je suis chez un copain qui habite vers Oberkampf.

— Bon, d'accord, juste un verre alors.

— Oh ! Merci, Justine, je suis le plus heureux des hommes ! Indiquez-moi un bar sympa près de chez vous, je vous y retrouve demain soir, ça vous va ?

— Ou plus tôt, si c'est possible, parce que je récupère ma fille en début de soirée, elle passe la journée avec son père mais il ne peut pas la garder le soir.

Justine, me dis-je, arrête de lui raconter ta vie.

Bastien réfléchit quelques secondes avant de me proposer :

— 16 heures, ça vous va ?

— Très bien. Rendez-vous au Saint-Jean, rue des Abbesses, c'est très facile à trouver, tout près du métro.

— Je me déplace toujours en voiture. Mais je trouverai. À demain, Justine. Je suis ravi de vous revoir.

— Moi aussi. Bonsoir.

Je coupe la communication. Mes mains sont moites et je suis troublée. Ai-je bien fait ? Mais j'en ai tellement assez d'être raisonnable. Et si Bastien m'a un peu forcé la main, j'avoue qu'il me plaît. De plus, je n'ai pas eu de rendez-vous avec un homme attirant depuis… bref, depuis une éternité.

Adèle fait la tête de l'autre côté de la porte. Mais sa curiosité lui fait vite oublier de bouder.

— C'était qui ? C'est pour ton nouveau travail ?

— Pourquoi tu dis ça ?

— Bastien, c'est celui qui t'a fait passer l'entretien ?

Ma fille veut toujours tout savoir, et elle m'avait demandé chaque détail de mon rendez-vous à Poitiers. L'idée du déménagement a fait son chemin : elle a hâte de voir sa nouvelle maison, d'y inviter Clémentine, et elle ne cesse de me parler de son futur chien dont le nom change tous les jours.

— Oui, c'est bien lui, c'est pour mon travail, mais je n'ai malheureusement pas encore de réponse.

— Tu vas le voir ?

— Non, non, on doit juste se parler, dis-je en prenant un air aussi sincère que possible. Bon, allez, on va dîner maintenant.

Je suis pile à l'heure au rendez-vous, devant la terrasse du Saint-Jean. En ce mois de mars, la journée est étonnamment belle, et de nombreuses personnes sont installées en terrasse, sous les immenses chauffages. Bastien est déjà là, ce que je trouve très attentionné. Ses yeux sont toujours aussi magnifiques, même à la deuxième rencontre, et son sourire déborde de chaleur. Il pose ses mains sur mes épaules et m'embrasse sur les deux joues. Ce geste inoffensif me semble pourtant chargé de sensualité.

— Ça ne te dérange pas si je me suis installé dehors ? On peut rentrer, si tu veux. On se tutoie, hein, maintenant qu'on se voit en toute amitié.

— Oui, bien sûr. En terrasse, c'est très bien.

Bastien se révèle un homme adorable et à l'écoute. Tandis qu'il me pose des questions assez personnelles, ses yeux me dévorent et il semble attentif à toutes mes réponses. C'est si rare de rencontrer un homme qui s'intéresse à une femme, et qui ne passe pas le rendez-vous à parler de lui pour tenter de se mettre en valeur. Il faut dire que Bastien n'a pas besoin de cet artifice tant il est attirant et brillant. Il est drôle, fin, et ses remarques sont profondes. C'est trop beau pour être vrai, me souffle ma petite voix cynique et méfiante. Et si tout cela n'était qu'un jeu ? Après plus d'une heure de conversation, pourtant, j'oublie mes dernières résistances et me sens conquise… mais gelée.

— Justine, tu as l'air d'avoir froid.

— Oui, un peu.

— Oh, je suis désolé, quel égoïste. Tu as encore du temps, non ? À quelle heure dois-tu aller chercher ta fille ?

— Vers 20 heures.

— Où ?

— Dans le XXe, elle est chez son père.

— Super ! Alors je te propose de passer chez le copain qui m'héberge, près d'Oberkampf. Il a une excellente cave. Tu aimes plutôt le blanc ou le rouge ?

— Le rouge.

— Parfait. Il a tout ce qu'il faut. On boit un verre et ensuite je te conduis chez le père d'Adèle, ça te va ?

— Très bien. Mais ça me gêne de débarquer comme ça chez ton ami.

— Tu n'as aucun souci à te faire, il est en week-end, il n'y aura que nous. Allez, on y va.

Bastien prend tout en main avec une rapidité déconcertante. Dix minutes plus tard, nous roulons dans sa voiture, direction le XIe arrondissement. Nous nous garons dans une petite rue, en traversons d'autres et arrivons devant un immeuble blanc et pimpant en pierre de Paris.

— J'espère que tu as de bonnes jambes, il n'y a pas d'ascenseur.

— C'est à quel étage ?

— Le sixième et dernier. Ça ira ?

— Si tu m'assures qu'il y a une bonne bouteille qui nous attend là-haut !

L'appartement, un petit deux-pièces, est bourré de charme. Avec ses poutres apparentes et son parquet sombre aux larges lattes, on s'y sent bien immédiatement. Les murs blancs, à l'exception d'un grand côté couleur taupe, sont couverts de lithographies aux couleurs chaudes. Les meubles sont sobres, modernes et élégants. Bastien se dirige vers la cuisine américaine, saisit une bouteille et l'ouvre. Puis il prend deux verres et les dépose devant le gros canapé, sur la table basse.

— Tu veux grignoter quelque chose avec ton vin ? Il y a des tas de trucs dans le placard, attends, je reviens.

— Ça n'ennuiera pas ton ami qu'on vide sa bouteille et son garde-manger ?

— Mais non, je remplis tout en double avant de partir. Tiens, à ta santé !

Nous trinquons, mais je sens d'un coup que l'ambiance a changé. Le regard de Bastien est lourd, ses yeux se perdent sur mes lèvres et sur mon corps. Il ne semble plus m'écouter. Quand nous terminons notre premier verre, il nous ressert et, avant que je me ressaisisse de mon verre, il me prend les mains.

— Justine, tu te doutes que si je tenais tellement à te revoir, c'est parce que j'ai totalement craqué pour toi quand on s'est rencontrés. Tu t'en es rendu compte, hein ?

Je ris d'embarras.

— Un peu, oui, enfin, on ne sait jamais vraiment.

— Bien sûr que tu le savais. C'était fou, hein, cet entretien ?

C'est à son tour de rire en m'observant, la tête penchée sur le côté.

— Je t'ai vue, j'ai totalement fondu, et je devais garder mon sérieux pour faire mon boulot et t'évaluer correctement. Alors qu'en réalité j'avais juste envie de te prendre dans mes bras et de t'embrasser. Tu étais tellement ravissante…

Il commence à caresser mes mains, puis remonte délicatement le long de mon bras, mon cou. Puis il serre mon visage, ses doigts me parcourent, avant de se perdre et de déboutonner délicatement mon chemisier. Je sens une montée d'émotion et de désir me parcourir, une impression délicieuse et oubliée depuis si longtemps. Un gémissement s'échappe de mes lèvres et je pose mes mains sur son torse. Je ne peux plus m'arrêter, je n'ai plus aucune barrière. Je veux cet homme, maintenant, je suis attirée par tout ce qu'il est : sa gentillesse, sa sensibilité, sa galanterie, sa beauté, son corps irrésistible. Sans réfléchir, plongeant dans ce bonheur qui s'offre à moi, je me jette dans ses bras tandis qu'il me répond avec avidité.

Ce moment merveilleux s'arrête lorsque je m'aperçois qu'il est déjà 19 h 30. Nous sommes au lit dans la petite chambre mansardée, et ma fille m'attend dans une demi-heure. J'aurais voulu rester là, avec lui, ne plus sortir de ce lit de tout le week-end. Mais Benjamin et Éléonore ne pourront pas garder Adèle plus longtemps. Mon ex est obligé de tout faire depuis qu'Éléonore est alitée en permanence, et s'occuper de sa fille devient compliqué. Nous en avons conclu que désormais, Adèle ne resterait plus dormir chez son père.

— Bastien, je dois y aller.

Il semble endormi. Je le caresse délicatement et il me sourit.

— Je voudrais te garder avec moi toute la nuit. Tu ne peux pas t'arranger ?

— C'est impossible…

— Ah, j'oubliais, la femme enceinte. Allez ma belle, habille-toi, je t'emmène.

Le trajet se passe dans le silence, la main droite de Bastien posée sur ma cuisse, nos deux mains emmêlées. Lorsque nous pénétrons dans la rue où habitent Benjamin et Éléonore, je ne peux m'empêcher de demander :

— Quand reviens-tu à Paris ?

— Très vite, ne t'en fais pas. Tu veux me revoir ?

— Ça se voit, non ? Et toi ?

— Bien sûr, après tout ce qu'on vient de vivre. Comment vais-je pouvoir me passer de toi jusqu'à ma prochaine visite…

— Voilà, c'est juste là, tu peux t'arrêter sur cette sortie de parking. Bon, j'y vais.

Je me penche pour embrasser Bastien une dernière fois et m'éloigne de lui à regret.

— Tu vas me manquer. File maintenant avant que je t'empêche de sortir.

Je claque la portière et me précipite dans l'entrée de l'immeuble. Dans le miroir de l'ascenseur, je recoiffe en vitesse ma chevelure ébouriffée avec mes doigts. Je souris béatement et me fais un clin d'œil en sortant de la cabine. Fini la femme fatale qui vient de séduire un homme sublime et de vivre un moment intense avec lui. Je reprends mon rôle de mère et d'ex gentille et serviable le temps de sonner à la porte. Benjamin m'ouvre, il a l'air perdu et crispé. Je remarque que cet homme toujours impeccable a un coin de chemise qui sort peu élégamment de son pantalon, et que ses cheveux ne sont pas très nets. Ma fille me saute dans les bras. Visiblement, elle a hâte de rentrer chez nous. On va se faire une bonne petite soirée toutes les deux. Je suis détendue, et tellement heureuse.

21

Lundi matin, Colin me prend à part et me glisse discrètement qu'il a une nouvelle à m'annoncer. Comme il a l'air préoccupé, j'ai peur qu'il n'ait eu vent d'infos dramatiques concernant notre travail : la boîte ferme à la fin du mois, ou toute l'équipe est licenciée... Il me propose d'aller prendre un café et nous nous tenons à l'écart des conversations animées des lendemains de week-end.

En réalité, la révélation de Colin, c'est qu'il a trouvé un nouvel emploi dans une start-up. Je ne comprends pas vraiment ce qu'il est censé y faire, mais je sens qu'il est très motivé et que ce nouveau poste est passionnant. Je suis folle de joie pour lui, pourtant je ne peux m'empêcher de lui dire, après l'avoir chaleureusement félicité :

— Colin, tu vas tellement me manquer, qu'est-ce que je vais devenir sans toi ? Tu pars quand ?

— Je voudrais négocier mon préavis, le plus tôt sera le mieux, ils ont déjà besoin de moi là-bas.

— Alors j'ai intérêt à être prise à Poitiers, sinon, sans ta compagnie, tes nounours et tes blagues, je vais sacrément déprimer.

Nous échangeons un grand sourire de connivence. Où que j'aille, je regretterai Colin.

— Quand auras-tu une réponse ?

— D'après mes calculs, cette semaine. Enfin, je devrais savoir si je suis parmi les candidats sélectionnés pour le deuxième entretien.

— Et après ?

— C'est tout, je pense. Ce sera le dernier rendez-vous, celui avec la directrice générale.

— Je pensais à toi, l'autre jour, je me disais que tu avais toutes tes chances. Tu es soutenue par ton amie qui te connaît extrêmement bien, et c'est un énorme atout d'être amené par quelqu'un de l'équipe. La DG aura moins l'impression d'engager une inconnue.

— Oui, mais on est amies, elle peut se dire que Delphine n'est pas objective.

— Tu as eu un entretien avec le RH.

Je rougis à l'évocation de Bastien. Depuis samedi soir, je m'angoisse en me demandant si je n'ai pas commis une énorme erreur. De plus, j'ai ressassé tout le dimanche, me remémorant mes heures passées avec lui et me demandant ce que je devais faire. Je brûlais de l'appeler dès le matin, mais me suis retenue : encore une grossière erreur stratégique, sur le plan sentimental cette fois. Ne pas donner l'impression à un homme qu'on le poursuit, le laisser respirer, ne pas paraître en manque, ne pas le harceler, n'ai-je cessé de me répéter. Et si lui m'appelait ? Juste pour me dire qu'il avait passé un samedi merveilleux avec moi et qu'il avait hâte de me revoir ? Non, lui non plus ne devait pas trop se révéler sans doute. Toujours cette histoire de stratégie.

Dimanche soir cependant, après avoir couché Adèle, mes pensées ont continué de tourner en boucle. N'y tenant plus, je lui ai envoyé un texto où je le remerciais pour notre après-midi passé ensemble. Après tout, un SMS de politesse n'engage à rien. J'ai fixé des yeux mon téléphone durant l'heure suivante, mais à part quelques mails de pub, rien, aucun texto. J'espère que Bastien n'est pas ce genre d'homme qui pense que se faire désirer est une méthode imparable avec les femmes. C'est tellement immature et cruel.

— Justine, tu es avec moi ?

— Pardon, Colin, je pensais juste à mon entretien. Je n'ai aucune idée de ce qu'a pu penser le RH, je ne peux pas être optimiste comme toi.

— Pas la peine non plus de te mettre dans des états pareils.

— Quoi, qu'est-ce que j'ai ?

— Tu es toute rouge.

— Oh, ce n'est rien. Mais tu sais à quel point j'ai envie que ça marche.

— Ça marchera, fais-moi confiance, tu es la meilleure !

Les jours suivants sont source d'angoisse. Attendre un signe de Bastien, et un autre du centre Delbarre pour savoir si je peux rencontrer la directrice, est insoutenable. S'ajoute la peur d'avoir tout gâché.

Puis enfin, je reçois l'appel tant attendu. Une jeune femme, qui m'annonce être la secrétaire de Mme Patricia Duval, la directrice générale de Delbarre. Mon cœur se met à battre et elle poursuit :

— Mme Duval souhaite vous rencontrer. Pourriez-vous venir lundi prochain ?

— Bien sûr. À quelle heure ?

— 15 heures, ça vous conviendrait ?

— Parfait, à lundi, 15 heures. Merci.

— Bonne journée et à lundi.

Ça y est ! J'ai mon rendez-vous ! Merci à Bastien de ne pas m'avoir éliminée, même s'il m'a visiblement effacée de sa liste de conquêtes. Je me précipite dans le bureau de Colin et il me serre affectueusement dans ses bras. Puis j'appelle Delphine qui se met à rire.

— Et tu penses que je ne suis pas au courant ? Mais merci quand même de m'avoir prévenue. Tu viens dimanche soir ?

— Je ne peux pas, tu sais bien, Éléonore…

— Alors appelle-moi, je te brieferai.

— Bonne idée, je te tiens au courant.

Dimanche, en fin d'après-midi, tandis qu'Adèle, censée faire ses devoirs, m'observe et ne perd pas une miette de notre conversation, Delphine me prépare à mon entretien. Elle ne sera malheureusement pas au centre lundi pour m'encourager. Depuis qu'elle a pris ses nouvelles fonctions, mon amie arpente la région pour rencontrer ses futurs clients.

Lorsque j'ai raccroché, ma fille m'offre son sourire le plus craquant et me demande :

— Elle est comment, cette Mme Duval ?

— D'après Delphine, elle est plutôt sympa, chaleureuse, mais très professionnelle. Elle s'investit énormément dans son travail et elle attend le même effort de ses employés.

— Mais à quoi elle ressemble ?

— Aucune idée. Je l'imagine très classe, vu son travail, et…

— Attends, maman, ne bouge pas, je reviens.

Quand Adèle réapparaît dans le salon, elle est juchée sur mes escarpins, a enfilé une de mes robes et a passé une étole sur ses épaules. Elle me regarde, triomphante, et déclare :

— Bonjour, mademoiselle Trévise, je suis Mme Duval, entrez dans mon bureau. Ben oui, maman, maintenant on va réviser ensemble, d'accord ?

— Attends, je n'ai pas choisi ma tenue pour demain.

— Viens, on va la choisir ensemble, je sais ce qu'il te faut.

Je ne m'y attendais pas, mais simuler un entretien, même avec une enfant de sept ans, peut se révéler utile. Face à moi, ma fille me regarde avec attention et me répond en prenant des intonations qu'elle imagine appartenir à une grande femme d'affaires. Cette enfant devrait faire du théâtre, elle joue son rôle avec un sérieux qui m'impressionne. Grâce à son ingéniosité, je me sens assez sereine pour mon entretien du lendemain. En cet instant, je me rends compte de la chance que j'ai d'avoir Adèle dans ma vie.

22

En arrivant dans les locaux du centre Delbarre, le lendemain, j'ai un pincement au cœur en pensant à Bastien. Et si je le croise, que vais-je lui dire ? Comment devrais-je réagir ? Depuis mon texto, auquel il n'a jamais répondu, j'ai tenté de l'appeler deux fois. La première, j'ai laissé un message pour lui dire que j'avais envie de lui parler, que j'espérais le revoir. Je me suis efforcée de m'exprimer en souriant, pour que ma bonne humeur et mon prétendu détachement s'entendent. Mais il ne m'a pas rappelée. La seconde, je n'ai pas osé parler. Je ne comprends pas son attitude. Il n'avait pas l'air d'un séducteur d'un soir. Comment un homme peut-il se montrer si prévenant, si amoureux et si parfait, si ce n'est que pour une histoire d'une nuit – ou d'un après-midi ? J'ai cru que je lui plaisais vraiment, qu'il s'intéressait à moi, qu'il était conquis, et il en avait vraiment l'air. Comment a-t-il pu me jouer une telle comédie ? Et s'il était hospitalisé, mort, peut-être ? Non, Delphine m'aurait prévenue. Delphine… quand je pense que je ne lui ai rien dit, comment va-t-elle le prendre ? J'ai tellement honte.

Je pense alors très fort à ma fille, qui compte sur moi pour réussir ce qu'elle et moi avons préparé hier soir. Je la revois avec son étole et son air de dame, son sourire toutes dents dehors si charmant et malicieux, je pense à Delphine, grâce à qui je suis là, et je reprends courage. Je pousse la porte, m'annonce et patiente. La secrétaire de Mme Duval vient me chercher pour m'emmener dans les étages. Encore quelques instants, et je découvrirai la fameuse Patricia Duval qu'a incarnée avec tant de sérieux ma petite Adèle…

— Allô, Delphine ? Ça y est, je sors de mon entretien, je me dirige vers le parking. Je crois que ça s'est bien passé, elle a eu l'air de trouver mon CV intéressant, on a bien échangé… O.K., je te laisse, on fait le point très vite. Bises. Et embrasse les enfants pour moi.

Parvenue sur le parking, j'observe une voiture que je reconnais en train de se garer. Oh non, Bastien ! Une minute plus tard, nous sommes face à face. Impossible de s'ignorer. Après un regard surpris, son visage se détend et il s'avance vers moi, main tendue. Incroyable, il va me serrer la main ! Il baisse son bras lorsqu'il remarque mon regard interloqué et s'exclame :

— Justine, comment allez-vous ?

— Bi… bien. Et t… vous ?

— Alors, félicitations, c'est le grand jour ?

— Que voulez-vous dire ?

— Vous venez de rencontrer Mme Duval, je crois.

— Oui. Vous le saviez ?

— Bien sûr, ça fait partie de mon travail. Je vous avais recommandée chaleureusement, j'espère que vous vous en êtes bien sortie ?

— Je l'espère aussi.

— Très bien. Ravi de vous avoir revue, et bonne chance pour la dernière ligne droite !

À peine a-t-il fini sa phrase qu'il part à grandes enjambées vers l'entrée du centre, où il disparaît de ma vue. Que puis-je faire ? Je ne vais pas le poursuivre en hurlant sur le parking de mon potentiel employeur. Ce type est en train de se payer ma tête. Il s'est totalement fichu de moi et m'a manipulée. Je n'ai rien vu venir. Comment ai-je pu être aussi naïve ? À présent, je me sens dégoûtée et stupide, car je dois bien l'admettre, j'étais très amoureuse de lui ces dernières semaines.

Dix jours plus tard, tandis que je suis au bureau, Delphine m'envoie un texto : « RV tél dans 5mn sur ta terrasse ! » Quand je décroche, elle me hurle aux oreilles :

— Bravo, tu l'as ! Tu as réussi ! Tu es embauchée !

— Moi ? J'ai le boulot ? C'est sûr ?

— Mais évidemment, tu étais de loin la meilleure candidate.

— Tu m'as un peu aidée, quand même.

— Je te dis que tu étais la meilleure. Ma boss n'allait pas t'embaucher pour me faire plaisir, elle a voulu la numéro un de la liste, et c'est toi ! J'ai demandé à sa secrétaire si je pouvais te l'annoncer, et maintenant tu peux l'appeler pour organiser ton embauche et la signature de ton contrat. Tout roule !

— Je n'ai plus qu'à me trouver un logement. Ça ne t'ennuie pas que je te colle comme ça ? Je vais travailler dans ta boîte et venir vivre dans ton village.

— C'est aussi le tien, n'est-ce pas ? Et on va pouvoir s'entraider, covoiturer, se garder les enfants quand, par exemple, tu iras à tes rendez-vous amoureux…

Je me sens soudain très mal à l'aise. Quand je pense que j'ai caché mon escapade à Delphine, et qu'en plus je vais devoir vivre avec ce douloureux souvenir en permanence. Il faudra que je lui avoue cette histoire, mais en face, pas au téléphone.

— Tu ne dis rien ? Ça fait bien toujours partie de tes plans, de rencontrer quelqu'un ? Je te signale que c'est notre deal : tu viens vivre à Nanteuil, mais tu ne te transformes pas en vieille fille pénible.

— Oui, oui, ne t'en fais pas ! Sinon j'endosserai le rôle de la vieille tante gâteau qui chouchoutera les enfants pendant que les parents feront les quatre cents coups.

— Et tu offriras aux gamins des vieux bonbons périmés comme la vieille Valentine. Ou pire ! Tu finiras toute seule dans ta maison envahie de puces comme le cousin Marcel ! Ce n'était pas un Trévise, d'ailleurs, celui-là ?

— Oh merci ! Je préfère encore ressembler à Valentine…

— Bon, quand est-ce que tu viens te chercher un logement ?

— Je prendrai quelques jours pendant la semaine des vacances de Pâques, quand Adèle partira avec son père.

— Et Éléonore, vous en faites quoi ? Elle ne peut toujours pas bouger ?

— Elle ne doit pas se lever avant l'accouchement. J'ai discuté avec Benjamin. Avant l'arrivée du bébé et notre déménagement, c'est important qu'il passe un moment privilégié avec sa fille. Éléonore ira une semaine chez sa mère qui vit à côté de chez eux, et lui emmènera Adèle dans un hôtel en Provence.

— Tu me donnes tes dates de vacances, et si tu veux je rappelle toutes les agences pour qu'elles t'organisent des visites.

— Tu es un amour. J'en profiterai pour inscrire Adèle à l'école, pour la rentrée. Non mais tu te rends compte ? Ça y est ! Adèle et moi on arrive ! Elle va faire sa rentrée à l'école primaire de Nanteuil, c'est miraculeux !

— Tu sais, je pense à autre chose. Tu vas trouver un endroit pour vivre, j'en suis sûre... Mais si jamais ça prenait du retard, sache que tu pourras habiter dans notre maison de famille le temps qu'il faudra. J'en parlerai à mes frères et sœurs, et je sais qu'ils seront d'accord. Ils te connaissent et seront rassurés de savoir qu'il y aura toujours quelqu'un qui occupera les lieux.

— Merci, encore une fois...

Ma nouvelle vie organisée, nous raccrochons. Je regarde autour de moi et inspire profondément. Je comprends que je vais pouvoir clore mon ancienne existence. Pour l'instant, je dois prévenir Colin, mon complice.

Quelques jours plus tard, grâce à ses conseils, j'ai rédigé ma lettre de démission après avoir signé un accord avec Delbarre. J'ai choisi la remise de la lettre en mains propres plutôt que par courrier recommandé, rien que pour voir la tête de Véronique à l'annonce qu'un deuxième membre de son équipe quitte le navire.

Je frappe à sa porte tôt le matin, et l'entends grogner un « Ouais » peu avenant, me signifiant que je peux entrer.

— Véronique, j'ai quelque chose de très important à t'annoncer.

— Quoi, tu te barres, c'est ça ?

Quelle frustration, j'ai raté mon effet de surprise, cette femme est trop forte.

— Oui, et voilà ma lettre de démission.

— Oh merde, c'est pas vrai, je blaguais.

— Désolée, pas moi.

— Tu as trouvé autre chose ? Tu nous lâches quand on est en pleine mouise, comme ton copain Colin ?

— Je croyais que ça allait t'arranger puisqu'on n'a plus de travail, dans l'équipe, ça permet à la boîte de faire des économies sans nous licencier.

— Jusqu'au bout, tu auras manqué de hauteur de vue, Justine. Tu sais bien que vous ne serez pas remplacés, je vais donc me retrouver avec une toute petite équipe, mon budget va s'effondrer, et mon service ne va plus ressembler à rien. Ça, tu ne pouvais pas l'anticiper, bien sûr. Comparé au marketing direct, au service de cette garce de Brigitte, je vais avoir l'air d'une petite de rien du tout, je vais me faire bouffer.

— Il faudrait savoir ! Ça fait des mois que tu nous tiens un discours comme quoi nous sommes payés à ne rien faire mais qu'il n'y a pas assez d'argent pour nous virer. Le message est clair : on nous demande de dégager. Alors voilà, je dégage.

— Eh bien moi, tu vois, Justine, je ne suis pas comme toi, je n'ai pas ta personnalité : je ne baisse pas les bras.

Une boule de colère me noue l'estomac. Je tourne la tête vers la fenêtre, il s'est mis à pleuvoir. « Laisse glisser, comme la pluie sur les vitres, tout ça, c'est du passé », me dis-je.

— Tiens, voilà ma lettre de démission. Pour mon préavis, je n'ai pas besoin de négocier un départ anticipé, ça doit t'arranger là au moins, non ?

— On verra si on a l'utilité de tes services pendant trois mois.

Je jette un regard noir à mon odieuse patronne que j'aurai subie pendant sept ans, tourne les talons en arborant, je l'espère, un air fier et digne, et pars en fermant bien fort la porte.

— Toi aussi, Véro, tu ferais bien de te chercher un boulot, murmuré-je, dents serrées.

J'ai besoin de ces trois mois de préavis qui m'emmèneront à l'été, aux mois de juillet et août, où je pourrai déménager et tout préparer pour notre rentrée de septembre, à Adèle et moi. Un été magique nous attend toutes les deux. J'irai même traîner du côté du cimetière et, mue par ma nouvelle énergie, asticoter les employés de mairie du village. Car quoi qu'en dise Delphine, il existe une personne inconnue qui cache des secrets qui sont peut-être aussi les miens, et sûrement ceux de ma famille, et je n'en ai pas terminé avec elle.

Elle et Laure sont devenues très proches. Sans s'en rendre compte, depuis qu'elle lui a raconté comment les chevaux lui avaient littéralement sauvé la vie, elle a commencé à s'ouvrir et à parler d'elle à la jeune femme. À chaque rencontre, elle a livré quelques bribes de sa vie. Peu à peu, elle a évoqué sa douloureuse histoire familiale, la passion des chevaux que Victor lui a transmise avant sa disparition et l'effondrement de sa propre vie. Laure a écouté patiemment, reconstitué dans l'ordre chronologique ces révélations jetées au hasard. Elle a été bouleversée par ce qu'elle a appris, et a ressenti une troublante impression, celle de connaître cette histoire. Elle résonne comme un écho familier, loin, très loin dans ses souvenirs. Elle laisse de côté cette sensation étrange et se concentre sur sa nouvelle amie. Elle s'est livrée à elle, un peu chaque fois, et Laure la soupçonne de ne l'avoir jamais fait, auprès de personne, avant elle. Elle est si particulière, à la fois souriante mais toujours un peu tendue, proche soudain et en même temps distante. Disponible pour l'écouter, mais lointaine dès que la conversation revient sur elle. Pourtant, ces derniers temps, les vannes ont cédé, et elle a parlé d'elle en toute franchise. Ses révélations ressemblent à un poids immense trop longtemps gardé. Une histoire qui ronge et fait mal, un drame familial pire que le sien, pire que les secrets d'enfance de Laure, vécus avec sa sœur mais toujours tus. Pas un mot entre Iris et elle, pas une allusion, et pourtant… Il y aurait tant à dire, à formuler, à analyser sous l'éclairage de l'âge adulte. Un père trouble, loin de respecter l'innocence de ses filles, une mère si rigide qu'elle ne voulait rien voir, même ce qu'elle avait sous les yeux. Finalement, songe Laure, si elle osait, comme elle, poser en mots et regarder en face les événements de son enfance qui la blessent et la mettent si mal à l'aise, alors, peut-être, elle aussi serait soulagée ? Et si ses souvenirs d'enfance étaient en réalité aussi terribles que ceux de sa nouvelle amie ? Serait-ce la raison de ce lien si fort qui est né presque instantanément entre elles ? Une sorte de reconnaissance ? Sœurs dans le malheur, enfants brisées par des adultes égoïstes et malsains ?

23

Les vacances de Pâques sont enfin arrivées. Adèle est partie toute fière avec son père. C'est la première fois qu'ils passent une semaine rien qu'eux deux, et elle jubile. Quant à moi, à peine ma fille confiée à son père le vendredi soir, je rejoins Chloé et Hélène pour notre dernier resto avant mon grand saut.

C'est une soirée très chargée en émotions pour nous trois, car nous savons que notre petit rituel va devenir un rendez-vous exceptionnel. Mes amies se verront toutes les deux désormais, ou finiront peut-être par me remplacer par quelqu'un d'autre. Et moi, comment ferai-je sans ces amies qui me sont si chères et avec qui j'ai tant partagé ?

Chloé m'a pardonné difficilement de l'abandonner dans notre boîte à la dérive, mais elle fait comme pas mal d'employés : elle cherche des solutions. Son blog, ses photos, ses articles l'occupent énormément et lui font un bien fou, et puis elle a eu une grande idée et tient à nous l'annoncer, « tant que Justine est encore là pour m'écouter en face ».

— Voilà, j'ai envie, j'ai très envie, d'un troisième enfant. Et comme Thibault n'a jamais été père, pour lui éviter toute frustration, je vais lui proposer d'en avoir un avec moi. Vous en dites quoi ? C'est super, non ?

— Génial !

Cette exclamation de joie, Hélène et moi l'avons lancée en même temps.

— Et avouez, les filles, que vu les perspectives au boulot, autant miser sur la maternité.

— Tu as bien raison. C'est un projet magnifique.

— Et puis mon bébé pourra venir s'aérer à la campagne chez toi.

— Oh oui, il faut absolument que vous veniez me voir. Dès que j'ai trouvé une maison. Vous viendrez passer des week-ends ? On se trouvera bien des petits restos sympas. Ou on fera des dîners au coin du feu. La cheminée est une condition *sine qua non* pour la maison que je vais louer. Vous allez tellement me manquer.

— Tu dis ça, tu dis ça, mais tu vas être prise par ta nouvelle vie et tu vas nous oublier. J'irai me consoler en allant boire des coups avec Hélène, pas vrai ?

— Sûrement pas, ma belle ! Je croyais que tu voulais un bébé ?

— Des cocktails sans alcool bien sucrés, alors. Et toi, Hélène, poursuit Chloé, c'est quoi, tes projets ?

— Moi ? Je ne sais pas. Rien de particulier, en fait. J'adore ma vie, je ne veux rien changer, ni mon mari, ni mes enfants, ni mon boulot tranquille. Je garde tout !

— Et quand tes enfants seront partis, tu feras quoi ? Il faut que tu y penses, insiste Chloé.

— Absolument pas. Contrairement à vous, je vis dans le présent, et il me plaît. Je n'ai pas du tout envie d'envisager le futur, je veux profiter de chaque moment qui passe. Quand ils partiront, j'aurai bien le temps de me poser des questions, si nécessaire.

— Hélène, j'adore ta philosophie de la vie ! J'espère que Chloé et moi, on pourra l'adopter, un jour.

— Ouais, sauf que nous sommes des angoissées et qu'il faut toujours qu'on se projette.

— En même temps, ces derniers mois, on n'avait pas trop le choix.

Ce soir-là, j'ai l'impression de faire mes adieux à l'existence que je mène depuis toujours. Je me sens si nostalgique et triste en quittant mes amies. Je vois Hélène essuyer une larme en me quittant tandis que je n'en mène pas large. Chloé a horreur des atermoiements et demeure stoïque face à nos tristes mines. J'ai envie de croire que des années d'amitié ne meurent pas à cause d'un simple déménagement. Après tout, mon lien toujours intact avec Delphine, qui a supporté tant de séparations, et celui avec Laure et toutes ces années d'interruption, en sont la preuve.

Samedi matin, je saute dans le train pour Saint-Maixent. Mon amie a déjà organisé des visites de maisons pour cet après-midi, samedi, et d'autres sont prévues lundi. J'ai un planning d'enfer. À mon emploi du temps, j'ai ajouté ma première séance de coaching équestre avec Laure. Je suis curieuse et impatiente.

Delphine vient me chercher à la gare. Je la trouve changée. Il y a dans ses yeux une lueur qui ressemble à de la joie de vivre. Après tout ce qu'elle a traversé ces derniers mois, je suis heureuse de la voir enfin si bien. Elle me parle avec frénésie des visites que je dois faire, trois aujourd'hui et autant lundi.

Arrivée chez Delphine, je découvre Tim tout souriant et Clémentine aussi excitée que sa mère. Telle mère, telle fille, mais l'attitude de Tim me surprend agréablement. Son sourire est sincère, et il a l'air détendu.

— Tim, comment tu vas ? Heureux d'être en vacances ?

— On reprend lundi, ici, tu sais, mais j'en ai profité un maximum. Avec Harry on a construit un cabanon dans son jardin ! C'est pour maman, elle dit toujours qu'elle ne sait pas où ranger ses outils. Tu viendras le voir ?

Je ne peux pas m'empêcher de jeter un regard étonné à Delphine, qui hausse les épaules.

— Je ne savais pas que tu avais des talents de menuisier, Tim, c'est super !

— Ce n'est pas moi, c'est Harry, il me montre, c'est tout.

— Ne te diminue pas trop, mon fils, je sais que tu te débrouilles très bien et que tu fais ta part de travail.

Le regard à la fois fier et timide de Tim me ravit. Mais mon cœur se serre aussitôt. Que va-t-il se passer dans trois mois quand Harry va partir ? J'espère que Delphine a fini par se déclarer et lui demander de rester. J'attendrai mon moment pour tout savoir.

L'après-midi, j'ai rendez-vous place de la Mairie avec l'agent qui a aidé Delphine à trouver sa maison. Mon amie m'accompagne. L'homme a l'air content de nous revoir, et nous entraîne à travers les petites rues de Nanteuil. La première maison est l'annexe d'une ancienne ferme aménagée. Le bâtiment est austère, et il faut partager le jardin, qui ressemble plus à une cour tant il y a de ciment et peu d'herbe, avec les habitants de la maison principale. L'intérieur est triste à mourir.

En voyant ma mine découragée, l'agent n'insiste pas et nous emmène visiter les lieux suivants : entre deux ravissantes petites maisons mitoyennes d'un étage, celle du milieu est à louer. L'intérieur est charmant, mais on se sent un peu à l'étroit. Et, surtout, j'entends les voisins des deux côtés au point qu'on les croirait dans la pièce avec nous. Pire qu'à Paris, hors de question.

La dernière maison qui a l'air la plus intéressante n'est malheureusement plus à louer. Nous nous rendons à l'agence pour faire le tour des autres produits disponibles. Deux ou trois maisons méritent d'être vues, mais elles sont hors de Nanteuil. Pourquoi pas, cependant ? Ce village est si petit que je ne dois pas m'y limiter. Rendez-vous est pris pour mardi. En attendant, il est l'heure de ma séance avec Laure.

Celle-ci nous accueille avec son grand sourire chaleureux.

— Je suis si contente que tu sois là, on va passer un moment génial, tu vas voir !

Et, se tournant vers Delphine :

— Tu restes avec nous ?

— Je ne raterais ça pour rien au monde. Et ton amie, la propriétaire de l'écurie, elle vient ?

Laure se tourne vers moi :

— Justine, je me suis dit que ça ne te dérangerait pas si elle assistait à la séance. On a très envie de monter des projets communs, toutes les deux, et le coaching l'intéresse. Et puis c'est l'occasion de vous la présenter.

— Pas de problème, je vais m'humilier devant une parfaite inconnue, je te remercie !

— De toute façon elle n'est pas sûre d'arriver à temps, elle a un rendez-vous avant. Elle essaie de nous rejoindre.

— Tu nous emmènes où ? demande Delphine.

— Dans le rond de longe, là-bas dans le champ.

— Le quoi ? Ça commence bien. C'est quoi, un rond de longe ?

— Arrête de stresser, Justine, réplique Delphine. Tu vas voir. C'est un endroit en plein air clos par une palissade en bois. Et comme son nom l'indique, c'est rond ! C'est bon, tu te détends ?

— Elle a raison, tu sais. Un cheval sent tout. S'il perçoit ta tension, il va penser que c'est un danger qui te met dans cet état, et il va paniquer. Si au contraire tu restes calme, il comprendra qu'il ne risque rien.

Tout en m'apaisant, Laure me fait entrer dans l'enclos où se tient un beau cheval à la robe rousse.

— Une robe alezane, me précise Laure, hilare devant mon ignorance.

Pour le moment, il a l'air bien tranquille et peu dangereux, même pour une personne peureuse comme moi. Il se déplace avec souplesse, et Laure me suggère de l'observer un instant. Le cheval, m'explique-t-elle, nous observe aussi, il a besoin de s'assurer que nous ne représentons pas une menace. Après quelques minutes, elle poursuit :

— Tu sais, si on développe le coaching avec des chevaux, c'est parce que les relations qu'on établit avec eux sont à peu près les mêmes qu'avec les humains. Par exemple, si tu considères que des personnes te veulent du bien et sont bien intentionnées vis-à-vis de toi, tu te sens en sécurité, tu leur souris. En retour, ils seront sympas avec toi. À l'inverse, si tu penses qu'ils sont agressifs, tu te mets en position défensive ou agressive, et les personnes en face de toi…

— Vont m'agresser, c'est ça ?

— Exactement. Avec les chevaux, c'est pareil. Regarde mon beau Chevy, c'est un amour, ce petit, me dit Laure en s'approchant de l'animal et en lui caressant la tête entre les deux yeux. Tu vois, je frotte juste là, ça s'appelle le chanfrein, il adore ça. Approche, Justine.

Tranquillisée par ses paroles, je la rejoins.

— À partir de maintenant, oublie tout ce qui te pollue l'esprit. Ne pense qu'à ce que tu es en train de vivre avec Chevy. Reste dans l'ici et maintenant, écoute chacune de mes instructions et concentre-toi sur tes gestes et ceux du cheval. De cette façon, tout va très bien se passer, fais-moi confiance. Bon, pour commencer, attrape l'étrille noire, là-bas, pendant que je lui passe le licol.

J'écarquille les yeux, perplexe. Delphine vient à mon secours et me tend une grosse brosse en caoutchouc.

— Maintenant, viens à côté de moi et brosse-le doucement sur le chanfrein avec l'étrille.

Face à mon absence de réaction, Laure garde admirablement son calme. Je remarque qu'elle poursuit sur le même ton de voix, apaisant et sûr de soi, et je devine qu'elle fait tout pour tranquilliser l'animal à qui je risque de communiquer ma peur :

— Donne-moi la brosse, je vais te montrer. C'est bien mon joli, mais oui, tu es content, je vais bien te chouchouter mon Chevy… Tu vois, Justine, tu la passes en tournant, comme ça. Tiens, prends-la.

Cette fois je me saisis de l'étrille et tends ma main vers le chanfrein, cette surface plate qui passe entre les deux grands yeux noisette et le front du cheval. Il tourne la tête vers moi et je m'écrie :

— Holà, qu'est-ce qu'il veut ? Il va me mordre ?

— Mais non, regarde-le : est-ce qu'il a l'air de vouloir te mordre ? Tu lui fais du bien. Il n'a pas de main pour se frotter si ça le gratte.

Je respire un grand coup et imite le geste de Laure avec la brosse. Quelle étrange sensation. Mes doigts sont seulement à quelques centimètres de Chevy. Je poursuis mon geste et commence peu à peu à y prendre un certain plaisir mêlé de fierté. Ne suis-je pas là, le visage collé à une grosse tête de cheval, en train de lui passer pratiquement la main entre les deux yeux ?

Mais déjà Laure me fait passer à l'étape supérieure :

— Maintenant, arrête de le brosser et observe ce que je fais : je mets ma main sous sa bouche, bien à plat, doigts serrés. Allez, mets ta main à côté de la mienne, n'aie pas peur.

J'obéis à Laure un peu à contrecœur, mais j'ai une confiance absolue en elle. Et là, incroyable, le cheval lèche ma paume et mes doigts de sa langue immense et râpeuse, et je me mets à rire nerveusement.

— Laure, tu viens de me faire accomplir un exploit !

— Bravo, Justine, tu te débrouilles très bien.

— Je suis fière de toi ! renchérit Delphine.

Et tandis que, gagnée par une assurance dont je m'ignorais capable, j'aventure mon autre main pour caresser l'encolure de Chevy en lui chuchotant des mots doux, Laure m'explique qu'elle compare souvent l'équitation à un sport à haut risque : si l'on veut réussir à diriger l'animal et profiter à fond de ce moment d'exception, il faut impérativement faire le vide dans son esprit, rester entièrement concentré sur l'instant présent, oublier le passé, ses problèmes et ce qui nous attend le lendemain. Sinon, on n'arrive strictement à rien, surtout pas à se faire obéir par le cheval qui, ne comprenant pas ce qu'on attend de lui, n'en fera qu'à sa tête.

— Faire le vide total, c'est le principe de la méditation, finalement.

— Absolument, me dit Delphine, on voit que tu es prête pour ton nouveau boulot !

La séance est terminée. Je me sens étonnamment forte et très joyeuse. J'embrasserais presque Chevy entre les naseaux si j'avais assez de courage, mais il me faudra encore pas mal d'heures de coaching pour y arriver. Laure est radieuse, cette expérience est un succès pour toutes les deux.

— Alors, ça t'a plu ? Tu es prête à retenter l'expérience ?

— Je m'inscris à tes séances dès que j'emménage ! Tu es géniale. Qui sait, je finirai peut-être par monter Chevy ?

La barrière du rond de longe s'ouvre, poussée par une grande femme brune. Je suppose que c'est l'amie de Laure, et j'avoue que je suis soulagée de la voir arriver une fois la séance terminée.

— Alors, ça s'est bien passé ? nous demande-t-elle en souriant.

Laure nous présente :

— Delphine, Justine, voici Jenny, notre nouvelle palefrenière.

— Je peux emmener Chevy ?

— Oui, s'il te plaît.

Laure se tourne vers moi, tout sourire :

— Tu dis au revoir à ton nouvel ami ?

J'embrasse Laure, puis Delphine et moi nous dirigeons vers la voiture. J'ai adoré ce moment, je suis curieusement sur un petit nuage, mélange d'allégresse et de fierté. J'ai hâte de raconter mon acte héroïque à Adèle, elle qui me prend pour une incorrigible trouillarde. Finalement, cette séance que je viens de vivre, et les suivantes que j'ai bien l'intention de suivre, me rapprochent de façon inattendue de mon père.

Arrivées chez Delphine, nous retrouvons les enfants dans le jardin, et ils ont de la visite. Harry et Sarah sont là, Tim collé au père, Clémentine à la fille. Tous les quatre sont en train de rire, assis dans l'herbe. Sweetie, le charmant Jack Russell à trois pattes, s'est endormi en boule entre les jambes de Clémentine, totalement indifférent aux éclats de voix. Je me demande bien ce qu'ils se racontent. En tout cas, le regard qu'Harry pose sur Delphine en dit long sur ses sentiments à son égard. Mais que se passe-t-il ici ? J'ai l'impression d'être tenue à l'écart d'un groupe lié par une profonde intimité et une belle connivence. Je propose de préparer l'apéritif tandis qu'Harry se lève pour rejoindre Delphine. C'est un vrai couple, ou je ne m'y connais pas.

Tandis que nous buvons un cognac-Schweppes et que les enfants boivent des jus de fruits mixés par Sarah, Delphine me regarde avec un sourire jusqu'aux oreilles et me déclare :

— Voilà, on voulait te l'annoncer. Harry a décidé de rester.

C'est si amusant, car à ce moment, cinq visages se tournent vers moi, cinq regards réjouis, interrogatifs et fiers. Visiblement, tous attendent impatiemment ma réaction. Sans pouvoir me retenir, j'éclate de rire tant la nouvelle est bonne et leur expression si comique.

— Ben Justine, dit Tim vexé, ce n'est pas drôle, tu sais.

— C'est pas une blague ! renchérit Clémentine.

— Je sais, je sais, mais vous êtes tous si adorables ! Et je suis tellement contente ! Je me lèverais et vous embrasserais tous si le cognac ne m'avait pas coupé les jambes.

Delphine se met à pouffer et Harry se fend d'un large sourire. C'est le plus bel apéro que je prends à Nanteuil depuis ce qui me paraît des siècles.

— Et comment vous allez vous organiser, entre vos deux maisons ?

— On est tellement sans arrêt ensemble qu'on s'est dit que ce serait plus pratique de vivre au même endroit. Harry et Sarah vont nous faire de la place. On va aménager l'annexe, les travaux se feront cet été. Tout est organisé : Sarah et Harry habiteront ici le temps des travaux, ensuite on emménage tous chez eux, enfin, chez nous… bref, tu comprends.

— Et pas de regret pour l'éducation anglaise ?

— Moi je me fiche complètement de tout ça, ici c'est chez moi, rétorque Sarah.

— Tu vois, Justine, face à ces femmes si décidées, je ne peux pas résister. Sans compter que, si je veux voir Delphine tous les jours, il faut bien que je reste ici !

Cet homme est vraiment super, mon amie a une sacrée chance. Pourquoi attiré-je les individus comme Bastien, alors que mes amies arrivent à se dégoter des types géniaux ? Et à propos de Bastien, ce soir, je raconte tout à Delphine.

Après le départ de Harry et Sarah, une fois Tim et Clémentine couchés, je convaincs Delphine de boire une infusion avec moi dans la cuisine.

— Alors, ça date de quand, tous ces bouleversements ?

— Juste après notre conversation, quand tu as insisté pour que je lui demande de rester.

— Et qu'est-ce qu'il s'est passé ?

— Il était fou de joie, il m'a avoué qu'il attendait que je le lui propose. Il avait peur que je ne l'aime pas assez. Le lendemain, il décommandait les déménageurs, l'école de Sarah, qu'il réinscrivait aussitôt ici. C'était tellement fou, mais on est tellement heureux ! Et c'est un peu grâce à toi, Justine. Sans toi, je ne sais pas si l'un de nous aurait osé parler à l'autre.

— Mais si, j'en suis sûre.

— Pas moi. J'ai trop souffert, je ne voulais prendre aucun risque. C'est toi qui m'as prouvé que je pouvais me jeter à l'eau, que ça en valait la peine.

— Alors tant mieux, comme ça tu ne pourras pas me hurler dessus quand je vais te raconter la bourde que j'ai commise.

— De quoi tu parles ?

— Eh bien voilà, Bastien Rouch, le RH, il m'a rappelée après l'entretien, il voulait absolument me revoir. J'ai refusé. En plein recrutement, tu imagines…

— Mais il a insisté ?

— Oui. Il m'a rappelée un vendredi soir en m'annonçant qu'il était à Paris, qu'on pouvait au moins prendre un verre, et qu'il avait fini son boulot pour le poste. Bref, que ça n'aurait plus aucune incidence sur mon embauche.

— Et alors ?

— Alors je me suis dit qu'un verre, juste un verre, ça n'engageait à rien. Mais on ne s'est pas arrêtés là…

— Il t'a emmenée dans l'appart' de son soi-disant copain, c'est ça ?

— Comment tu le sais ?

— Justine, ce type est une arnaque ambulante ! Il est marié, il a deux enfants, mais tout le monde sait que c'est un coureur. Cet appartement, il est à lui, c'est sa garçonnière parisienne, où il se fait des week-ends coquins. Il raconte à sa femme qu'il organise de nombreux séminaires dans le cadre de son travail, mais il y a toujours une fille dans l'histoire et aucun séminaire. Au bureau, beaucoup de jeunes femmes sont passées dans cet appartement. Le bruit a couru que Bastien offre le week-end aux jolies filles et les quitte à la fin, mais elles continuent à tomber dans ses filets. Certaines n'ont pas dû entendre la rumeur, d'autres semblent croire qu'avec elles ce sera différent. Toutes se font larguer.

— Mais pourquoi tu ne m'as pas prévenue ?

— Franchement, excuse-moi, je n'aurais jamais pensé qu'il serait ton genre.

— Oui, tu parles, je devais être tellement en manque que je n'ai rien vu venir. Tu penses que j'ai commis une faute professionnelle ?

— Toi ? Bien sûr que non, c'est plutôt lui. Il est limite, quand même.

— J'ai eu tellement peur de m'être grillée. J'espère qu'il ne m'a pas pistonnée, il m'a promis que tout était déjà clos pour lui.

— Te pistonner ? Aucun risque. Il a eu ce qu'il voulait et il ne fait jamais de cadeaux à personne.

— Et ça ne le gêne pas d'être entouré de filles qu'il a traitées comme ça ?

— Pas le moins du monde. Je peux te poser une question ?

— Oui.

— Alors, il vaut vraiment le coup ? Si je peux m'exprimer ainsi !

— Delphine !

Je suis soulagée de pouvoir rire enfin de cette mésaventure. Quand nous allons nous coucher, mon amie se moque encore de ma naïveté tandis que le poids s'allège comme par magie au creux de mon estomac.

Le lundi matin, tandis que Delphine a repris le chemin du travail et que les enfants sont retournés en classe, je me rends à la mairie pour inscrire Adèle à l'école. L'employée me suggère de téléphoner au directeur pour prendre rendez-vous. Ce dernier reçoit d'habitude parents et enfants, mais, en l'absence d'Adèle, il ne verra que moi. En attendant, je demande à la jeune femme si quelqu'un pourrait m'ouvrir le cimetière. Elle appelle l'un de ses collègues, un homme que je n'ai encore jamais vu. Surprise, je n'ose pas le questionner. Je grimpe jusqu'à la tombe de mon père et m'assois sur la pierre légèrement chauffée par le soleil encore timide en ce début de matinée. Il n'y a pas de rose, aucune trace de visite. Je suis à la fois déçue et soulagée. Aujourd'hui, la tombe est redevenue comme avant, mon père m'appartient, à moi seule. Je ne peux m'empêcher de lui parler, comme lorsque j'étais petite et que personne ne pouvait m'entendre.

— Salut, papa, c'est Justine. Tu sais, je suis au courant, pour Lydia. Je ne t'en veux pas, enfin, je crois. Je ne sais pas très bien. Je voulais la rencontrer, parce que j'ai découvert qu'elle a été très importante dans ta vie. Et comme je te connais à peine, je me suis dit que, peut-être, elle pourrait me parler de toi, tu vois ? Mais je ne sais pas si tu es au courant, Lydia est morte. C'est bizarre, je suis triste. J'avais fini par m'attacher à elle.

Et puis j'aurais voulu la rencontrer, qu'elle m'aide à comprendre… Et maintenant je ne le pourrai jamais. Alors, dis-moi, qui est la personne qui vient te rendre visite ? Qui te dépose une rose ? Tous ces secrets qui t'entourent, c'est trop pour moi, papa.

Ma gorge se serre. Je me lève brusquement et quitte les lieux. À quoi bon ressasser tout ça ? Je n'ai aucun moyen d'obtenir des réponses. Il faut que j'arrête. Tout de suite.

En sortant du cimetière, je tente de chasser les émotions négatives qui m'assaillent, de reprendre le fil de ma journée.

Samedi, un empêchement l'a tenue éloignée du cimetière. Elle a décidé de s'y rendre le lundi matin, quand l'écurie est encore calme et que ses employés peuvent gérer les affaires courantes sans elle. Elle a pris rendez-vous sur place avec l'employé, mais n'aperçoit personne lorsque son taxi s'arrête devant la grille. Pourtant, celle-ci est ouverte. Le cimetière a un visiteur. En descendant du véhicule, cependant, alors qu'elle est sur le point de congédier le conducteur, elle pousse un cri de surprise. Là, assise sur la tombe, une silhouette se dessine, celle d'une jeune femme. Ça ne peut être qu'elle : ces cheveux mi-longs auburn, cette allure délicate… Régulièrement, désormais, elle tape son nom et scrute la photo de sa page d'accueil sur Facebook. Elle ne peut pas s'en empêcher. Elle lui parlerait presque, comme elle le fait avec Victor quand elle se rend sur sa tombe. Mais là, elle est en colère. Encore elle ! Mais pourquoi ? Que fait-elle ici, sans sa smala qui d'habitude l'accompagne ? Elle prend racine à Nanteuil ?

Elle s'avance vers la grille, poussée par l'envie d'aller la retrouver. Elle va lui crier toute la vérité, la chasser de son cimetière… Mais sa foulée ralentit. Son cimetière ? Vraiment ? Tout à coup sa rage s'efface, remplacée par une profonde tristesse. Elle reste là, immobile, et observe Justine. Cette dernière semble hocher la tête, ses mains s'animent comme si elle donnait des explications. Elle est en train de parler à son père. C'est tellement troublant, de la voir ainsi, pareille à elle. Prise de panique, bouleversée par une émotion qu'elle ne comprend pas, elle remonte dans le taxi. Elle n'est pas prête à vivre une telle confrontation, et souhaite n'avoir jamais à le faire. Mais dans son cœur déjà blessé, une nouvelle flèche, sournoise, a été décochée.

24

Après ma visite au cimetière, je téléphone au directeur de l'école. Une voix sympathique me répond, et m'annonce que M. Lancenne est mon interlocuteur. J'ai le directeur du premier coup. En homme efficace, il me fixe rendez-vous pour le lendemain matin à 8 h 45. Je rentre déjeuner toute seule chez mon amie et me prépare à rencontrer les membres de la seconde agence immobilière recommandée par Delphine, et à faire deux nouvelles visites.

Malheureusement, je suis de nouveau déçue par les maisons. Celles que j'ai prévu d'aller voir mardi, hors de Nanteuil, sont des pis-aller, j'ai peur de ne rien trouver cette semaine.

J'emprunte à Delphine son vélo et me rends à Saint-Maixent faire le tour des autres agences. J'erre dans les petites rues pleines de charme, regarde avec envie les belles maisons construites en pierres aux tons chauds de la région. En me tordant le cou pour jeter un œil entre les barreaux des différentes palissades, j'aperçois des jardins incroyables dissimulés à la vue. La partie ancienne de la ville est superbe, mais même si j'aime cette ville, je ne peux m'empêcher de voir à quel point elle s'est désertifiée. En me promenant dans les lieux autrefois les plus commerciaux, je ne trouve que des boutiques définitivement fermées, les panneaux indiquant « Bail à céder » posés à même le sol contre les vitrines. Saint-Maixent se meurt doucement, mais ça ne m'arrêtera pas. Un jour, peut-être, nous serons nombreux à avoir fait le chemin inverse des générations précédentes, toutes parties conquérir Paris à la recherche d'une vie grisante et d'un travail. Les temps changent, et, qui sait, les petites villes où il fait bon vivre pourraient bien renaître.

Je finis l'après-midi à une terrasse de café sur la place du Marché, déserte à cette heure. La patronne, curieuse, me mitraille de questions. Ce que je fais à Saint-Maixent toute seule, si je veux vraiment venir vivre dans ce coin paumé où tous les commerces sont en train de disparaître…

— Les agences ne valent rien, ici, ils ne savent que vendre aux Anglais. C'est le bouche-à-oreille qui fonctionne, ma petite dame. Vous m'êtes sympathique, et puis, au fond, vous êtes de chez nous, pas vrai ? Alors je vais vous donner un conseil. Retournez à Nanteuil, allez rue de la Cerisaie, au 12, c'est là qu'habite le vieux Courveau. Cet homme, c'est comme un maire pour votre village, il sait tout sur tout. S'il y a un logement à louer, voire si des gens commencent à penser qu'ils pourraient mettre en location, Courveau sera au courant. Passez le voir, ça lui fera plaisir, il se sent bien seul depuis le décès de sa femme.

Pourquoi pas ? Je n'ai aucune piste et n'ai pas l'impression que les locations se bousculent. Rentrer dans le cercle des particuliers du village est une excellente idée. J'enfourche mon vélo et me rends directement chez le vieil homme. La rue de la Cerisaie est l'une des plus anciennes de Nanteuil, là où l'on trouve de vieilles maisons pleines de charme. C'est une rue en côte, bordée de murets en vieille pierre et de buissons d'épineux, qui mène à l'ancien lavoir et à la source où, enfant, j'allais puiser de l'eau. Aujourd'hui, la source est polluée et plus personne ne l'utilise.

En m'arrêtant devant le portail blanc et rouillé de M. Courveau, je l'aperçois au fond de son petit terrain. Cheveux blancs, salopette bleue et chapeau de paille, il est en train de biner entre les rangées bien alignées de son potager. Il me rappelle le jardinier de mon grand-père il y a de cela une éternité, lorsque je prenais plaisir à le regarder travailler au jardin. Je savais que le vieil homme me glisserait toujours dans la main une poignée de framboises ou une grosse tomate bien juteuse.

Je secoue la cloche de l'entrée et il lève la tête. J'agite le bras. Il me fait signe de le rejoindre. Comme tout est simple, ici. Je descends le petit escalier en pierre qui mène au potager et me présente.

— Ah, fait-il en souriant, je vois que vous avez croisé mon amie Jeannine ! Qu'est-ce qu'elle ne ferait pas pour me faire rencontrer de charmantes demoiselles !

Je ris, un peu tendue. J'espère vraiment qu'il peut m'aider.

— Il paraît que vous êtes au courant de tout, et que vous savez peut-être s'il y a des logements à louer par ici.

— Pour le moment, je n'ai rien entendu, mais je serais ravi de me renseigner pour vous. Laissez-moi un numéro, je vous préviendrai. Vous êtes là jusqu'à quand ?

— Je pars vendredi soir.

— Très bien. D'ici là, j'ai le temps de faire le tour des voisins. J'en parlerai aussi à mon neveu, il travaille à la mairie.

Je sors de mon sac une feuille et un stylo et me mets à griffonner mon nom et mon numéro de portable. Je lui tends le petit carré de papier et lui demande s'il peut déchiffrer.

— Oui, vous êtes mademoiselle…

— Justine, Justine Trévise.

Ai-je rêvé, ou le vieil homme a sursauté ?

— Vous connaissez mon nom ? Ma famille ? Vous avez peut-être connu mes grands-parents ?

— Non, ça ne me dit rien. Je vis ici depuis une quinzaine d'années. Avant, quand je travaillais, j'habitais à Niort.

— En effet, ma famille ne vit plus ici depuis bien longtemps. Bon, je vous laisse, merci en tout cas pour votre aide. J'espère à bientôt ?

— À bientôt, mademoiselle.

Son air jovial a disparu, je persiste à croire qu'il est troublé. Encore quelqu'un qui cache quelque chose.

Le lendemain matin, je me présente devant l'école. Je déteste ces lieux, car j'y perds curieusement tout mon sang-froid. J'ai l'impression de redevenir une petite fille qui a peur de faire des bêtises et de se faire punir. Lorsque Adèle est entrée à la maternelle, j'ai fini par demander à son père de l'emmener le matin car je ne cessais d'avoir des crises de panique à l'approche de la grille d'entrée. Je me ridiculisais chaque fois en quittant l'école, soit en embarquant le sac à dos d'Adèle avec ses habits et son doudou (j'étais donc obligée de revenir), soit parce que je me faufilais comme une furie entre les parents souriants pour sortir plus vite. Bref, aujourd'hui, je suis curieusement plus sûre de moi, presque contente de rencontrer le directeur. Il faut dire que l'école est minuscule, on dirait une grande maison où vivrait une famille nombreuse. C'est M. Lancenne qui vient m'ouvrir, je n'ai même pas à affronter une gardienne qui me jaugerait avec un air suspicieux.

— Madame Trévise, entrez !

— Bonjour, monsieur, enchantée.

— Moi de même. Suivez-moi, je vous emmène dans mon bureau.

Pour un directeur d'école, il me paraît bien jeune et assez décontracté. À peine quarante ans, une chemise légèrement ouverte et un jean. Nous prenons un large escalier éclairé par de grandes fenêtres et arrivons au premier étage. J'entends le ronron d'une voix, probablement une maîtresse en train de faire sa leçon. Les murs sont peints dans les tons blanc crème, ce qui change des abominables murs verts, orange ou bleu pâle que j'ai toujours connus dans tous les établissements scolaires où j'ai mis les pieds.

Le bureau de M. Lancenne est un véritable capharnaüm, et je réfrène un sourire. Il y a une pile de dossiers sur le siège où je suis censée m'asseoir. J'attrape le tout et le lui tends :

— Je vous mets ça où ?

— Oh, excusez-moi ! Donnez-moi ça, je vais le poser… là. Je prépare la prochaine rentrée, la paperasse me tuera.

Et il m'adresse un large sourire, désarmant et absolument pas embarrassé.

— Bien, dites-moi, votre fille Adèle rentre en…

— Je vous ai apporté les documents qu'on m'a demandés, voici le certificat de radiation des listes de sa précédente école. Elle rentre en CE2.

— Très bien, merci. Dommage que je ne puisse pas la rencontrer, mais je la verrai à la rentrée. Vous logez où ?

— Eh bien, je ne sais pas. Enfin, c'est provisoire pour le moment. Je cherche une petite maison, juste pour ma fille et moi, vous voyez. Son père et moi sommes séparés et…

Je m'interromps, gênée de devoir mettre à nu ma vie privée devant cet inconnu, un directeur d'école, en plus, que j'imagine adorable avec sa femme et ses deux enfants, un garçon et une fille évidemment. J'arrête là mes pensées de mère célibataire aigrie et me concentre sur M. Lancenne. Il me parle de l'école, de son fonctionnement, me demande si je compte laisser Adèle à la cantine et à l'étude. Comment croit-il que je peux gérer mon travail à cinquante kilomètres de Nanteuil et les sorties de 11 h 30 ?

— Je viens d'être embauchée à Poitiers, je laisserai Adèle jusqu'à 18 heures. Mon amie Delphine Frocheau, qui a sa fille et son fils dans votre établissement, m'a proposé de partager avec elle les services de la jeune femme qui vient les chercher à l'école.

— Vous connaissez déjà du monde ici ? Je me disais bien, pour venir dans ce bled, il faut avoir des amis ou de la famille.

— J'ai les deux, répliqué-je, avant de comprendre mon erreur. Enfin, les parents de mon père étaient d'ici, on avait une maison, mais on ne l'a plus. Malgré tout, je me sens encore un peu chez moi.

— Je vous comprends. J'ai choisi cet endroit dans mes possibles nominations parce que je venais souvent, enfant, passer mes vacances chez mon oncle et ma tante. Mon oncle est mort mais ma tante vit toujours ici. Oh, à ce propos, vous disiez que vous recherchiez un logement ? Vous devriez aller la voir de ma part, elle a tout placé dans la pierre, ma tante Éliane, et elle a pas mal de choses en location. Je ne peux rien vous promettre, je ne sais pas du tout si elle a quoi que ce soit de disponible en ce moment, mais passez-lui au moins un coup de fil, elle vous dira.

Nous échangeons un regard réjoui.

— Formidable, merci ! J'avoue que j'ai visité des maisons, vu des agences, mais j'ai peu d'espoir.

— Voilà son numéro, n'hésitez pas, elle sera très contente de vous parler, elle adore la compagnie, et aussi connaître les nouveaux arrivants du village.

Je quitte le directeur sur un petit nuage. Je me sens légère et heureuse, poussée par un immense optimisme. La vie me paraît joyeuse et pleine de promesses, les couleurs des maisons, des arbres, des fleurs et du ciel sont belles et éclatantes comme jamais.

Je m'assois sur un banc et appelle la fameuse tante Éliane.

— Vous avez rencontré mon neveu, alors, conclut-elle après que je lui ai expliqué la raison de mon appel. Est-ce qu'il vous a parlé de ses ruches ?

— Ses ruches ? Non... Pourquoi ?

— Parce que Antoine a une passion pour l'apiculture, et il a installé des ruches dans mon champ. Et la maison qui est en location est juste en face. Alors, si elle vous plaît, vous serez près des ruches. Ça en a rebuté plus d'un.

— Donc vous avez une maison à louer ?

— Oui, en bordure de mon champ, vous comprenez ?

— Et il y a combien de pièces ?

— Trois. Deux chambres à l'étage, une grande pièce en bas qui fait salon et cuisine.

— Je pourrais la visiter ?

— Bien sûr, mademoiselle. Vous voulez venir quand ?

— J'aimerais bien venir avec l'amie qui m'héberge. Je ne sais pas si elle sera libre ce soir, mais demain, en fin d'après-midi, ce serait possible ?

— Absolument. Venez quand vous voulez à partir de 18 heures. Au 8, chemin des Eaux. C'est bien noté ?

— Oui, madame, merci beaucoup. À demain.

— À demain !

Les visites du mardi après-midi sont toutes plus décevantes les unes que les autres. Comment peut-on mettre en location des maisons aussi sinistres et mal entretenues ? Qui accepte de louer des horreurs pareilles ? Mais cette fois, je ne suis pas totalement abattue. J'ai beaucoup apprécié le directeur de l'école, et sa tante s'est montrée charmante au téléphone. Je suis sûre qu'ils ont un minimum de goût et de sens pratique. Je mise mes derniers espoirs sur la maison de la tante Éliane.

Ce soir, nous passons une excellente soirée chez Harry. Sarah a décidé que ce serait elle qui cuisinerait, et elle nous a concocté un délicieux repas indien.

— Je ne savais pas qu'on pouvait trouver toutes ces épices par ici ?

— C'est sûr, me répond Sarah, je les achète sur Internet. Ici, il faut savoir s'organiser et on a tout ce qu'on veut !

— En tout cas, tu cuisines drôlement bien.

— Je tiens ça de ma mère. J'adorais la regarder préparer ses plats fabuleux quand j'étais petite, elle avait tellement de talent.

— La mère de Sarah écrivait des livres de cuisine, nous explique Harry. Ça a toujours été sa passion.

— Moi, plus tard, je veux devenir chef. Mais ce qui m'intéresse, c'est la cuisine exotique. Je veux visiter le monde entier.

— Pour la cuisine ?

— Oui, pour tout voir, tout goûter et étudier.

— Tu m'emmèneras ? lui demande Clémentine.

Sarah lui sourit affectueusement. Clémentine s'est trouvé une vraie grande sœur.

— Quand emménagez-vous chez Delphine pour les travaux ?

— Le mois prochain. En plus, on a intérêt à être partis de chez elle fin août, parce que, si j'ai bien compris, il se pourrait qu'on s'y retrouve deux de plus ? poursuit Harry avec un grand sourire interrogateur.

— Oui, Delphine m'a promis de m'héberger si je n'ai rien trouvé d'ici là. Mais je vous rassure, j'ai une piste sérieuse.

— Ah bon ? questionne Delphine, à qui je n'ai encore rien dit.

— Oui, et j'ai besoin de votre avis. Je visite une maison demain, en fin de journée. Delphine, je voulais que tu m'y accompagnes, tu pourrais ?

— Avec plaisir.

— Il y a un détail qui m'inquiète : cette maison se trouve en bordure d'un champ dans lequel il y a des ruches. Vous pensez que c'est dangereux ?

Harry et Delphine se regardent, dubitatifs.

— Je n'en ai aucune idée, répond Harry après quelques instants.

— Qui te propose cette maison ?

— Oh, c'est une histoire marrante. En fait, c'est la tante du directeur de l'école. Mais il a mis ses ruches dans leur champ, aussi elle m'a prévenue. Mais je ne sais pas quoi en penser.

— Elle doit pouvoir te renseigner, poursuit Harry. Si l'endroit est vraiment dangereux, je doute qu'elle puisse louer.

— Surtout quand on est la tante du directeur de l'école. Mais comment en es-tu arrivée là avec lui ? Sa tante, ses ruches, ta future maison ? Vous avez sympathisé ?

— Il est très gentil, c'est tout.

Delphine me regarde avec intensité mais ne m'envoie ni blague ni sarcasme, et je lui en sais gré. Certes, Antoine Lancenne est un charmant original, mais il reste un directeur d'école, et je suis juste venue inscrire ma fille et trouver un logement.

— Alors demain, j'essaie de finir plus tôt, et on va visiter la maison. On lui demandera franchement quels dangers vous courez, et on va se renseigner. Ça te va ?

— Parfait !

25

Le lendemain, juste avant 19 heures, Delphine et moi sonnons au 8, chemin des Eaux. Éliane apparaît sur le seuil de la porte, toute souriante. Elle doit approcher les soixante-dix ans, est joviale et toute en rondeurs. Elle a de grands yeux noirs malicieux, un visage lumineux. Je remarque sa peau rose satinée qui me rappelle celle de ma grand-mère, et j'imagine comme elle doit paraître douce à ses petits-enfants quand ils l'embrassent. Sa robe à fleurs aux couleurs pastel est un peu moulante, mais d'une coupe seyante. Ses cheveux poivre et sel sont élégamment coupés au niveau des épaules. Je suis instantanément séduite par cette femme agréable, et j'espère de tout cœur que sa maison va me correspondre.

— Entrez, entrez ! Oh, mais Rose, ne traîne pas comme ça dans mes pattes, tu vas me faire tomber ! Ma petite dernière me suit partout. J'en ai trois autres, j'espère que vous n'avez pas peur de ces petites terreurs.

Delphine et moi baissons les yeux sur une petite chatte isabelle qui se frotte aux jambes de sa maîtresse. Son joli museau et ses grandes oreilles roses sont en parfaite harmonie avec son nom. Je ne peux pas m'empêcher de tendre ma main vers la petite boule de fourrure, qui vient se frotter contre moi. En croisant le regard d'Éliane, je me rends compte que je viens de gagner son affection éternelle. Cette femme doit adorer ses chats.

— Je suis Justine Trévise, c'est moi qui vous ai appelée. Et voici mon amie Delphine, qui vit à Nanteuil.

— Oui, oui, je vous reconnais. Je suis désolée pour votre mari.

— Merci, madame, c'est très gentil à vous, répond Delphine, légèrement troublée.

— Je peux vous dire que tout le village a été bouleversé par le drame qui a touché votre famille. J'ai bien connu vos parents, aussi, je suis désolée. Mon mari et moi étions les pharmaciens de Nanteuil, avant de vendre notre affaire et de prendre notre retraite. Mon mari est mort il y a six ans maintenant… Bon, assez parlé de choses tristes. Voici une nouvelle venue qui souhaite s'installer à Nanteuil, fait-elle en se tournant vers moi. Est-ce votre amie qui vous en a donné l'envie ?

— Oui, mais aussi parce que mon grand-père était d'ici, Albert Trévise. Son nom vous dit quelque chose ?

Éliane réfléchit quelques instants avant de s'exclamer :

— Oh, ne me dites pas ! Vous êtes la fille de Victor ou de Louis ?

— De Victor. Louis n'a pas eu d'enfants.

— Eh bien tant mieux. Pour être franche, j'avais une nette préférence pour Victor.

— Vous l'avez bien connu ?

— Un peu. Très gentil, charmant, bel homme aussi. Et comment va votre mère, depuis tout ce temps ?

— Elle a refait sa vie, elle va bien.

— Je suis contente pour elle. Bon, je papote, je papote, vous voulez sûrement voir la maison ?

— J'en serais ravie.

— Vous voudriez emménager quand ? me demande-t-elle en se saisissant d'un grand trousseau de clés.

— En juillet, ou sinon en août. Je veux être installée pour la rentrée scolaire.

Je profite de la laisser enfiler son gilet aux tons également pastel pour observer autour de moi. Son vestibule, peint en rose foncé, est pourvu d'une imposante commode ancienne où trône un magnifique chandelier, le tout surmonté d'un grand miroir au cadre ancien. En regardant par-dessus son épaule, j'entraperçois un salon très coquet, fauteuils et canapé douillet recouverts d'un ravissant tissu à fleurs pastel en chintz. Cette femme sait profiter de la vie et s'entourer de belles choses.

— La rentrée scolaire ? Combien avez-vous d'enfants ?

— Juste une fille. Elle a sept ans.

— Votre petite aussi est du même âge ? demande-t-elle à Delphine.

— Absolument.

Éliane, comme l'a décrit son neveu, est au courant de tout.

— Et votre grand garçon ?

— Il a dix ans.

— Ils sont beaux, vos enfants, et très polis. On a eu bien de la peine pour eux, vous savez.

— Merci, c'est très gentil, madame.

— Venez, je vous emmène. J'ai juste peur que ma maison, pour un couple et un enfant, soit un peu étroite.

— Nous ne serons que deux. Le père de ma fille et moi sommes séparés. Et je vous ai apporté aussi mon nouveau contrat de travail. Je commence le 1er septembre à Poitiers.

Éliane a un peu sursauté quand je lui ai annoncé que j'étais séparée. J'espère que ce ne sera pas un obstacle. Je ne sais pas comment, dans un petit village, on considère les mères célibataires.

— Et donc vous avez inscrit votre fille à l'école ? Comment s'appelle-t-elle ?

— Adèle.

— C'est un joli prénom. Mon mari et moi n'avons malheureusement pas eu d'enfants, vous comprenez, alors Antoine, on l'a toujours considéré comme notre fils. Aujourd'hui, il veille sur moi.

— Et à propos de ses ruches, qu'en pensez-vous ? Est-il dangereux de vivre à côté, surtout pour ma fille qui est encore petite ?

— Les ruches, c'est la passion d'Antoine, il pourrait vous en parler durant des heures. Il s'en occupe tout seul, il nous fait un miel délicieux. *A priori*, ce n'est pas dangereux. Si la maison vous plaît, allez lui en parler, il vous expliquera. Je comprends que vous puissiez vous faire du souci, mais ce serait dommage.

Voilà, c'est là. On est juste en face de ma maison, en fait, elle est de l'autre côté du champ.

Éliane pousse un portail en bois et nous suivons une étroite allée de gravier. La petite maison face à nous est blanche, comme dans mon rêve, mais n'a pas de volets bleus : ils sont vert anis, ce qui est en réalité tout à fait à mon goût. Elle ressemble à une maison de poupée : ses murs blancs, ses grandes fenêtres, sa jolie marquise surmontant une porte en bois peinte de la même couleur que les volets. De chaque côté de l'allée de gravier, des herbes folles et des buissons fourmillent. Éliane ouvre la porte et nous fait entrer.

— À gauche, la cuisine-salon. Entrez, regardez, faites comme chez vous.

— C'est ravissant, madame ! m'exclamé-je en découvrant la grande pièce chaleureuse, son coin cuisine au mobilier clair, le bel espace pour le salon, et surtout, la cheminée !

— Venez voir la suite. En face, la salle de bains. Puis en haut de l'escalier, deux chambres et un cabinet de toilette. Je vous laisse découvrir, prenez votre temps.

Comme je m'y attendais, la salle de bains est peinte en rose pâle, le carrelage sur fond crème avec un motif de fleurs roses. Une bonbonnière, mais si ravissante que les battements de mon cœur s'accélèrent et que la joie, de nouveau, m'envahit. Les chambres sont tout à l'avenant, lumineuses, gaies, spacieuses. Je choisis tout de suite celle d'Adèle et l'imagine là, en train de lire, de faire ses devoirs ou de s'amuser avec ses copines.

Des fenêtres, je vois le petit jardin et, au-delà, le champ censé abriter les ruches. Delphine est radieuse, elle me fait de grands sourires appréciateurs.

Éliane nous rejoint.

— Alors, qu'en pensez-vous ? Ça vous plaît ?

— Beaucoup ! Mais je ne vois pas de ruches ?

— Elles sont bien là, tout près de ma maison, que vous apercevez en face. Elles sont dissimulées à la vue car les vols sont malheureusement de plus en plus fréquents. Et il n'y en a que deux. Vous voyez, là-bas sur votre gauche, le sous-bois ? C'est à nous, aussi. Antoine y a mis la majorité de ses ruches, huit, pour être exacte.

— Eh bien, comme vous me l'avez suggéré, je vais me renseigner auprès de votre neveu au sujet de ses abeilles. Sinon, je signerais tout de suite. J'adore votre maison. C'est exactement ce que je cherchais.

— Oui, très bien, appelez-le vite et dites-moi, je serais ravie de vous avoir pour locataire.

— Merci, madame. Je lui téléphone demain et vous donne ma réponse juste après, ça vous va ?

— Parfait.

Alors que nous cheminons toutes les trois, Éliane me demande :

— Pourquoi venez-vous vivre ici, si ce n'est pas indiscret ?

— J'en ai assez de Paris, de la ville. Je voulais une vie plus douce, pour moi et surtout pour ma fille. Je ne supporte plus l'agressivité, à Paris, et puis il y a la pollution.

— Antoine aussi en a eu assez de la ville, du mauvais air, de la malbouffe, comme il disait. Pourtant il avait tout : un poste à responsabilités, et une bonne amie très chic, brillante comme lui. Mais elle ne voulait pas d'enfants, contrairement à lui, et n'aurait quitté la grande ville pour rien au monde. Si vous voulez mon avis, ils n'étaient pas du tout faits l'un pour l'autre. Eh bien il a tout plaqué pour venir vivre à la campagne. Il a passé les concours pour travailler dans l'Éducation nationale et recommencer sa vie. Il avait aussi une passion : les abeilles, et il voulait s'y consacrer. Moi je trouve que c'est vous qui êtes dans le vrai. Les gens des grandes villes mènent des vies de fous.

— Et en même temps, renchérit Delphine, c'est courageux de sauter le pas, ce n'est pas facile de trouver du travail, par ici. Et il faut connaître du monde, sinon c'est tellement dur de se faire des amis.

— Oui, vous êtes courageux, mais c'est vous qui êtes les plus heureux, au bout du compte.

Sur ces paroles optimistes, nous quittons Éliane devant sa maison pour regagner celle de Delphine. Après avoir mis une bonne distance entre elle et nous, mon amie éclate de rire.

— Dis donc, elle veut vraiment te caser avec son neveu, hein ? Tu sais tout sur lui, il a l'air parfait. Tu n'as plus qu'à signer pour la maison, et pour le neveu !

— Toi aussi, tu as eu cette impression ?

— Cela dit, elle est adorable et la maison est ravissante. Et le neveu, il est comment ?

— Tu le connais, non ?

— À peine. Quand j'ai inscrit mes enfants, il n'était pas encore en poste. D'après ce que j'ai pu voir, il me semble pas mal, non ?

— Il est charmant, comme sa tante. Il est nature, me paraît assez tête en l'air, et je me suis sentie très à l'aise avec lui.

Delphine m'observe un instant avant de répliquer :

— Mais dis-moi, c'est rare de t'entendre parler en termes si positifs d'un homme. Tante Éliane n'a peut-être pas tort, ça pourrait marcher, entre vous !

— Oh, hé, ça va ! Je ne l'ai vu qu'une fois. On va parler de ses ruches, je te dirai après ce que je pense de lui… Moi qui le croyais marié et père de deux enfants, formant un foyer parfait !

— Ah bon ? Tu as déjà imaginé tout ça de lui ?

— Dis, tu peux arrêter, là ? On arrive chez toi, je n'ai pas envie que tes enfants pensent que j'ai des vues sur leur directeur.

Le lendemain matin, je téléphone à Antoine Lancenne. J'ai tellement envie qu'il me rassure et me certifie qu'Adèle ne courra aucun danger. Il décroche à la première sonnerie et me reconnaît tout de suite.

— Alors, la maison vous a plu ? Ma tante m'a prévenue que c'était celle juste en face de la sienne. J'espère que vous n'avez rien contre le rose et les petites fleurs ?

Je peux imaginer son grand sourire tandis qu'il se moque gentiment de sa tante.

— C'est charmant, ça ira très bien. J'ai juste une question à vous poser…

— Les ruches, j'imagine ?

— Exactement.

— Franchement, vous n'avez pas à vous en faire. Légalement, il faut une distance de cinq mètres entre les ruches et toute habitation. Vous êtes à cent mètres de distance des deux ruches du champ. Les autres sont bien loin, cachées dans notre bois. Bien sûr, vous aurez souvent des abeilles qui viendront butiner dans votre jardin, mais il faut savoir vivre avec elles.

— Je ne sais pas si Adèle et moi, on saura.

— J'ai une proposition à vous faire. Croyez-vous que votre fille pourrait s'intéresser aux ruches et à la fabrication du miel ?

— Sûrement.

— Et vous ?

Je réfléchis une seconde.

— Oui, pourquoi pas ?

— Si vous voulez, je vous emmène ce soir, je vous montre mes ruches. Vous pourrez ensuite prendre votre décision. Et si c'est oui, on emmènera Adèle aussi. Après, je vous le promets, elle n'aura pas peur puisqu'elle aura appris à connaître ces précieux insectes.

— Je ne sais pas…

— Écoutez, j'emmène les élèves régulièrement, les abeilles sont des êtres passionnants et fascinants. Elles sont aussi en danger, et je trouve important de sensibiliser les enfants sur ce problème. Ça leur apporte énormément.

— La maison de votre tante me plaît vraiment. Alors c'est d'accord.

— Vous voulez bien me retrouver devant l'école à 18 h 30 ?

Delphine s'est bien moquée de moi lorsque je lui ai dit que j'avais rendez-vous le jour même avec le directeur. Mais elle a ajouté qu'elle était jalouse, qu'elle aussi aurait bien aimé visiter les ruches. Antoine Lancenne m'attend devant la grille de l'école. Il tient un grand sac dans lequel, m'explique-t-il, il a deux tenues pour nous protéger. Je suis un peu anxieuse mais très impatiente de découvrir cet univers totalement inconnu. Nous nous dirigeons vers la maison d'Éliane.

— Je vais vous montrer celles qui sont près de chez vous, pour que vous fassiez connaissance avec vos potentielles futures voisines. Elles produisent du miel toutes fleurs. Celles qui sont en forêt sont plus impressionnantes puisqu'il y en a huit. Et le miel est plus fort en goût, c'est du miel de châtaignier. Mais Éliane aime le miel plus doux, alors je cultive ces deux ruches pour lui faire plaisir.

Nous sonnons chez Éliane, qui nous ouvre, un sourire joyeux éclairant son visage. Ses chats pointent le nez pour nous accueillir, et je reconnais la petite Rose, toujours dans ses pattes.

— Entrez. Venez, Justine, je vais vous expliquer comment enfiler la tenue.

Alors que nous sortons par la porte arrière de la maison, dans nos habits étranges, Éliane nous dit :

— Je vous attends, j'ai préparé un apéritif.

Je suis fascinée par les deux ruches qui semblent très calmes, à cette heure de la journée. Antoine me raconte sa passion, les nouvelles reines qu'il a commandées en février et qu'il recevra cet été, la récolte de plus en plus aléatoire. Si ses ruches peuvent produire jusqu'à quinze kilos de miel par an, elles peuvent aussi ne plus rien donner l'année suivante, et tout diffère de l'une à l'autre, sans aucune explication logique. Ce qui le fait souffrir, ce sont les abeilles qui meurent mystérieusement, les gens qui volent les ruches sans savoir s'en occuper et laissent mourir leurs précieuses habitantes… Son regard, à la fois heureux et triste, s'anime avec passion tandis qu'il parle de ses abeilles. Je frémis quand même un peu lorsque je lui demande combien une ruche en contient et qu'il me répond :

— Environ quatre-vingt mille. Si vous êtes là cet été, ce sera la récolte, je pourrai vous montrer, à Adèle et vous, ça me fera plaisir.

Je me sens bêtement rougir. Heureusement que je suis en tenue de camouflage.

— Je vais en parler à Adèle, elle a des idées bien arrêtées sur tout, elle aura son avis sur la question !

— Je serai ravi de rencontrer votre fille, elle a l'air d'avoir du caractère. Je suis sûr qu'elle sera intéressée. Il faut juste que vous vous décidiez. Prenez le temps qu'il vous faudra.

— Je crois que je suis décidée.

— Et ?

— Et je pense que vous m'avez convaincue.

— C'est une excellente nouvelle ! s'exclame-t-il, puis il ajoute : Ma tante vous a prise en affection, vous allez la combler.

Je passe un moment très agréable chez Éliane, qui semble en effet très heureuse de m'avoir comme locataire. Elle me demande des photos d'Adèle, et je lui montre celles de mon téléphone, sous le regard tout aussi intéressé d'Antoine. Ils multiplient les compliments d'usage à la vue de la petite bouille fière et hilare de ma fille, puis je me lève pour prendre congé, un peu à regret. On sent une telle complicité, une telle générosité chez ces deux personnes qu'il est difficile de s'arracher à leur présence réconfortante. Mais mon amie m'attend, et j'ai hâte de lui raconter ce moment.

Le vieil homme est resté stupéfait en découvrant le nom de famille de sa visiteuse. Trévise. Incroyable ! Comment deux personnes, dans le même village, peuvent-elles porter le même nom et ne pas se connaître ? Gilbert soupçonne d'ailleurs Justine d'être celle qui a questionné son neveu sur cette femme. Deux Trévise, qui viennent se recueillir sur la tombe familiale. L'une veut rencontrer l'autre, qui au contraire ne le souhaite surtout pas. Il se cache derrière tout cela une réalité qui le dépasse.

Gilbert s'est fortement attaché à cette femme qu'il ne connaît que depuis quelques mois. Il aimerait tant la savoir heureuse. Il se demande si elle ne se trompe pas. Accepter de rencontrer sa famille, incarnée par cette jeune femme douce et gentille, ne pourrait que l'apaiser. Elle semble si seule, sans se douter que la solitude qui l'habite pose comme un voile sombre sur toute sa personne. Si elle faisait la connaissance de Justine Trévise, ne se débarrasserait-elle pas enfin de ses démons ? Que doit-il faire ? Aller parler à Justine ? Décider d'aider cette femme malgré elle ? Ou ne pas se mêler de ce qui ne le regarde pas et laisser les deux femmes demeurer des étrangères ? Depuis que la jeune Parisienne est passée le voir, il doute, ne cesse de prendre une décision puis de la rejeter. Mais son cœur, et aussi, doit-il se l'avouer, sa curiosité sont les plus forts. N'y résistant pas, il compose le numéro de Justine et tombe sur la messagerie. Il n'a pas envie de reculer, aussi laisse-t-il un message. « Bonjour mademoiselle Trévise. Vous êtes venue me voir pour votre recherche de maison. C'est Gilbert Courveau. Mais ce n'est pas pour ça que je vous appelle. C'est au sujet d'une personne que j'ai rencontrée ici, à Nanteuil. J'ai cru comprendre que vous la recherchiez. Je voudrais vous en parler. Vous voulez bien passer me voir demain ? Rappelez-moi. Merci. »

26

Ce soir, Laure vient passer la soirée avec nous. Nous avons tant de choses à fêter. Mes deux amies me mitraillent de questions, et je leur annonce que j'ai pris ma décision, je vais louer la maison d'Éliane.

— Et les ruches ? me demande Delphine.

— Antoine m'a convaincue.

— Tu l'appelles par son prénom, maintenant ?

J'éclate de rire, à la fois à la vue de l'expression de mon amie, mais aussi parce que je déborde d'une joie nouvelle et irrépressible.

— Braver ensemble deux ruches de quatre-vingt mille abeilles chacune, ça crée des liens !

À mon tour de donner mon petit cours d'apiculture en leur racontant tout ce qu'Antoine m'a appris. Laure est sceptique :

— Personnellement, je préfère mes chevaux.

— Et moi, je ne serais pas contre une visite des ruches. Il le vend, son miel ?

— Je ne le lui ai pas demandé.

— Donc, si j'ai bien compris, reprend Laure, ce soir on fête ton nouveau travail, ta nouvelle maison…

— Et le début d'une romance, conclut Delphine, triomphante.

— Delphine, tu as vraiment trop envie de me caser.

— Non, je vois juste des signes.

— Et toi, Laure, les rencontres, tu en es où ? fais-je pour détourner l'attention.

Laure rougit. Delphine et moi nous regardons et éclatons de rire.

— Eh bien quoi ? Qu'est-ce que vous avez ? demande Laure, devenue écarlate.

— Je crois que tu as quelque chose à nous raconter, lui répond Delphine.

— Mais pas avant que tu me serves un mojito.

— Avec joie !

Quand Laure a bu quelques gorgées de son cocktail, elle nous fait un sourire embarrassé avant de nous expliquer :

— Voilà. Au début, je ne rencontrais que des hommes ennuyeux et décevants. Et puis tout d'un coup, je fais la connaissance de Julien, un type super qui me plaît tout de suite. Quelques jours plus tard, j'avais rendez-vous avec Alain, et je ne voulais pas le décommander… Suite à la mésaventure de Delphine avec son cinglé qui a disparu dans la nature, je ne voulais pas risquer de perdre une occasion.

— Et puis parce que ça finit par être grisant, tous ces rendez-vous avec des hommes qui essaient de nous séduire, pas vrai ?

— Oui, c'est un peu addictif, quand même. Bref, je vais au lieu de rendez-vous fixé par Alain, et là, je rencontre un garçon génial, séduisant, gentil, attirant…

— Du coup tu as lâché Julien pour Alain, conclut Delphine.

Laure baisse les yeux puis soupire.

— Eh bien, non, je n'ai pas pu. Quand je vous dis qu'avant je n'avais fait que des rencontres sans intérêt. Sans compter le vide de ma vie… Et là, je fais la connaissance de deux hommes craquants, et en plus je plais à chacun.

— Quoi ? Tu sors avec les deux ?

— Je ne peux pas me décider, répond Laure d'une voix plaintive.

— Hallucinant ! s'exclame Delphine. Toi, la grande timide, l'éternelle célibataire, tu as deux amants !

Laure éclate de rire, émettant un son retentissant dont elle seule est capable, et nous l'imitons.

— Alors je trinque à nos amours, dis-je en entrechoquant mon verre à celui de mes amies.

À cet instant, mon téléphone sonne. J'ai reçu un message.

— Excusez-moi, les filles, dis-je.

Je suis surprise d'entendre la voix d'un homme d'un certain âge que je ne reconnais pas. Puis je suis interloquée lorsque j'entends ses paroles. Le vieil homme connaît mon inconnue ? Car il ne peut s'agir que d'elle. Je me souviens de son air troublé lorsqu'il a découvert mon identité.

— Delphine, Laure, écoutez ce message, vous n'allez pas en revenir !

Je branche le haut-parleur de mon téléphone que je brandis dans leur direction. Delphine ouvre de grands yeux puis s'exclame :

— Ça y est, tu vas enfin la retrouver !

Laure me donne une grande claque dans le dos et pousse un cri de victoire.

Dès le lendemain matin, je viens frapper à la porte de Gilbert Courveau. Il m'ouvre si vite que je le soupçonne d'être resté derrière le battant à m'attendre. Il me fait entrer dans son petit salon et m'invite à m'asseoir. La pièce est minuscule et très encombrée, des journaux et de vieux livres s'amoncellent dans tous les coins.

— Mademoiselle Trévise, je ne sais pas si j'ai eu raison de vous faire venir.

— Mais pourquoi ?

— Cette femme que j'ai rencontrée… Je lui ai promis de ne jamais parler d'elle.

— Alors pourquoi m'avez-vous appelée ?

— Elle est tellement seule. Je ne comprends pas pourquoi vous ne vous connaissez pas, puisqu'elle porte le même nom de famille que vous.

— Elle s'appelle Trévise ?

— Absolument.

— Mais d'où la connaissez-vous ?

— Du cimetière. Je remplace souvent mon neveu, l'employé de mairie. Je suppose que c'est vous qui avez essayé de retrouver cette femme ?

— Oui, c'est bien moi. Je ne comprends pas. Elle s'appelle comme moi ?

— Vous êtes de la même famille.

— Et comment puis-je la retrouver ?

— Elle vit à Poitiers, elle porte le nom de Trévise, ça ne doit pas être bien compliqué. Sinon, elle vient ici régulièrement, comme vous le savez, mais je n'ai pas ses coordonnées. Et même si je les avais, je ne sais pas si je vous les donnerais. J'en ai peut-être trop fait. Je ne sais même pas si j'ai envie que vous lui disiez que je l'ai trahie. Je l'aime beaucoup.

— Je ne lui dirai rien, je vous le promets.

— Tenez-moi au courant, d'accord ?

— Merci, monsieur.

Je me sauve et me précipite chez Delphine, me jette sur l'ordinateur et consulte les pages blanches. Trévise. Je n'aurais jamais pensé à chercher quelqu'un à ce nom. Mais qui est cette femme ? Pourquoi porte-t-elle mon nom ?

Il n'y a aucun Trévise à Poitiers ni dans les environs. Un désespoir immense me saisit. Alors que cette histoire devient de plus en plus mystérieuse, l'inconnue reste introuvable, ainsi qu'elle le souhaite. Il faut que Gilbert Courveau m'aide à l'approcher, qu'elle le veuille ou non.

Nous sommes jeudi, je pars demain soir, comment vais-je pouvoir m'en aller si près du but ? Heureusement, cette journée où j'ai l'impression de devenir folle est très remplie. Je signe le contrat de location de ma maison chez Éliane, qui me propose de revoir les lieux, ce que je m'empresse d'accepter avec gratitude. Elle m'invite à boire le café pour sceller notre accord et, comme elle l'ajoute, notre bonne entente. J'ai droit à quelques anecdotes adorables sur Antoine enfant, et à une litanie sur son célibat. J'ai aussi promis à Delphine d'aller chercher ses enfants à l'école, ce qui me permet d'apercevoir Antoine, qui vient me féliciter pour ma nouvelle maison. Je me demande si sa tante l'a survendu, ou s'il est vraiment merveilleux. Je sais que j'aurai l'occasion de le découvrir, et cette pensée me rend légère.

Lorsque Delphine rentre du travail, elle m'annonce que Laure veut revenir nous voir ce soir.

— Encore ? Elle est venue hier, remarque Tim.

— Son message est assez embrouillé, je dois dire. Elle a des questions à éclaircir, sur je ne sais quel sujet, mais ça concerne Justine. Tu y comprends quelque chose ? me demande Delphine.

— Au point où j'en suis…

Je raconte à mon amie les révélations de Gilbert Courveau, et je vois ses yeux s'écarquiller.

— Une Trévise ? Ton père était bigame, ou quoi ?

— Il l'était déjà plus ou moins avec Lydia, alors qui sait ?

Nous sommes tellement choquées par ce que nous venons de dire que nous restons muettes un long moment.

Laure arrive peu de temps après. Elle semble légèrement perturbée, ce qui ne lui ressemble pas.

— Justine, ce message que tu as reçu hier m'a un peu troublée. Je sais qu'on l'a déjà évoqué plusieurs fois mais… En fait, tu pourrais me raconter en détail les circonstances de la mort de ton père ?

Sans poser de questions, je décris à Laure l'accident de mon père, la présence d'une femme avec lui ce jour-là et leur passion mutuelle pour les chevaux.

— On sait maintenant que cette inconnue n'est pas la fameuse Lydia Lebert, pour laquelle j'ai nourri une véritable obsession, comme vous me l'avez fait remarquer plus d'une fois, et…

C'est à cet instant-là qu'elle m'interrompt en poussant une grande exclamation :

— Ça y est, j'ai compris ! Je le savais ! C'est elle !

— Laure, intervient Delphine, de qui parles-tu ?

— Lydia Lebert, je la connais !

Mes espérances s'effondrent de nouveau.

— Mais qu'est-ce que tu racontes, elle est morte depuis plus de quinze ans, je te l'ai dit.

— Mais non, pas elle, sa fille ! Je pense que je connais sa fille ! Elle ne s'appelle pas Trévise, mais Lebert. Diane Lebert. C'est elle, la nouvelle amie que je voulais tant vous présenter ! Ce qu'elle m'a raconté de son père ressemble tellement à l'histoire du tien, Justine, c'est ça qui me troublait sans que j'arrive à mettre le doigt dessus. Je ne sais pas pourquoi ton vieux monsieur pense qu'elle s'appelle Trévise…

— Ce que tu es en train de m'expliquer, c'est que j'ai une demi-sœur ?

— Possible. Je ne sais pas.

— Et tu crois que sa mère s'appelait Lydia ?

— Elle n'a jamais mentionné son prénom, mais elle s'appelle bien Lebert. Et je vous rappelle qu'elle est dingue de chevaux et dirige la plus grande écurie de propriétaires de la région.

— Je n'en reviens pas, intervient Delphine.

— Depuis qu'on s'est rencontrées il y a quelques mois, on a créé un lien quasi amical, poursuit Laure. Je dis bien « quasi » parce que c'est une grande solitaire. Mais elle m'a donné sa confiance et on a commencé à s'ouvrir l'une à l'autre. Et, devinez quoi ? Sa passion du cheval, elle la tient de son père.

— Mais qu'est-ce que je dois faire ? m'écrié-je.

— Delphine, poursuit Laure, tu me prêtes ton ordi ? Je vais vous montrer le site de son écurie de propriétaires. C'est un truc énorme, elle est célèbre dans la région. Je pense qu'il y a une photo d'elle.

Laure fait quelques recherches pour retrouver le site, et quelques clics plus tard, me tend l'ordinateur portable de Delphine.

— Regarde, c'est elle.

Delphine s'installe à côté de moi et nous regardons la photo. J'ai l'impression de vivre un mauvais rêve. Cette femme, proche de la quarantaine, a les yeux immenses et profonds de mon père, sa forme de visage étroite et allongée. Elle est belle, un peu austère, mais son regard est lumineux d'intensité. Je n'ai aucun doute : je suis en train de contempler la photo de ma demi-sœur, dont je ne connaissais pas l'existence cinq minutes plus tôt.

27

Ma mère se savait mourante. Elle voulait quitter ce monde en paix, et pour cela, il lui fallait mettre de l'ordre dans sa vie : elle devait obtenir de moi que je pardonne à mon père. Son subterfuge m'émeut quand je me remémore ses paroles. « Ma chérie, tu connais l'amour que je porte à ton père. Mais je ne sais pas ce qui m'attend de l'autre côté. Est-ce que je vais enfin le retrouver, lui qui est parti depuis quinze ans ? Au cas où la mort continuerait de nous séparer, je souhaite que tu fasses une chose pour moi : va sur sa tombe de temps en temps, et apporte-lui une rose rouge, dis-lui que c'est de ma part, pour qu'il sache que je l'aime toujours et que je pense à lui sans cesse. Dis-lui que je suis morte, et que si nous ne sommes pas réunis, mon amour pour lui reste intact. Fais ça pour moi, Diane, c'est tout ce que je te demande. » Je savais que ma mère croyait fermement en la vie après la mort, que l'espoir de retrouver mon père lui avait permis de supporter son existence sans lui toutes ces années. En vérité, ce qu'elle souhaitait par-dessus tout, c'était que je ne perde pas le lien avec lui, moi qui à cette époque croyais le haïr. Ma mère savait, elle, que mes sentiments envers lui me tourmentaient :

j'adorais mon père, cet être irrésistible et solaire, et je le détestais en même temps. Toute ma jeunesse, je n'ai cessé de souffrir de ces émotions contradictoires. N'avait-il pas trahi ma mère en en épousant une autre ? Puis, alors qu'il avait décidé de quitter sa femme pour venir vivre avec nous, il n'en avait rien fait : celle-ci l'avait piégé en tombant enceinte. Justine était arrivée, et mon père ne nous avait jamais rejointes, comme il nous l'avait promis. Il avait aussi juré à ma mère qu'il nous protégerait toujours du besoin, qu'il avait pris ses dispositions au cas où il mourrait avant elle. Et quelles dispositions ! Il a fait entrer son abominable frère dans notre vie, il lui a confié nos biens, et ce salaud nous a tout volé. Il m'a fait des avances, à moi sa nièce, et il nous a tout pris.

Durant les mois qui ont précédé sa mort, ma mère m'a beaucoup parlé. Elle m'a raconté des choses qu'elle ne m'avait encore jamais dites. Elle m'a expliqué pourquoi elle avait pardonné à mon père de l'avoir abandonnée. Comment un homme si jeune, m'a-t-elle dit, pouvait-il résister à une telle pression familiale ? Ses parents avaient usé de tous les moyens pour les séparer : ils l'avaient menacé de le déshériter, de lui retirer l'affaire familiale qui lui était destinée. Sa mère avait utilisé le chantage affectif, en lui affirmant que, s'il épousait ma mère, elle ne s'en remettrait pas. Il était si jeune, si influençable. Puis ils lui ont présenté la belle Mathilde. Qui, d'après ma mère, aurait pu résister à cette magnifique jeune femme ? Victor et elle ont commencé à se voir souvent. Et ma mère lui trouvait encore des excuses. Les deux familles les poussaient dans les bras l'un de l'autre en organisant dîners, fêtes, *et même des vacances communes. Puis un beau jour, le père de Victor lui a appris que l'entreprise était en difficulté et qu'il fallait investir. Sans le lui demander vraiment, il lui a fait comprendre que la meilleure solution était qu'il se marie avec Mathilde. Les deux jeunes gens semblaient très épris, les deux pères faisaient affaire ensemble, quoi de plus simple et naturel ? Ils se sont fiancés, puis Mathilde est tombée enceinte, et tout est allé très vite. Ma mère a sombré, elle pensait avoir définitivement perdu Victor. Mais elle se trompait. Quelques années après, il est revenu. Et je suis née. J'étais, selon les termes de ma mère, un « accident volontaire » : ils n'avaient pas envisagé ma conception, mais lorsque ma mère a su qu'elle m'attendait, il lui a paru évident qu'elle m'avait toujours désirée. Victor avait mûri, il n'était plus un jeune homme influençable, il savait que ma mère était l'amour de sa vie. Il a décidé de tout quitter pour nous. Il était en train d'organiser son départ quand sa femme lui a annoncé sa grossesse. Et nous l'avons de nouveau perdu. Ou plutôt, nous avons dû à nouveau nous contenter de sa présence occasionnelle. Ma mère voulait me faire croire que tout allait bien, qu'elle était heureuse, mais comment aurais-je été assez stupide pour le croire ? Victor Trévise était un homme et un père responsable, mais seulement pour Mathilde et ses filles. Il ne l'aura jamais été ni pour ma mère ni pour moi.*

Après la mort de ma mère, j'ai souvent réfléchi à ce qu'elle m'avait raconté. J'ai pensé qu'elle avait fait son choix, elle aussi. De rester avec un homme absent et de ne jamais refaire sa vie. Au fond, et peut-être à cause de leur histoire et de l'enfance qu'ils m'ont fait vivre, j'ai toujours été plus adulte et mature que mes parents. Je les considère encore aujourd'hui comme deux enfants naïfs et destructeurs malgré eux. Mais je leur ai pardonné. Et un jour, j'ai accepté de leur rendre hommage en réalisant la dernière volonté de ma mère. Depuis, j'apporte régulièrement une rose à Victor, je lui parle de moi, de Lydia, des chevaux dont il m'a donné la passion. Souvent, je me pose la question : l'histoire de mes parents est-elle un drame pathétique, ou une passion amoureuse unique ? Lydia et Victor, les deux amants terribles…

Delphine, Laure et moi avons discuté de Diane Lebert pendant des heures. Que dois-je faire ? L'appeler ? Aller la voir ? Laure a proposé de servir d'intermédiaire, Delphine a suggéré que je débarque chez elle, alors que je me voyais plutôt en train de lui écrire un long mail… Nous avons passé en revue toutes les hypothèses : soit Diane connaît mon existence et celle de la famille Trévise « officielle », soit sa mère ne lui a jamais avoué que son père menait une double vie. Nous en avons conclu qu'elle sait, puisqu'elle a refusé de me rencontrer. Alors comment l'aborder, elle qui doit me haïr ?

Il est minuit. Je suis dans ma chambre, tout tourne en boucle dans ma tête. Delphine est couchée et dort probablement depuis longtemps. Je viens de raccrocher mon téléphone. J'ai appelé Isabelle. Je me devais de partager ma découverte avec elle. Comme notre relation a évolué vite, ces derniers temps. L'amour que nous avions enfants l'une pour l'autre ne s'est jamais éteint. Il a simplement été mis en veille pendant des années, et j'ai réussi à le ranimer. J'avais peur de la réaction d'Isabelle en lui apprenant l'existence de notre sœur inconnue. En effet, elle a poussé un cri quand je lui ai parlé de Diane. Je lui ai alors conseillé d'allumer son ordinateur. La vue de notre demi-sœur l'a laissée le souffle coupé. Nous avons discuté presque une heure, et elle m'a aidée à prendre ma décision. Ou plus exactement, pour la première fois depuis des années, nous avons pris ensemble une décision.

Elle est arrivée de bonne heure à l'écurie ce matin. Un cheval l'inquiète depuis hier, elle est venue voir comment il va. Son palefrenier est déjà là, auprès de l'animal. Ils discutent un moment, il la rassure. Le cheval va mieux, mais elle préfère appeler le vétérinaire. Elle quitte le box et aperçoit une silhouette qui se dirige vers elle. Une silhouette frêle, des cheveux mis en bataille par le vent, des cheveux auburn dont elle reconnaît la couleur. Elle porte comme elle un long manteau étroit et léger. Tandis que Justine s'approche d'elle à grands pas, comme si elle avait peur de s'arrêter puis de fuir si elle ne courait pas à moitié, Diane contemple son beau visage inquiet, tendu par l'angoisse. Plus que quelques mètres les séparent. Diane ne bouge plus, pétrifiée par cette apparition. Étrangère et pourtant si familière. Elle est là, face à elle à présent. Justine veut lui parler mais elle n'y arrive pas. Elle pleure, incapable de se refréner. Diane sent sa gorge se serrer, ses yeux picoter. Elle les fait cligner mais ne peut retenir ses larmes. Alors Justine fait un geste inconcevable : elle ouvre les bras. Elle entoure les épaules de Diane. Et Diane, pour la première fois depuis un temps infini, accepte ce geste d'amour, se blottit dans ses bras et la serre à son tour.

ÉPILOGUE

J'ai toujours détesté le mois de novembre. Les arbres sont nus, il pleut sans cesse, le froid humide pénètre partout, et l'on sait que l'hiver ne fait que s'installer pour de longs mois. Mais cette année, depuis que je suis à Nanteuil, même le ciel gris qui m'enveloppe me ravit, même la pluie me rend heureuse. Ici tout est beau, les nuages qui courent dans le ciel, l'odeur si douce de la terre après l'averse.

En ce samedi soir, le feu flambe dans la cheminée de ma nouvelle maison, les pas saccadés d'Adèle et de Clémentine résonnent au-dessus de nos têtes. Les filles ont installé leur campement pour la nuit dans la chambre d'Adèle. Trente ans plus tôt, Delphine et moi faisions la même chose dans celle de mon amie, à Nanteuil. Laure, elle, n'avait jamais le droit de venir dormir avec nous.

Tim est chez son meilleur ami. Il n'aurait voulu pour rien au monde rester ici ce soir : ma maison est remplie de femmes ! Et c'est une ambiance de fête. Hélène et Chloé ont tenu leur promesse, elles sont venues passer le week-end chez moi, laissant l'une sa chère famille, l'autre son amoureux, pour venir me retrouver. Je soupçonne Hélène d'être enchantée de cette escapade, loin de sa routine familiale, mais Chloé a du mal à s'éloigner de Thibault ces derniers temps.

Pour ce samedi soir exceptionnel, j'ai invité Delphine et Laure, bien sûr, mais aussi Diane, celle que j'appelle désormais ma sœur. Diane est arrivée les bras chargés de nourriture, avec une bouteille de champagne et, cerise sur le gâteau, un jouet pour Sky, le chiot d'Adèle. Entre la tante et la nièce, je n'ai pas encore décidé qui était la plus gaga de ce petit bâtard au poil d'un marron indéfinissable que nous a trouvé Gilbert.

Diane et moi nous sommes découvertes avec une hâte irrépressible, comme s'il nous fallait rattraper toutes ces années passées l'une sans l'autre. Et puis cet été, Isabelle est venue. La rencontre a été étrange, lourde de silences et d'embarras. Il a fallu du temps pour qu'elles brisent la glace et acceptent de ne pas se considérer comme deux étrangères. Il est si difficile de se découvrir une sœur qui n'a pas les mêmes souvenirs que nous. Je suis patiente, et je leur fais confiance. Ces deux-là ont le même caractère fier et ombrageux, elles finiront par s'aimer.

Isabelle est repartie, avec la lourde mission d'apprendre à notre mère l'existence de notre demi-sœur. Après son départ, et seulement après, j'ai demandé à Diane de me parler de mon père. Plus tard, j'ai pris sur moi et souhaité qu'elle me raconte l'histoire de Lydia et de Victor. À travers un album de photos, j'ai enfin découvert le visage de celle qui m'avait obsédée pendant des mois. Lydia m'a paru encore plus ravissante que je ne l'avais imaginée.

Laure a été une vraie amie, comme toujours. Elle était là pour nous aider à nous apprivoiser, puis elle a su disparaître quand nous avons été prêtes à nous découvrir. Adèle, elle, n'a rien compris, si ce n'est qu'elle avait gagné une tante qui vivait tout près de chez nous et qui avait plein de chevaux. Une tante de rêve ! Diane l'emmène très souvent dans son écurie, et je m'apprête à reprendre mes séances de coaching avec Laure afin d'assumer cette nouvelle passion de ma fille.

Ce soir, nous avons plein de choses à célébrer. Et toutes, sauf Chloé qui s'est mise à l'eau gazeuse, comptons passer la soirée à boire du champagne. Diane se tient debout devant la cheminée, sa coupe à la main, Hélène et Chloé, confortablement installées dans le canapé, font des efforts pour ne pas la dévisager. Alors que ma sœur rit de bon cœur d'une blague d'Hélène, Chloé s'écrie :

— Oh, Diane, c'est trop mignon, quand tu ris, tu as la même fossette que Justine, au coin de l'œil !

Ma sœur et moi nous regardons, tout sourire. Delphine pose sur la table basse un grand plateau pour l'apéritif, tandis que Laure débouche un nouveau magnum. Delphine est hilare, et je lui demande ce qui la rend si joyeuse. Elle désigne Laure du menton :

— Cette fille est vraiment devenue trop délurée pour moi ! Interdisez-lui tout accès à Internet, elle est déchaînée !

— Mais, Delphine, enfin ! Tu exagères !

— Qu'est-ce qu'il y a, Laure ?

— Rien… Delphine ne me comprend pas, pourtant c'est très simple. Je me suis lassée de Julien et j'ai rencontré Thomas, mais j'ai gardé Alain que je trouve toujours intéressant.

— Intéressant comment ? À quel niveau ? la taquine Delphine.

— Laure a bien raison, intervient Chloé, les hommes ont toujours de grandes qualités et de terribles défauts. En avoir un deuxième permet de mieux supporter le premier, et vice versa.

— C'est quoi, cette théorie ? Tu en as parlé à Thibault ? demande Hélène en riant.

— Ce n'est pas la question ! Par exemple, il m'arrive d'en avoir marre de lui, de ses manies. Alors si je pouvais parfois me détendre dans les bras d'un autre homme, je reviendrais à la maison bien disposée et très zen.

— Ah, bravo la femme enceinte !

— Je suis solidaire de Laure, c'est tout. Elle ne fait que profiter de la vie, pas vrai, Laure ?

— Merci, Chloé, toi au moins tu me comprends. Bon, on trinque ? À Justine et à sa nouvelle vie, et à mon amie Diane !

— À ma sœur Justine ! Merci d'être venue me chercher et de m'avoir trouvée !

Diane lève son verre dans ma direction, mon regard se perd dans ses grands yeux qui remuent en moi de troublants souvenirs : je revois l'expression de mon père tandis qu'il me sourit et me tend la main…

C'est un mois de novembre inoubliable. Je n'ai plus rien à craindre, juste à espérer. Et puis maintenant, il y a Antoine.

REMERCIEMENTS

Je tiens à remercier les éditions Jean-Claude Lattès de m'avoir ouvert leur porte, en particulier Eva Bredin, qui m'y a accueillie, et Karina Hocine qui m'a tant appris.

Ce roman est un livre sur l'amitié, et il n'aurait pas pu exister sans mes amis, qui m'ont encouragée et beaucoup inspirée. Je remercie en particulier Mario, mon ami de toujours, pour son très grand soutien ; et la vraie Delphine, l'amoureuse des chevaux, qui m'a aidée à écrire sur ces animaux à qui elle consacre sa vie.

Enfin, merci à ma merveilleuse famille qui a toujours été là pour moi.

PAPIER À BASE DE FIBRES CERTIFIÉES

Le Livre de Poche s'engage pour l'environnement en réduisant l'empreinte carbone de ses livres. Celle de cet exemplaire est de :
350 g éq. CO_2
Rendez-vous sur www.livredepoche-durable.fr

Composition réalisée par PCA

Achevé d'imprimer en août 2018, en France sur Presse Offset par
Maury Imprimeur – 45330 Malesherbes
N° d'imprimeur : 229301
Dépôt légal 1re publication : mars 2018
Édition 03 – août 2018
LIBRAIRIE GÉNÉRALE FRANÇAISE – 21, rue du Montparnasse – 75298 Paris Cedex 06

79/2838/4